JN119326

はるかな旅へ

ある教師の物語

上田欣人

風媒社

はるかな旅へ　ある教師の物語　目次

光をめざして

第一部

光太の青春（高校時代）

一　伊豆へ

光太はまだ暗いうちに目が覚めた。これから始まる旅のことを考えると、のんびり寝てはいられない。家族の誰よりも早く起きだした。

大きなカバンを担いで家を出ようとした時に母が起きてきた。

「じゃあ、行ってくるよ」

「気を付けるんだよ」

光太は心配そうな目で見つめる母に手を振って家を出た。誰もいない早朝の道を駅に向かって歩く。よく通る道だが、いつもとは違う道のように思えた。

蒲郡駅に着いたのは六時少し前だった。プラットホームに出ると、人はほんの数人しかいない。やがて列車がゆっくりとホームに入ってきた。光太はワクワクした気持ちで列車に乗り込む。

――さあ、いよいよ出発だ。

修善寺駅に着いたのは十一時を少し回った頃だった。昼ご飯にはまだ少し早い時間だったが、光太は駅前の小さなラーメン屋に入り、チャーシューのいっぱい入ったラーメンを食べた。

店を出ると真夏の太陽の日差しが容赦なく降り注いでくる。光太は方向を確認してから元気よく歩き出した。高校一年生の光太にとっては初めての一人旅だ。修善寺から伊豆半島の先端にある下田まで歩くつもりである。

中学生の時に「伊豆の踊子」という映画を観た。それ以来、踊子が歩いた道をいつかは自分も歩いてみたいと思っていたのだ。

はじめのうちは車の往来が激しい一本道を歩いていたが、やがて左右に分かれる箇所に出た。しばらく立ち止まり、どちらの道だろうと考えた。

——たぶん左の道だろう。

地図を持っていなかったので、大体の見当をつけて再び歩き出した。やがて道幅は徐々に狭くなり、車の通りが少なくなってきた。鮮やかな緑の葉が生い茂る木が道の両側にどこまでも続いている。時折聞こえる鳥の声に励まされながら歩みを進めていく。単調な道を三時間ほど歩いただろうか。

——ちょっと変だぞ。どうも道を間違えたようだ。

少し不安になった。舗装された道はいつしか砂利道になり、人家もまばらになってきた。道はどんどん上り坂になっていく。山の奥へと続いていくようだ。

畑仕事を終え鍬を担いで歩いている老人に出くわした。

「すみません。湯ケ島まで行きたいんですが、この道でいいですか」

心細くなってきた光太はその老人に訊いた。

「この道を行けば湯ケ島に出るが、かなり遠いぞ。歩いていくのかね」

「はい、そうです。時間はどのくらいかかりますか」

「二時間以上はかかるだろうな」

「暗くなる前には着くでしょうか」

「なんとか着くだろうね。気を付けて行くんだよ」

「はい、ありがとうございます」

光太はお礼を言って、少し歩みを速めて先を急いだ。先程の老人に出会った後は、もう誰一人出会うことはなかった。時折吹く風は心地よかったが、ますます心細い気持ちになってきた。

――踊子もこんな道を歩いたのかな。

山道をひたすら歩いていく。山頂に着く頃には太陽はすっかり西に傾いていた。遠くの山々が見える見晴らしのいいところで少し休息をとり、素晴らしい景色を楽しんだ。来た道を振り返ると、随分遠くまで来たことがわかる。

――ゆっくりはしていられないぞ。

辺りはやや薄暗くなり、夜の気配が漂い始めていた。山の麓を見ると、はるか遠くに家が点在しているのが見える。

――あそこが湯ケ島かな。暗くならないうちに山を下りないと大変だぞ。

急いで山道を下っていく。周りの景色を楽しむ余裕はなくなっていた。

湯ヶ島にやっとのことで辿り着いた時にはすっかり暗くなっていた。泊まるところを決めていないので適当な宿を探さなければならない。しばらく街を歩いていると、小さな民宿が目に留まった。

疲れ切っていたので、一刻も早く休みたかった。足の痛みも感じていた。

——今日はここに泊まろう。

民宿の玄関の扉を開けて声をかけた。

「こんばんはー」

「はーい」

奥から元気な声が聞こえ、母と同じくらいの年の女の人が現れた。どうやらこの宿の女将のようである。

「予約してないですが、部屋は空いてますか」

「相部屋でもよろしければお泊めできるかもしれません。ちょっと確認してきます」

女将は奥に引っ込んで何やら話をしている。光太は疲れていたので、そばにあったソファーに腰を下ろし、女将が戻ってくるのを待った。

しばらくして女将が笑顔で戻ってくると、重い腰を上げてゆっくりと立ち上がった。

「三十歳くらいの男の人が相部屋でも構わないと言ってくださいましたので、どうぞ上がってください」

「ありがとうございます」

「どうぞ、こちらです」

女将は奥の部屋に案内してくれた。

「失礼します」

女将が男性のいる部屋の入り口で声をかけて先に中に入り、後ろを振り向いて光太を招き入れた。

「こんばんは。よろしくお願いします」

光太はやや緊張しながらその男性に挨拶した。

「こちらこそよろしく」

笑顔で迎えてくれたので光太は少しホッとした。その男性は倉田という名前で、東京の会社に勤めていると教えてくれた。休暇で伊豆を旅しているとのことだった。

二十分ほど後に女将が部屋にやって来た。

「また別の男の人が泊めてほしいと言ってきたのですが、よろしいですか」

倉田さんと光太は顔を見合わせて頷いた。

「はい、いいですよ」

倉田さんが女将に伝えた。

五分ほどして女将と一緒に現れたのは、三十五歳くらいでがっしりした男性だった。一人旅の男が三人、相部屋になったのである。

食堂での夕食を終えて部屋に戻りしばらくくつろいでいると、最後に現れた男性は沢木という名前で、フリーのカメラマンとしてヨーロッパの国々を巡り、最近日本に戻ってきたと教えてくれた。

沢木さんのヨーロッパの話はとても興味深いものだった。フランス、ドイツ、イタリア、ギリシャなどの港町を中心に写真を撮っているということだ。倉田さんは旅が好きで、時々休暇を取っては日本全国いろんなところを旅しているそうだ。

光太は初めての一人旅だということを話した。

「高校一年生なのに一人旅とはすごいね。明日はどこに行くんだい」

倉田さんが興味深そうに訊いた。

「天城峠を越えて下田まで行くつもりです」

「僕は下田の街をあちこち見てからこちらに来たんだよ」

沢木さんは仕事用のものと思われる一眼レフのカメラを触りながら話す。

「下田はどうでしたか」

「なかなかいいところだった」

初対面なのに倉田さんも沢木さんも旅の話などをしてくれたので、光太はさほど緊張することもなく楽しく過ごすことができた。

十時になったのでそろそろ寝ようかということになった。しかし、先程から隣の部屋で若い女性の声がするのが気になっていた。部屋はふすまで仕切られているだけなのだ。

倉田さんと沢木さんも気になっていたようで、声をかけてみようということになった。年長の沢木さんがその女性たちに声をかけた。

「若い女性の声が気になって眠れそうにないんだ。まだ時間も早いし、こちらでトランプでもしませんか」

いきなり声をかけられて女性たちは戸惑っていたようだったが、ふすまだけで仕切られた家庭的な雰囲気と旅先での開放感からか、代表の女性がややためらいがちにゆっくりとふすまを開けた。

「失礼します」

三人の若い女性が一人旅の男三人の部屋に入ってきた。

「こちらにどうぞ」

沢木さんが笑顔で声をかける。男三人と女三人が向かい合う形で畳の上に座った。

女性たちは同じ高校出身で、今はみんな保母さんをしているそうだ。時々三人で旅行をしているそうだ。

倉田さんと沢木さんは冗談を言いながらとても楽しそうに話していたが、光太は大人の女性と話をしたことなどなかったので緊張気味に彼らの話に加わった。

しばらくみんなで話をした後、一時間ほどトランプをして楽しんだ。ふと時計を見ると十一時三十分になっていた。光太は長い距離を歩いたのでさすがに眠くなってきた。沢木さんも時折あくびをしている。

「遅くなってきたからそろそろ寝ましょうか」

沢木さんの言葉で女性たちも部屋に戻り休むことになった。旅の初日は思いがけない楽しい夜になったと光太は思った。


翌朝は八時に目を覚ました。フリーカメラマンの沢木さんはすでに出かける用意をしている。倉田さんはまだ眠っているようだ。

顔を洗って食堂へ行こうとした時に、沢木さんは荷物をまとめる手を止めて、倉田さんを起こさないように小さな声でお別れを言った。

「じゃ、元気でね。僕はこれから東京へ戻り、一週間後にはアメリカへ行くんだよ」

「そうですか。いい写真を撮ってください。いろいろとありがとうございました」

光太はヨーロッパの様々な街の話をしてくれた沢木さんにお礼を言ってから、朝ご飯を食べに食堂へ行った。

世界を旅している沢木さんから光太は大いに刺激を受けた。

――僕もいつか世界を旅してみたいな。

食堂から部屋に戻ると倉田さんが起きていた。光太は荷物をまとめ、倉田さんにもお礼を言って部屋を出た。

女将に挨拶をして玄関から出ようとすると、隣の部屋の若い女性たちが楽しそうに笑いながらこちらに向かって歩いてきた。光太は彼女たちにも挨拶した。

「昨夜はありがとうございました。とても楽しかったです」

「こちらこそ。今日はどちらへ行くの？」

髪が長くて目の大きな女性がニコッと笑って訊いた。

「まず下田へ出てから西伊豆へ行くつもりです。では、さようなら。みなさんお元気で」

光太は元気よく答えてから一足先に宿を出た。

旅の二日目の始まりである。光太はまず浄蓮の滝に向かった。

昨日、道を間違えて山登りをする羽目になってしまい、長時間歩いたので足にまめができてしまった。かなり足が痛む。それでもなんとか浄蓮の滝に辿り着いた。ベンチに座り、大きくはないがとても美しい滝を見ながら、これからどうしようか考える。

――この足の状態では下田まで歩くのは無理だろう。

光太は歩くのを断念してバスに乗ることにした。下田、石廊崎を巡り、西伊豆の松崎でもう一泊してから帰路についた。

伊豆半島縦断の徒歩の旅は実現できなかった。最も心残りだったことは天城峠を歩いて越えることができなかったことである。でも、それなりに充実した一人旅であった。

――いつかまた踊子が歩いた道を辿る旅に挑戦しよう。

初めての一人旅を終え、心に誓う光太であった。

二　柔道

光太は高一の四月に柔道部に入部した。

中学の時は三年間バスケットをやっていた。三年生の時、夏の県大会で三位になり、なかなか充実した中学校生活だったと思っている。

高校でバスケットを続けようとも思ったが、最終的に新しいスポーツをやってみようという気持ちになったのである。

新入部員は十人。そのうち経験者は二人のみ。一年上の先輩は五人いて中学時代から柔道をやっている強者ばかり。

五月に三年生が引退すると、強者揃いの二年生との本格的な練習が始まった。部長は背が高くとてもがっしりとした体格の金田先輩。柔道は二段でとても強く近寄りがたい存在だ。練習中は一切手加減せず容赦なく投げ飛ばされる。

「何やってる。もっと腰を入れろ」

「はい、わかりました。もう一本お願いします」

光太は金田先輩に向かっていったが、すぐに内股で投げられた。すぐに起き上がって先輩の襟を摑んだが、数秒後には大外刈りで倒された。いろんな技をかけられる。柔道を始めてまだ二カ月の光太にはとても歯が立たない。力の差は歴然としている。乱取りを五分やっただけで息が上がってしまう。おまけに練習の最後は四種類の腕立て伏せを二十回ずつとスクワットを三十回。精根尽き果ててしまう。

きつい練習を終え、疲れ切った状態で学校から駅までの二十分を歩くのはなかなか辛いのに、時には走らなければならないこともある。

三河大塚駅は普通電車しか停まらない。電車は一時間に一本である。乗り遅れないようにするために頑張って走るのだが、足は思うように動かない。結局、乗り遅れてしまうことがしばしばある。そんな時は駅前の小さな駄菓子屋で次の電車が来るまで柔道部の仲間と時間を潰すのである。

光太は同じ中学出身の星山に声をかける。

「今日も金田先輩にしごかれたよ」

「俺は宮崎先輩にかなり投げられた」

星山も柔道は初心者だ。中学校では光太と同じバスケット部に入っていた。宮崎先輩は体はさほど大きくはないがスピードがある。技の切れは抜群だ。

「星山、俺たちも早く投げることができるようになりたいな」

「そうだな。でも、まだ基礎ができていないから投げるのは無理だ」

「練習はきついけど、だんだん柔道が面白くなってきたよ」

「俺も面白くなってきた。とにかく頑張ろうぜ」


一学期はあっという間に過ぎ夏休みになった。夏の練習は一段ときつい。ただでさえ暑いのに、分厚い柔道着を着ているので一層暑さを感じる。少し動くだけで汗が噴き出してくる。休まずに練習を続けたので、徐々に柔道らしくなってきた。しかし、先輩たちが相手だとどんなに技をかけてもまだ倒すことはできない。同じ一年生が相手だと投げたり投げられたりで面白い。いろんな技を試すこともできる。

光太は大外刈りや内股の練習に取り組んでいる。その二つの技は金田先輩の得意技なので、光太は思い切って声をかけた。

「金田先輩、大外刈りのポイントを教えてください」

「おっ、なかなか積極的だな。相手をしてやるから、どのようにやるか体で覚えろ」

すぐに乱取りが始まった。まず、大内刈りや小内刈りで体勢を崩され、その後一瞬にして大外刈りで一本を取られた。

「もう一本お願いします」

光太はすぐに立ち上がり、自ら前に進んで組みにいった。必死になって相手を崩そうと試みるが、金田先輩はどっしりと構えていてまったく隙を見せない。逆に簡単にいい組み手を取られて、再び大外刈りで豪快に倒された。何度も倒されているうちに光太はなんとなくコツがわかってきた。

「金田先輩、ありがとうございました」

一礼してから光太は同級生の藤田のところへ行った。

「藤田、やろうぜ」

藤田も初心者だが運動神経がよく、最近かなり上達してきた。

「おう、やろう」

藤田は機敏に動き先に技を仕掛けてくる。光太も負けずに相手の体勢を崩しながら大外刈りのチャンスを窺うが、なかなか決めることができない。結局、その日は一本も取れなかった。

九月に三校合同の練習試合があった。光太は他校の生徒十人と対戦した。全員が黒帯を締めている。引き分けた相手もいたが、ほとんどは技ありか一本を取られてしまう。しかし、最後に対戦した相手からは、かなり練習してきた大外刈りで一本取ることができた。努力は報われたのである。

星山と藤田に声をかけた。

「やっと一本取れたぞ。星山はどうだった？」

「俺は一本も取れなかった。まだまだ力不足だ」

星山は疲れ切った顔をしていた。

「藤田はどうだった？」

「背負い投げと体落としで一本ずつ取ったぞ」

息を弾ませ、やや興奮気味に藤田は答えた。

この合同練習会で光太が一本を取ったのは一人だけだったが、黒帯の相手からそう簡単には投げられなかったので少しは自信が持てるようになった。

——十月には大会がある。頑張って練習しよう。


十月の大会ではA・Bの二チームで参加することになった。Aはもちろん強いほうで全員二年生のチーム。Bは一年生ばかりである。

大会の三日前に顧問の柴田先生からメンバーの発表があった。光太はBチームの大将に選ばれた。

団体戦は五人で戦う。勝った人数の多いチームが次の試合に進むことができる。負ければそこで終わりである。どういう順番でメンバーを決めるかはチームとしての作戦である。大将にはその名の通り一番強い選手が選ばれるのが普通だが、我が校は一番目と三番目に強い選手を持ってきて、大将は一番弱い光太にしたのである。

星山と藤田もBチームのメンバーに選ばれた。星山は二番目、藤田は四番目である。一番目と三番目は中学から柔道をやっている一年生だ。二年生ほどではないが経験者だけあって強いほうだ。副将の藤田はそれなりに期待されているが光太はほとんど期待されていない。

「初めての試合だから精一杯頑張ろうぜ」

光太は一年生のみんなに声をかけた。

試合が始まった。一番と三番は予定通り勝ったが星山と藤田は負けた。対戦成績は二勝二敗である。大将戦でどちらのチームが残るか決まる。光太は緊張してきた。

審判の合図で立ち上がり中央に進む。相手チームの大将は黒帯で体は光太よりも一回り大きい。まだ白帯の光太との力の差は明らかだ。

背中のほうから柴田先生の声が聞こえた。

「できるだけ粘れ。奥襟を取られるな」

光太は大きな声を出して相手に向かっていったが、試合開始十七秒であっけなく一本を取られてしまった。


我が校の柔道部は大会で思うような結果が出ないと全員丸坊主にするという習慣がある。大会が終わった翌週の土曜日に金田先輩がバリカンを持ってきた。家が床屋なので一本借りてきたらしい。一回戦で負けた一年生は道場の外で丸坊主にさせられた。

中学時代はずっと丸坊主だったのでさほど抵抗はないが、高校生ともなると坊主頭なのは野球部員のみなので、来週クラスのみんなに見られると少し恥ずかしいなと思った。しかし、いざ坊主頭になると次の大会は絶対勝つぞという気持ちになってきた。

昇段試験は毎月一回豊橋の武道場で行われる。光太はいよいよ初段を取るために十一月から昇段試験に挑むことになった。

六人グループで五人と対戦し、勝てば一点、引き分け二回で一点を加算していく。四点以上を二回連続で取れば初段になれる。一回でも四点未満だと合計十二点になるまでは初段が取れない。

光太は十一月と十二月のいずれも四点以上取ったので念願の初段を取ることができた。

年が明けた一月四日、恒例の寒稽古に出かけることになった。蒲郡警察の武道場で警察官を相手に稽古を行うのである。

我が校の柔道部員は四時半に集合して準備運動をしていた。五時少し前から勤務を終えた警察官が続々と集まってくる。総勢十五人ほどである。五時ちょうどに稽古が始まる。

警察官はさすがにみんな強かった。どんなに頑張っても相手はびくともしない。熱気のある稽古が二時間続く。光太は最後にはすっかり疲れ果ててしまった。

稽古が終わり部員全員でお礼を言ってから、重い足取りで武道場を後にした。光太は家に向かって暗い道を歩いていく。帰り道が同じ星山と一緒である。

「星山、腹減ったな」

「俺も腹が減って死にそうだよ。ラーメンでも食おうぜ」

ちょうど屋台のようなラーメン屋があったので、そこで食べることにした。ラーメンを食べながら話題は自然に寒稽古のことになった。

「星山、寒稽古はどうだった？」

「疲れたけどいい経験になった」

「俺もいい経験になったと思う。若い警察官に技を少し教えてもらったんだ」

「俺も教えてもらった」

「それにしても、柴田先生と警察官の模範試合はすごかったな」

「柴田先生があんなに真剣に柔道をやるのを見たのは初めてだ」

「先生、強かったな。背負い投げや一本背負いで体の大きな警察官を投げ飛ばしていたのはすごかった」

柴田先生は身長は百七十センチに満たないくらいだが横幅はかなりあり、いかにも柔道家らしい体格だ。しかも五段の腕前である。自分よりも大きな相手からいとも簡単に一本を取っていた。

店を出て、とぼとぼと人気のない寒い夜道を歩いていく。しばらくして星山と別れると、光太はまた柴田先生の試合を頭に浮かべた。

——もっともっと強くなりたい。

夜風は肌に刺すように冷たかったが、光太の心は燃えていた。

三　アルバイト

光太が通う高校はアルバイトを禁止してはいなかった。しかし、地元では進学校の部類に入る学校なので、アルバイトをしている生徒はあまりいないようである。昼休みに教室や廊下でアルバイトの話をしている生徒の声を時折耳にする程度だ。

同じ学校の友人でアルバイトをしている者は一人もいない。勉強や部活であまり余裕はないのだろう。光太も余裕があるわけではないが、一度はアルバイトをやってみたいと以前から思っていた。

一年生の冬休みに、中学時代の親友で別の高校に通っている健一が光太の家にやって来た。

「光太、久しぶりだな。元気か？」

「よお、健一。まあ上がれよ」

しばらくはお互いの学校の様子などを語り合った。健一も柔道部に入っており九月の合同練習会で顔を合わせている。その時はほとんど話す時間もなかったので、健一とゆっくり話すのは久しぶりのことだ。

「健一はアルバイトをやったことある？」

「あるよ。夏休みに学校の近くにある酒屋で運搬の助手のバイトをしたんだ」

「その酒屋は今も募集してるかな。俺もバイトをやってみたいんだ」

「この前、酒屋の前を通ったらアルバイト募集の紙が貼ってあったぜ」

「じゃあ、今度そこへ行ってみるよ」

二日後、光太は自転車でその酒屋へ行き、入口の戸を開けて中に入った。店の奥にある机に向かって算盤を弾いている中年のおじさんがいる。

「こんにちはー」

「はーい。いらっしゃい」

恰幅がいいそのおじさんはニコニコしながら光太のところに近づいてくる。

「アルバイトをしたいんですが」

「きみは高校生かい」

「はい、そうです」

「週に何回来れるのかな」

「日曜日だけなんですが、いいですか」

「土曜日も来てくれると助かるんだが、学生さんだから無理は言えないね」

人の好さそうな酒屋のおじさんは仕事の内容をいろいろと説明してくれた。若い店員がトラックでビールを運ぶのを手伝う仕事だ。早速、次の日曜日からやることになった。

帰ろうとすると、ちょうどその若い店員が運搬の仕事を終えて戻ってきた。

「ちょうどいい。紹介しておくよ。こちらは佐藤くんだ。光太くんはこの佐藤くんの手伝いをしてもらうことになる」

「栗山光太です。よろしくお願いします」

「よろしく。いつから来てくれるのかな」

「次の日曜日からです」

一月から三月にかけては柔道の大会はない。練習も日曜日は休みである。光太は期末試験が始まるまで毎週日曜日にアルバイトをする予定だ。それには理由がある。春休み中に二回目の一人旅をしようと密かに計画を立てているのだ。


次の日曜日になった。いよいよアルバイト開始だ。光太は自転車で家を出た。冷たい風を正面から受けながら走る。九時少し前に酒屋に着いた。

「おはようございます」

光太は元気よく酒屋のおじさんに挨拶する。

「おはよう。じゃあ、早速倉庫に行って仕事を始めてくれるかな」

「わかりました」

店のすぐ裏にある倉庫に行くと、すでに佐藤さんがビールケースをトラックに積み込んでいた。

「光太くん、おはよう。そこにあるビールケースをどんどん積み込んで」

十分ほどでトラックの荷台はビールケースで一杯になった。

「よし、出発しよう。光太くん、助手席に乗って」

光太が乗り込むとすぐに佐藤さんはエンジンをかけて勢いよく発車した。若い佐藤さんの運転は荒っぽい。信号が黄色から赤に変わろうとしていても、体を前後に揺らしながら「行けー」と声を出してアクセルを踏み込む。光太は生きた心地がしなかった。

豊橋や豊川の取引き先の店を回り、積んできたビールを下ろしては空ビンの入ったケースを積み込んでいく。重いビールケースを店に運んでいくのは大変な仕事だ。数店回る頃には腕と腰が痛くなってきた。佐藤さんはさすがに慣れているので軽々と運んでいく。

予定していた店をすべて回り、空ビンのケースをトラック一杯に積み込んだ。

「さあ、今日は終了」

佐藤さんが明るく言った。

「はい。お疲れ様でした」

「腹減ったな。かつ丼でも食べていくか」

時計を見ると、もうすでに午後一時を過ぎていた。豊川市内の佐藤さんがよく利用しているという店に入りかつ丼を注文した。

「初めての運搬の仕事はどうだったかな」

「ちょっと疲れましたが大丈夫です。柔道で鍛えてますから」

「光太くんは柔道をやっているのか。柔道何段だい？」

「初段を取ったばかりです」

「そうか。俺は剣道をやっていたよ。二段だ」

「すごいですね」

かつ丼を食べながら佐藤さんは高校時代のことをいろいろ話してくれた。

「じゃ、店に戻ろうか。今日は俺のおごりだ」

「ありがとうございます。ごちそうさまでした」

二時頃店に戻り、その日の仕事は終わりとなった。

——働くというのはなかなか大変だな。でも頑張ろう。

慣れない仕事を終えた後の帰り道。光太は自転車のペダルがいつもより重くなっているように感じた。


ビール運搬の仕事もだんだん慣れてきた。しかし、失敗もあった。空ビンのケースをトラックから下ろす時、佐藤さんは四段重ねの状態で持ち上げていたので光太も挑戦してみた。ところが、バランスを崩して上の二つのケースを落としてしまったのである。ビール瓶は粉々に割れてしまった。光太は「弁償かな」と思ったが許してもらった。


アルバイト最終日。酒屋のおじさんからお金を貰った時、光太はとても貴重なお金のように感じた。肉体労働をして得たお金だからだろう。仕事はきつかったが良い体験になった。

光太はバイトで得たお金で、春休みに信州の霧ヶ峰、甲府、富士山麓の白糸の滝を巡る旅に出かけた。二回目の一人旅である。

次にアルバイトをしたのは高校二年の夏休み中だ。家から歩いて十分ほどのところにある岡田建設でアルバイト募集の貼り紙を見かけた。

今度は光太のほうから酒屋のバイトを教えてくれた健一に声をかけた。

「健一、一緒にバイトしないか。岡田建設でバイトの募集をしてるんだ」

「面白そうだな。よし、やろう」

「じゃあ、明日行ってみようぜ」

翌日、光太は健一と一緒に岡田建設に行った。事務所に入ると、真っ黒に日焼けした大柄なおじさんがソファーに座っていた。

「こんにちは。アルバイト募集の紙を見て来たのですが」

「君たちは高校生かい」

「はい、そうです。夏休みの間だけやりたいんですが、それでもいいですか」

「何日くらいできるのかな」

「十日間ほどです」

「じゃあ、早速明日から来てもらおうか」

仕事の内容は家の建築や修理。高校生の光太たちはもちろん助手としての仕事だ。建築資材や道具を運んだり職人さんを手伝っていろんな雑用をすることになるらしい。

翌日から仕事が始まった。まずは新しい家の建築だ。トラックに様々な道具や資材を積み込んでから健一と光太も乗り込んだ。

現場に着くとすでに基礎工事は終わっていて、その日はいわゆる「建前」を行うということだ。柱や梁などを組み立て、その上に棟木を上げる作業を行うのだ。光太にとっては初めての経験なので少しワクワクしてきた。

仲間から「山ちゃん」と呼ばれている三十歳くらいの職人さんが、光太たちアルバイト学生に指示を出す係になっている。本名は山本さんだ。筋肉隆々で逞しい体をしている。

「健一くんと光太くんはトラックから資材を下ろすのを手伝って」

「わかりました」

声をそろえて答えると、すぐに仕事に取り掛かった。トラックに建築用の資材が山のように積まれている。光太と健一は重い資材をどんどん下ろしていく。夏の焼けつくような暑い空の下での作業なので、すぐに汗が噴き出してくる。すべての資材を下ろす頃には全身汗びっしょりだ。

「ご苦労さん。少し休憩していいよ」

山本さんがにっこり笑って言った。

「ありがとうございます」

光太は荒くなっていた息を整えながら答えた。健一と一緒に日陰でしばらく休む。時折吹いてくる風が心地よい。

数分後に山本さんから声がかかった。

「さあ、作業再開だ。柱を組み立てるぞ。資材置き場にいる牧野さんの指示を聞いて順番に運んできてくれ」

「はーい」

大きな声で答えた。少し休んだのでまた元気が出てきたのだ。資材を運んでは次々と職人さんたちに渡していく。どんどん組み立てられ一時間ほどで一階の柱はすべて組み上がった。次は二階だ。二階の作業は少し難しい。

さらに二時間以上かけて組み立てが終わりに近づいてきた時に事故が起きた。五十歳くらいの職人さんが足を滑らせて二階から下に落ちてしまったのだ。足や胸を強く打ったらしく自分では起き上がれない。若い職人さんたちがトラックに運び込んで、すぐに病院へ搬送することになった。光太と健一はどうすることもできず、ただ見守るだけだ。

現場監督がみんなに声をかけた。

「みんな、くれぐれも注意して作業をしてくれ」

現場監督もトラックに乗り込み病院に向けて出発した。その後は休みなく作業を続け、正午には組み立てはすべて完了。仕事が一段落したところで昼休みに入ることになった。光太と健一は山本さんと一緒に弁当を食べる。

「さっきみたいに落ちることはよくあるんですか」

光太は山本さんに訊いた。

「めったにないけど、俺もこの仕事を始めて間もない頃一度だけ落ちたことがある」

「どうなったんですか」

「足を骨折して大変だったよ。でも、君たちには危険な仕事はさせないから心配しなくてもいいよ」

山本さんは建築の仕事のことをいろいろ教えてくれた。

休憩が終わり午後の作業に入る。アクシデントはあったが予定通り仕事は進められていく。光太は山本さんからの指示で雑用をこなす。炎天下での作業なので体力的にかなりきつい。室内での柔道の練習とは違う大変さである。

山の端に日が傾いてきた頃になって現場監督が戻ってきた。仕事を中断して監督のところにみんな集まってくる。落下した職人さんは足を骨折したと伝えられた。みんなショックを受けた様子で、言葉もなく仕事に戻った。

しばらくすると太陽は完全に沈み、夕方の涼しい風が吹いてきた。一日の仕事もそろそろ終わりである。

現場監督から声がかかった。

「みんな、お疲れさん。今日は大変な事故がありました。十分注意し安全第一でお願いします」

みんな一斉に後片付けに入る。光太と健一はあちこちに置いてある作業道具を集めトラックに積み込む。最後に光太たちが乗り込んで帰路についた。

トラックの中で光太は事故のことを思い出していた。

——今日は事故があって大変な一日だった。建築の仕事も楽ではないな。

光太は改めて建築の仕事の大変さを感じていた。

バイト期間中、同じ建築現場での仕事が多かったが他の仕事も経験した。道路工事では、重いつるはしを使って地面を掘り起こし手にまめができた。民家の屋根の修理にも出かけたが、その民家が光太の親戚の家のすぐ近くで、たまたま通りを歩いていた伯母に見つかって声をかけられた。いろんなことを経験した十日間であった。

家を建てる仕事では達成感を少し味わうことができた。同時に危険を伴う仕事でもあるので緊張感もあった。ビール運搬よりもさらにきつい肉体労働は大変だったが、とても貴重な体験になったと光太は思った。

八月下旬。岡田建設でのバイトで得たお金で、光太は健一を誘って、金沢、能登半島の輪島を巡る旅に出かけた。初めての男二人の旅である。

四　最後の大会

いよいよ三年生だ。最後のインターハイ予選が近づいている。光太はより一層気合を入れて練習するようになってきた。

——先輩たちのように県大会には必ず出るぞ。

しかし、練習が終わると、ふと寂しい気持ちになることがある。一年生の時から一緒に練習してきた仲間が徐々に退部して、今は半数の五人になってしまったのである。光太の親友の山下も高二の三学期が始まって間もない頃に退部した。光太自身も迷っていた時期がある。

＊

高二の三学期が始まって一週間ほど経ったある日の放課後、山下が光太に話しかけた。

「痛めている腰がなかなか治らない。柔道を続けるのは難しそうだ。来週、柴田先生に退部を申し出ようと思っているんだ」

「そうか。山下とは最後まで一緒にやりたかったが、腰が治らないのなら仕方がないな」

「俺も最後までやるつもりで治療してきたのに、医者の話だと最後の大会に間に合わないんだ」

光太は辛い気持ちで山下の話を聞いた。そして、一週間後、山下は退部してしまったのである。

練習後よく一緒に帰っていた山下がいなくなり、光太は練習に身が入らなくなってしまった。

——俺も部活をやめようかな。でも、俺がやめると迷惑をかけることになるな。

光太は部活を続けるかどうか迷いながらも休まず練習は続けていた。しかし、山下や退部した他の仲間が放課後すぐに帰宅していく姿を見ると、練習に対する意欲が徐々に低下してきた。

二月になり、とうとう光太は練習に参加しなくなってしまった。部活を続けている仲間に申し訳ない気持ちを持ちながらも道場に足が向かない。

二週間ほど経ったある日。その日も練習をせずに帰ろうと正門に向かって歩いていると、顧問の柴田先生にばったり会ってしまった。柴田先生は光太の顔をじっと見て声をかけてきた。

「光太、ちょっと話がある。教官室まで来てくれないか」

「はい」

光太は緊張しながら柴田先生の後について教官室まで行った。

「そこに座って」

柴田先生は窓際に置いてあるソファーを指さしながら言った。

「はい。失礼します」

先生がどんな話をするのか大体の予想はついていた。

「光太、部活はどうするつもりなんだ」

「練習を休んでいてすみません。続けるかどうか迷っているんです」

「光太がいなくなると二年生が四人だけになる。部としては困った状態になってしまう」

「僕も続けて頑張っている部員には申し訳ないと思っています。でも、僕の周りに部活をやめて勉強に気持ちを切り替えている友人がいて、このまま部活を続けていてもいいのかなと思うようになってしまったのです」

「確かに二年生の三学期になると部活をやめる生徒が多くなってくる。しかし、最後まで頑張って続ける生徒が多いのも事実だ。よく考えてみてくれ」

「はい。一晩じっくり考えてみます」

光太は家に帰って自分の部屋に入るといろいろ考えた。

――やはり、部活を続けている仲間に迷惑はかけられない。せっかく今まで柔道をやってきたのに、途中でやめれば自分も後悔することになるだろう。

心が決まると、もやもやしていた気持ちがすっきりとしてきた。


翌日、光太は久しぶりに道場に行った。少し早めに行ったので他の部員はまだ来ていない。柔道着に着替えていると星山がやって来た。

「よお、光太。久しぶりだな」

「ごめん。二週間も休んでしまって。やっぱり最後まで部活を続けることにしたよ」

「よかった。お前がいないと俺たちの学年で団体戦が組めなくなるところだった」

他の部員も次々にやって来た。光太は練習を休んでいたことを謝った。キャプテンの福山をはじめ、みんなが「また、一緒に頑張ろうぜ」と言ってくれたので光太は嬉しかった。

練習開始直前に柴田先生がいつものようにゆっくり歩いて道場に入ってきた。光太は先生のところに行き一礼してから言った。

「先生、最後まで頑張ってやることに決めました。これからもよろしくお願いします」

「そうか。よく決心してくれた。頑張れよ」

＊

大会一週間前になった。部員全員一段と気合を入れて練習に励んでいる。

いよいよ柴田先生から団体戦のメンバーが発表されることになった。部員には後輩もいるが三年生ほどの力はない。結局、最後まで残った五人の三年生が団体戦のメンバーに選ばれた。光太と同じように高校に入ってから柔道を始めた星山と藤田も選ばれた。一年生の時から一緒に練習に励んできたこの五人で県大会出場を目指して戦うことになったのである。

四月下旬に東三河大会が行われた。キャプテンの福山がみんなに声をかける。

「一戦一戦を大事に、集中して頑張ろうぜ。絶対県大会に行くぞ」

順調に勝ち進みベスト四に残る。しかし、準決勝では優勝候補の学校に負けてしまった。県大会に出場できるのは三チームだけである。三位決定戦に勝てば県大会出場が決まる。

福山がみんなを集めてもう一度声をかける。

「絶対勝つぞ！」

「おー！」

全員で大きな声を出して気合を入れた。

三位決定戦が始まる。我がチームは予定通りキャプテン福山と副キャプテン角田が勝ち、藤田は引き分け、星山は負けた。二勝一敗一分である。最後の大将戦ですべてが決まる。光太は緊張してきた。

大将といっても我がチームの大将は強いわけではない。一方、他校のチームは普通一番強い選手が大将になっている。

柴田先生から助言があった。

「強引に技をかけるな。返される恐れがある。引き分けでもいいんだ」

「はい」

光太はプレッシャーを感じながらも、絶対に負けないように戦おうと思った。

いよいよ大将戦が始まる。チームの仲間から「頑張れよ」と声がかかった。光太は一度深呼吸してから大きな声を出して気合を入れる。

相手チームの大将は光太と同じような体格だ。二年生の時に練習試合で一度だけ対戦したことがある。その時は一本取られて負けた。

四分間の試合が始まった。相手は勝たなければ県大会に出場できないので、何が何でも勝とうという気持ちが顔に表れている。闘争心を剥き出しにしてどんどん技をかけてくるが、光太はしっかり受け止めて防ぐ。光太も大内刈りなどの足技を使って攻めるが、強引にならないように慎重に戦った。

一進一退の攻防が続き、試合の時間がとても長く感じる。息が荒くなってきた。お互いに技を繰り出すが、有効なポイントを奪えないまま終盤を迎えた。終了間際に相手は内股をかけてきたが、光太はなんとか堪えることができた。

試合終了のブザーが鳴る。引き分けだ。目標にしていた県大会出場が決まった！

光太は仲間のところへ駆け寄った。キャプテンの福山が満面に笑みを浮かべながら抱きついてくる。

「光太、よくやった」

角田、藤田、星山からも手荒い祝福を受ける。

「光太、よく頑張ったな。ちょっと危なかったけど」

角田がホッとしたような顔をして言った。

「やったぜ。県大会だ」

藤田と星山が興奮して言った。光太はとても嬉しかった。

――いろいろあったけど、仲間と一緒に柔道をやってきてよかった。

光太の目にはうっすらと涙が光っていた。

二週間後に県大会が行われる。名古屋城の近くにあるスポーツセンターが会場である。道場に入るとすでに大勢の人が集まっていて熱気に包まれている。周りを見回すと、体が大きくていかにも強そうな選手がたくさんいる。

開会式が始まった。大会委員長の激励の言葉で選手たちの気分が高揚してくる。

——いよいよ県大会だ。頑張るぞ。

光太は徐々に緊張感が高まってきた。一回戦の相手は名古屋市にある工業高校だ。光太は星山に声をかけられた。

「相手は強そうだな」

「うん、そうだな。最後の試合になるかもしれないからお互い頑張ろうぜ」

藤田が話に加わってきた。

「おい、相手チームの選手があそこにいるぜ」

光太たちよりも一回り大きな体をした選手たちが集まって話をしている姿が目に入った。

——これは勝てそうもないな。当たって砕けるしかない。

試合が始まった。キャプテンの福山だけは勝ったが、角田、藤田、星山は負けた。光太はこの試合でも大将だ。相手チームの大将は百キロ近くありそうな巨漢の選手だ。光太は気持ちで負けないように大きな声を出して向かっていった。

動き回って揺さぶりをかけようとするが、相手はどっしりと構えて動かない。三十秒ほど経ったところで相手に奥襟を取られて動きを封じられてしまう。そして、その直後にするどい内股をかけられて、鮮やかな一本を取られてしまった。

高校での柔道が終わった。光太は様々なことを思い出していた。初めての公式戦でわずか十七秒で負けたこと。警察官と行った寒稽古。夏場の蒸し暑い道場での練習。真冬の固い畳の上で投げられて痛い思いをしたこと。辛いこともいろいろあったが、思い返せばすべてが懐かしい。

高校から始めた柔道だが、柴田先生の熱心な指導のおかげである程度強くなることができた。そして、最後の大会で県大会に出場することができて、自信を持つことができたし達成感も味わった。二年生の時に部活をやめようとしたこともあったが、今は最後まで柔道を続けてきて本当によかったと思っている。

継続することの大切さ。仲間と力を合わせることから生まれる一体感。力を伸ばすためには自分に厳しくしなければならない。光太は柔道を通して様々なことを学んだ。今は充実感に満ちた目をしている。

五　夢

光太は部活引退後しばらくの間だらだらとした生活を送っていた。早く気持ちを切り替えて受験勉強に力を入れなければならないのだが、なかなか勉強に身が入らない。これから進むべき道がまだはっきりと決まっていないのだ。

学校では、昼休みや放課後に友人と一緒にいると、目指す大学や勉強のことが話題になることが多くなってきた。しかし、光太は日本の大学への進学だけが唯一の道ではないと考えている。

光太には夢があった。海外へ留学するという夢だ。アメリカかイギリスで一年間勉強し、将来は世界を飛び回るような仕事に就きたいと思っている。

これは簡単なことではないし、まだ漠然とした希望に過ぎないので友人たちにも話したことはない。それに留学するといっても、高校卒業後すぐに留学する道もあれば、日本の大学に進学してから留学する道もある。高校卒業後すぐに留学する場合は親からの経済的援助が欠かせない。日本の大学に入学してからであれば、自分の力で留学することが可能になる。

光太は勉強の合間にこのようなことを考えることが多くなってきた。一学期はあっという間に過ぎた。

夏休みに入って間もないある日、光太は久しぶりに親友の健一の家へ遊びに行った。

「よお、健一。元気か?」

「光太、久しぶりだな。ちょっと太ったんじゃないか」

部活を引退してからは運動不足のためか体重が五キロほど増えている。健一は以前とあまり変わっていない。

「健一は変わってないな」

「運動不足解消のために時々外を走っているんだ」

「そうか、すごいな。俺は全然運動してないから少し太ってきたよ」

しばらく雑談した後、光太は最近考えていることを健一に告げた。

「高校卒業後に留学したいと思っているんだ」

「留学か。どこの国へ行くつもりなんだ」

「まだ具体的に決まっているわけではないんだ。八月初旬に東京で行われる留学説明会に参加しようと思っているんだよ。健一も行ってみないか」

「面白そうだな。付き合ってもいいぜ」

「よし決まりだ。ところで健一、進路はどうするんだ」

「俺はまだ進路についてはあまり決まっていないんだ。一応進学するつもりではいるんだけど」


八月に入って最初の土曜日の夜十時。光太と健一は蒲郡駅にやって来た。夜行列車で東京へ行こうとしているのだ。

お金に余裕があるわけではないので、できるだけ安い費用で行こうということで夜行列車を利用することになった。しかも寝台列車ではなく普通列車である。待合室でこれからの予定などを確認し、十時半頃にプラットホームへ行った。光太たち以外には数名の人がいるだけだ。

数分後に列車がホームに入ってきた。光太は初めての夜行列車なので少しワクワクした気持ちで乗り込んだ。乗客は意外に多い。向かい合わせに座れる席を見つけ、荷物を網棚に載せてから腰を下ろした。


ホッと一息ついてから健一が言った。

「意外に混んでるな」

「そうだな。でも、豊橋で降りる人が多いと思う」

予想通り豊橋でかなりの人が降り、浜松を過ぎる頃には乗客は少なくなっていた。

「光太は本気で留学するつもりなのか？」

「留学したい気持ちはあるんだけど、高校卒業後すぐに留学するのは難しいだろうな。親からはきっと反対されるだろうし」

「そうだよな。簡単に賛成してもらえるとは思えないな」

「反対されたら、卒業後すぐに留学するのは無理だから、大学に進学してから考えることにするよ」

「留学説明会のことはどうして知ったんだ」

「英語の雑誌に載っていたんだ。留学に関することはいろいろと知っておきたくてね」

「外国へ行くのもいいかもしれないな」

「健一の夢は何だい」

「まだ具体的には決まっていないけど、東京の大学に進学して、将来は自分で何か事業を起こすことができればいいなと思っているんだ」

「起業家を目指すのか。すごいな」

「光太は何を目指すんだ」

「英語をしっかり身に付けて、それを活かした仕事に就きたいんだ。それに、いろんな国にも行ってみたい」

光太と健一は自分たちの将来のことをいろいろと語り合った。ふと時計を見ると十二時半を過ぎている。さすがに眠くなってきた。

「説明会に備えて少しは眠っておかないとな」

光太は健一に言って目を閉じる。しかし、普通に座った状態なのでなかなか眠れない。通路側に足を出して上半身だけ横にしてみた。それでも眠れない。無理な姿勢なので体のあちこちが痛くなってくる。

列車はゴトゴトと揺れながら夜の闇の中をひたすら走っている。光太は将来のことを考えながら列車の揺れに身を任せていると、いつしか眠ってしまった。

再び目を覚ますと窓の外は少し明るくなっていた。夜明けが近づいている。健一を見るとすでに上半身を起こし窓際に座って外を見ている。

「もう起きていたのか」

「全然眠れなかったよ」

「さすがに普通列車はきついな。俺も少ししか眠れなかった」

光太も窓際に座って外の景色を見る。外はどんどん明るくなり、やがて日が差してきた。ぼんやりと外を眺めていると、高層ビルが次々と見えてくる。

間もなく列車は終点の東京駅に着いた。時計を見ると五時少し前である。六時間以上列車に乗っていたので多少の疲れはあったが、光太と健一は足取りも軽く駅の外に出る。

「健一、まず留学説明会が行われる場所を確認しておこう。東京駅からあまり遠くないはずだ」

説明会が行われる建物を地図で確認してから歩き出す。日曜日の早朝なので駅前の通りに車はほとんど走っていない。途中で少し道に迷ったが十分ほどでその建物を見つけることができた。

「場所も確認できたし、皇居へ行ってみようか」

光太は健一に提案した。

「そうだな。でも、ちょっと腹が減ってきた」

「俺もだ。食べるところあるかな」

皇居に向かって歩きながら食べるところを探したが、それらしき店はどこにも見当たらない。仕方がないのでそのまま皇居に向かって歩き続ける。

やがて皇居が見えてきた。約三年ぶりの皇居だ。中学の修学旅行で来て以来である。お堀に沿って歩いていくと公園があった。朝早い時間なので誰もいない。公園にはベンチがあちこちに置いてある。

「光太、あのベンチで少し休もう」

「健一はほとんど寝てないようだから、横になって眠ろうか」

「そうしようぜ」

ベンチの上で横になって目を閉じた。野宿をしている気分だ。時折涼しい風が体の上をやさしく通り過ぎていく。とても心地がよい。光太は睡眠不足のため少しうとうとしてきた。

どのくらい時間が経っただろうか。再び目を開けると、犬を連れて散歩している人の姿が見える。

隣のベンチで横になっている健一を見ると、まだ気持ちよさそうに寝ている。光太は起き上がり、少し体を動かしてから朝の空気を思い切り吸い込んでみた。とても爽やかな朝である。

光太は公園の中を少し歩いた。時々蝉の声が聞こえてくる。

――都会にもまだ蝉はいるんだなあ。

ベンチに戻って腰を下ろし、鮮やかな緑の葉に包まれた木々をぼんやりと眺める。健一はまだ目を覚まさない。寝息を立てながらスヤスヤと眠っている。

光太はカバンの中から本を取り出して読み始める。三十分ほど読んだところで健一がやっと目を覚まし、大きなあくびをしてから光太に声をかけた。

「光太、起きていたのか」

「健一、朝飯を食いに行こうぜ。東京駅へ行けば食べるところがあるはずだ」

少し眠って元気になった二人は、東京駅に向かって歩いて行く。駅の構内に入ると大きな荷物を抱えた人たちで混雑していた。

光太と健一は大衆的な感じの食堂に入りカレーライスの大盛りを食べた。体に力が湧き上がってくるような感じがする。

時計を見ると留学説明会が始まる時間が近づいてきている。

「健一、そろそろ説明会の会場へ行こう」

留学説明会は予定通り十時に始まった。短期留学、長期留学、留学期間中の研修内容、留学費用、ホームステイ、寮生活など、留学全般に関わることを詳しく説明してくれた。スライドで留学生が研修している様子も見ることができたのでとてもわかりやすい。留学したい気持ちがますます強くなってくる。

全体の説明が終わった後、個別相談の時間が設けられていた。光太は外国の大学へ入学する方法など疑問に思っていることを質問してみた。係の人がとても熱心に説明してくれるので好感が持てる。

一時間半の留学説明会はあっという間に終わった。光太は参加してよかったと思った。

「健一、説明会はどうだった?」

「あまり関心はなかったんだけど、スライドを見て外国の様子が少しわかったから面白かった」

「俺はますます留学したくなってきたよ」

光太は満足して会場を後にした。時間はまだ正午前である。

「光太、この後は何をする予定なんだ」

「特に予定は決まっていないよ。東京見物でもしようか」

「じゃあ、上野動物園へ行ってみよう。そこにいるパンダが今話題になっているぜ」

「よし、行こう」

光太と健一は上野動物園、東京国立博物館、浅草、神田、秋葉原、原宿など、有名なところを駆け足で見て回り、再び夜行列車に乗って家路についた。

数日後、光太は夕食を食べ終わった後で父に留学のことを話した。

「高校を卒業したら留学したいんだけど」

息子からの予期せぬ申し出に父は驚いた様子だった。

二日後、光太は父に呼ばれた。

「考えてみたが、今はお前を留学させる余裕はない。日本の大学に進学してからでも遅くはないだろう」

予想していた父からの返事だったが、光太は残念な気持ちになった。

――残念だけど仕方がない。今はまだ自分の力で留学することはできない。日本の大学に進学してから自分で留学費用を稼ぎ機会を待つことにしよう。

光太の夢は先送りになった。しかし、「必ず実現させるぞ」と心に誓った。

第二部

京都にて（大学時代）

一　ユニークな先生

光太は京都御所のすぐ北側にある大学の法学部に入学した。英語にも関心はあったが、英語は語学として独学でも勉強できると思い法学部を選択したのである。

高校と違い大学では自分の好きな講義を受講することができる。一年生は一般教養科目を多く登録しなければならないが、専門科目もいくつか登録できた。

オリエンテーション期間が過ぎるといよいよ講義が始まる。光太はどんな先生に出会えるか楽しみにしている。

まず最初に出会ったユニークな先生は法学部の岩田教授だ。彼はある日の講義で次のようなことを語った。

「私は大学の講義にはあまり出席しなかった。とにかくたくさんの本を読みまくった。一日一冊のペースで読んでいた時期もある。まず知識を増やし、蓄えた知識を整理して自分自身の考えをまとめていくんだ。少ない知識で結論を出すのは危険だ。多くの人の考えを知り、様々な角度から考察したうえで自分の答えを導き出す姿勢が大事なんだ」

岩田教授は被差別部落に対する差別の解消を目指す同和教育にも関心を持っており、時々、講義の中で差別の実態について説明してくれた。

「日本は平等な社会のように見えるが実態はそうではない。被差別部落に住む人たちの名前が載ったブラックリストが企業に存在し、部落の住民であるが故に採用されないといった差別が実際に行われているのが現状だ。私たちはそのような差別の実態を把握し、一刻も早く差別がなくなるように働きかけていかなければならない。そうしないと真に平等な社会は実現しないのだ」

岩田教授は差別問題について話す時はいつも訴えかけるような熱い口調になってくる。光太は被差別部落や同和教育のことを耳にするのは初めてのことなのでとても興味深く感じている。

講義が終わってから光太は京都府丹波村出身の東堂くんに話しかけた。

「岩田先生は差別問題のことになるといつも熱くなってくるね」

「そうだね。大阪や京都には被差別部落が今も存在しているから、社会問題の一つになっているんだよ」

「僕は京都に来て初めてそういう問題があることを知ったんだ」

「岩田先生は差別問題について雑誌に書いているよ」

「僕も先週たまたま生協の書店でその雑誌を見つけて読んでみたんだ。先生は実際に差別解消に向けた活動をしているんだね。学問をするだけではなくて、社会の改革のために行動を起こしていることはすごいと思う」

「僕もそう思う。問題意識を持つだけではなく、実際に行動を起こすことは大切だよね」

「学問をすることによって様々な知識を得ることはもちろん必要だけど、学んで身に付けたことを社会や人に対してどのように活かしていくのかを考え、そして実践していくことが大事だと思うんだ」

「社会で活躍できるように、僕ら学生はまずしっかり学んで力をつけなければいけないね」

「そうだね。お互い頑張ろう」

その後しばらく話してから次の講義に出るために別々の教室に向かった。


ゴールデンウィークが終わって間もないある日の夜、光太は大学の近くにある赤ちょうちんがぶら下がった居酒屋で友人と一杯やっていた。誠実な人柄の東堂くん、ちょっと変わったところがある近藤くんと一緒だ。彼らとはいくつか同じ講義を受講しているので徐々に親しくなっていた。

アルバイト、下宿の様子、大学の講義や先生などが話題になる。大学で新たに学んでいる第二外国語のことも話題になった。三人ともフランス語を受講しているのだ。すると偶然、フランス語を教えてもらっている山下先生が店に入ってきた。恐らく年齢は三十代後半で、髪が長く、爽やかな感じの先生だ。

山下先生は光太たちに気づき声をかけてきた。

「やあ、君たちはよくこの店に来るのかね」

「いいえ、初めて来ました」

「僕は時々帰りに立ち寄るんだよ。ここに座ってもいいかい」

「はい、どうぞ」

山下先生が突然同じテーブルに加わり光太たちは少し戸惑ったが、気さくで話しやすい先生だったのでいろいろと訊いてみた。

「フランス語は英語とは文法が異なるので難しいですね」

「はじめは難しく感じるだろうけど、そのうち慣れてくるよ」

「先生はフランスに留学したことはあるのですか」

「パリの大学に二年間留学したことがある」

東堂くんと近藤くんは先生の趣味や学生時代のことなどを訊いていた。

一時間くらい経ったところで山下先生が言った。

「ところで、一度僕の家に遊びに来ないか」

「いいんですか」

「いいとも。来週土曜日の午後はどうだい」

「是非、伺います」

「よし、決まった。じゃあ、僕はこれで失礼するよ」

山下先生は颯爽と店から出ていった。


山下先生の家へ遊びに行く日になった。近藤くんは他の用事が入ってしまったので、光太は東堂くんと一緒に行くことになった。

先生の家は京都市の山科駅から歩いて五分くらいのところにある。玄関で「こんにちはー」と声をかけるとすぐに山下先生が出てきた。先生の背後に寄り添うようにして、まだ幼い娘さんが二人いる。

「やあ、よく来てくれたね。さあ、上がって」

「失礼します」

娘さんたちは光太たちに挨拶すると奥の部屋に入っていった。

光太と東堂くんは先生の書斎に案内された。書斎に入ると左右は床から天井までの高さの本棚になっていて、まるで小さな図書館のように本がびっしりと並んでいる。

「こちらのソファーに座って待っていてくれるかな」

山下先生が出ていくと東堂くんは本棚を見ながら言った。

「こんなに本があるなんてすごいね」

光太もこれほどまでに本のある部屋に入るのは初めてなので圧倒されていた。

「本当にすごいね。大学の先生の書斎はこういうものなのかなあ」

「先生はかなりの読書家なんだろうね」

書斎の中を見回していると先生が戻ってきた。

「こんなにたくさんの本がある部屋に入ったのは初めてなのでびっくりしました」

光太はまず最初に思ったことを先生に言った。

「論文を書く時にはたくさんの資料が必要なので、どうしても本が増えてしまうんだ」

「先生の専門は何ですか」

「十九世紀後半から二十世紀にかけてのフランス文学を研究しているんだ。パリ留学中は原書で随分多くの本を読んだよ」

　先生は楽しそうにフランス文学の話をしてくれた。話の内容は難しかったが、とても楽しそうに話す先生を見て、光太は自分の専門分野の研究をすることはきっと楽しいことなのだろうと思った。

「研究は楽しいですか」

「好きで選んだ道だから楽しいよ。文学作品を読んでいる時は、その当時の世界に気持ちが入り込んでしまうんだ。時間を忘れてしまうくらいに没頭してしまうこともある。でも、論文を期限までに仕上げなければならない時は苦しむこともあるよ」

「好きなことでも苦しむ場合があるんですね」

「どんな世界でも楽しいことばかりではないはずだ。壁にぶち当たり、もがき苦しむこともあるだろう。でも、その苦しさを乗り越えた先に喜びがあると思うんだ。文学の世界でも同じだと思うよ。一つの物語を作り上げるためには、膨大なエネルギーを注ぎ込み、血が滲むような努力をすることだろう。ストーリーの構成に行き詰まり苦しむこともあるはずだ。しかし、苦しみ抜いた末に思い描いた通りに物語を完成させることができれば、この上ない喜びや達成感が得られると思う」

「苦しみの後には喜びがあるということですか。受験勉強も似たところがあったと思いますが、今後の人生でそのような体験をするためにはどうしたらいいと思いますか」

「大学時代に本当にやりたいことを見つけ出し、とことんそれに打ち込んでみるんだ。最初は苦しむことがあるかもしれないが、ある程度できるようになってくれば楽しくなってくる。そうなればさらに意欲的に取り組むようになるだろう。一度限りの人生なのだから、好きなことを思う存分やりたいものだね」

「好きなことをやり通すことができれば、きっと満足のいく人生を送ることができるでしょうね」

しばらく話を聞いていた東堂くんが話題を変えた。

「先生はチェロを演奏するのですか」

書斎の隅に立て掛けてあるチェロに気が付いたのだ。

「ほんの趣味程度だけどね。娘たちはピアノを習っていて、妻はヴァイオリンをやっているんだ。いつか家族で演奏会を開くのが夢なんだ」

「僕は最近ギターを始めたのですが、なかなか上達しません」

東堂くんは嬉しそうに話している。

しばらくの間音楽の話をしていると、先生の奥さんがコーヒーとケーキを持って来てくれた。

「よくいらっしゃいました。ゆっくりしていってくださいね」

奥さんもソファーに座り話に加わったのでとても賑やかになってきた。

先生は本棚からアルバムを取り出して見せてくれた。パリ留学中の写真のようである。男女数名のグループが写っている写真の中のある女性を指さしながら先生は言った。

「これが妻で、そして、これが僕。僕たちは留学中に知り合ったんだよ」

「奥さんもフランス文学を勉強していたのですか」

奥さんが何をしているのか興味があったので光太は訊いてみた。

「いいえ。私は語学の研修のために留学したのですよ」

その後は留学中の様々な出来事が話題の中心になった。先生たちの話を聞いて、留学すると日本ではできないような貴重な経験をすることができると光太は思った。

あっという間に時間が過ぎ、太陽がすっかり西に傾いてきた頃、光太と東堂くんは丁寧にお礼を言ってから先生の家を後にした。

「楽しかったね。山下先生がチェロを演奏するなんて驚いたよ」

東堂くんが素直な感想を述べた。

「先生の家へ遊びに行ったのは小学校五年生の時以来だ。最初は堅苦しいかなと思ったけど本当に楽しかったね。途中から奥さんが加わってきたのには驚いたけど、奥さんも気さくな人だったね」

「そうだね。奥さんも加わってくれたからさらにいろんな話ができてよかった」

時折り吹いてくる爽やかな五月の風を受け、夕日で赤く染まる空を見ながら駅へ向かって歩いた。

――大学の先生と話をすると大いに刺激を受けるものだ。これからもいろんな先生と話す機会が持てるといいな。

光太は積極的に大学の先生たちと交流していこうと思った。


夏休みに入る直前のある日、ロバート先生の下宿でちょっとしたパーティーが開かれることになった。

ロバート先生は英会話の講義を担当している。とてもユニークな先生なので学生に絶大な人気がある。年齢は三十五歳くらいで独身。背が高くとても明るい先生である。彼の英会話のレッスンは変化に富んでいて飽きないので、光太は毎週受講するのを楽しみにしている。

一つ年上でとてもエネルギッシュな好青年である井川さんが、パーティーのことを聞き付けて光太に教えてくれた。

「光太くん、君はロバート先生の英会話のレッスンに積極的に参加しているね。今度、先生の下宿でパーティーを開くそうだから一緒に行かないか」

「面白そうですね。是非お願いします」

「各自が飲み物や料理を持ち寄るポットラックパーティーだから、何か持って参加しなければならないんだ」

「料理はできないからお菓子持参でもいいですか」

「それでいいと思う。人数は七~八人になるそうだよ」

井川さんは英語を話すことにおいてはとても積極的で、普段からロバート先生とよく話しているようだ。

光太は井川さんと待ち合わせて、一緒にロバート先生の下宿に行った。先生は金閣寺の近くの手入れの行き届いた庭がある大きな屋敷の離れを借りて暮らしている。

夕暮れ時の涼しい風で木々の葉がかすかに揺れている。庭の中央には池があり、錦鯉が数匹優雅に泳いでいるのが見える。

離れの玄関で「こんばんはー」と声をかけると、エプロン姿のロバート先生が現れた。

「こんばんは。どうぞ、中に入って」

先生は光太たちを部屋まで案内した後、奥のキッチンへ入っていった。

部屋に入るとすでに女の子が三人いてテーブルに料理を並べている。みんなロバート先生に教えてもらっている学生だ。その女子学生のうちの一人は、宮本さんというとても元気で明るい人だ。彼女とは以前話したことがある。残りの二人とは一度も話したことがないので名前がわからない。

光太は持参したワインをテーブルの上に置き、お菓子は宮本さんに渡した。

やや遅れて男子学生が二人やって来た。彼らも大きな袋を持っている。途中でいろいろ買ってきたようだ。顔に見覚えがないので、恐らく三年生で、以前ロバート先生に教えてもらっていたのだろう。

学生が総勢七人。どうやらこれでみんな揃ったようだ。料理やお菓子を並べたりグラスを用意したり、みんなで手分けして準備する。

準備がほぼ終わろうとした時に、ロバート先生がフライドポテトを山盛り載せた大きなお皿を持ってきてテーブルの中央に置いた。

「特製フライドポテトができたよ。さあ、始めよう。みんな座って」

テーブルを囲んでみんな座り先生の音頭で乾杯をした。

「初対面の人もいるようだから、まず自己紹介をしてもらおうかな」

先生からの提案で一人ずつ簡単に自己紹介することになった。名前がわからなかった女子学生は岡田さんと金子さん。遅れて来た男子学生はやはり三年生で、落合さんと田島さん。光太以外はみんな文学部英文学科の学生であることがわかった。

自己紹介の後は、みんな自由にいろんなことを話題にして話した。初対面でもすぐに打ち解けて話すことができた。全員ロバート先生に教えてもらっていて英語に関心があるので共通の話題が見つけやすいのだろう。

しばらくの間、席を移動しながらいろんな人と話していたが、徐々に先生に関することに話題は移っていった。

まず、宮本さんが訊いた。

「先生は食事はどうしているのですか」

「時には自炊をすることもあるけど、もっぱら外食だね。美味しいものが食べられる店をたくさん知っているよ」

先生はどこの店の何が美味しいかを具体的にいろいろと教えてくれた。

英語を話すことにかけては人一倍熱心な井川さんは英語で訊いた。

「夏休みの計画は何かあるのですか」

「ホームタウンのボストンに帰ってしばらくのんびりした後、イタリア、ギリシャ、トルコへ二週間ほど行く予定だよ」

ロバート先生は世界中を旅していると聞いたことがある。

光太も思い切って英語で訊いてみた。

「今までに訪れた国はどこですか」

「ブラジル、ペルー、インド、タイ、エジプト、ケニア、オーストラリア、スペイン、メキシコなど、すべての大陸に足を踏み入れたよ。若いうちにいろんな国を見ておきたくてね。中には一年以上滞在した国もある」

岡田さんと金子さんはインドやエジプトに興味を示し、その国の人々の生活スタイルや食べ物について詳しく訊いている。

ロバート先生はユーモアを交えながら体験談を語ってくれる。そして、締め括りに次のような話をした。

「今までにいろんな国を訪れたけど、人々の生活様式は国によって様々な違いがあるね。国の経済状態や社会の仕組み、気候などが異なるので、人々の暮らしも必然的にその国独自の形になってくる。それに、人に対する接し方も微妙に違いがある。でも、長期間同じ土地で暮らしてみるとよくわかるんだけど、人間の本質的な部分はほとんど変わらないね。家族に対する愛情、人を思いやる気持ち、困っている人がいれば助け合おうとするところなど、どの国でも同じだね。いろんな性格の人たちがいるのも同じだ。様々な国へ行き、そこで暮らし、そこに住む人たちと話をしていると本当によくわかる。世界にはいろんな事情で紛争が起きているところがあるけど、お互いに心を開いて語り合えば必ず理解し合えると思うんだ。みんな同じ人間なんだからね」

みんな頷きながら熱心に聞いている。

落合さんが話題を変えた。

「先生は日本にはいつまで滞在する予定ですか」

「来年の三月まで日本にいて、その後はまた旅に出ようと思っているんだ」

田島さんが旅の後の計画が気になるらしく先生に訊く。

「その旅の後は何をする計画なのですか。先生の将来の目標は何ですか」

「日本を出た後は、フランス、ドイツ、オランダ、フィンランドへ行くつもりなんだ。来年の九月にはアメリカに戻り、また大学で勉強しようと思っているんだ。大学で国際政治を学び、将来は大学の先生になって、学生たちに学問を教えるだけではなく自分の体験に基づいた様々な話をしたいんだ。そして、学生たちと一緒に活動し、世界に貢献できればいいと思っている。それが今のところの目標だね」

普段は陽気でいつも笑顔を絶やさないロバート先生が、真剣な眼差しで未来を語っている姿に光太は驚くと同時に心を打たれた。

学生からの質問に真面目な顔で答えていた先生が一転して笑顔になり、みんなの顔を見ながら言った。

「私の話が少し長くなってしまったね。今度は君たちの将来の目標を聞きたいな」

先生の希望により学生たちは順番に将来の目標について話すことになった。

落合さんは「英文学を研究しイギリスの大学に留学したい」、田島さんは「ジャーナリストになって世界を飛び回りたい」、井川さんは「英語の教師になって子どもたちに英語を教えるだけでなく世界に目を向けさせたい」、岡田さんは「フライトアテンダントになって世界のいろんな国に行ってみたい」、金子さんは「ツアーコンダクターになって様々な国を見て回りたい」、宮本さんは

「通訳になって世界中の人と交流したい」、みんな英文学科の学生だけあって、英語を活かした職業に就きたいと考えている。

光太はみんなの目標を聞きながら将来進むべき道について最近考えていることを思い出していた。五月に山下先生の家へ遊びに行って以来、教師を目指す気持ちが強くなってきていたのだ。そして、教師になるなら英語の教師がいいと思っている。

「僕は井川さんと同じように英語の教師になりたいと思っています。そして、いろんな国の人たちと交流してみたい」

声に出して将来の目標を述べたことで自分の気持ちがはっきりと決まったように感じた。

「みんな将来の目標がしっかり決まっていてすごいね。その目標を実現させることができるようにこれから頑張ろう」

ロバート先生が笑顔で激励してくれた。

その後も先生を中心に話が盛り上がり、時間があっという間に過ぎていった。ふと時計を見ると九時を回っている。

「時間が遅くなってきたのでそろそろお開きにしましょうか」

先生の言葉で後片付けを開始した。みんなで協力したのですぐに片付けは終わり帰宅することになった。

光太にとってはこのようなホームパーティーは初めてだったのでいい経験になった。そして、みんなの話を聞いて大いに刺激も受けた。

――今日のパーティーで将来の目標がはっきりと決まったな。
光太は心の中で将来の自分の姿を思い浮かべながら下宿に向かった。

二　下宿の仲間

光太は左京区一乗寺に下宿している。下宿と言っても、四階建てのビルで三畳ほどの広さの部屋がたくさんあり学生専用となっている。夕食付で下宿代は月一万七千円。部屋の壁は白色でベッドだけが備え付けられている。まるでテレビドラマで見る刑務所のような感じである。机、小さめのこたつ、本棚を置くとほとんどスペースが残っていない。トイレは各階に共同トイレがある。洗面所も共同だ。風呂はないので近くの銭湯に行かなければならない。一階は管理人一家が住む部屋と学生用の食堂、二階から四階が学生用の部屋になっている。光太の部屋は三階である。

住んでいる学生はすべて男子学生で女子学生の立ち入りは禁止。いろんな大学の学生が住んでおり総勢三十人ほどである。ほとんどの学生にとって下宿はプライベートな時間を過ごす場所なのであまり交流はない。大学では講義を受けたりサークル活動をしたりして他の学生と交流することが多いので、下宿では一人になる時間を持ちたいのだろう。食堂や洗面所で顔を合わせることは多いので、挨拶を交わしたり、ちょっとした話をすることはあるが、それ以上の付き合いはしないというのが暗黙の了解になっているようだ。大学も違うし年齢も違う。たまたま同じ大学でも学部は違う。こういう状況だと尚更深い付き合いにはなっていかない。それでもやはりお互い学生同士なので、言葉を交わしているうちに徐々に親しくなってくる場合もある。

ある日の夜、光太が部屋で本を読んでいるとドアをノックする音が聞こえた。ドアを開けると隣の部屋の福谷さんがパジャマ姿で立っている。風貌からすると恐らく光太よりも年上だろう。

「中に入ってもいいかな」

「どうぞ」

光太はベッドの下から座布団を取り出してこたつの向かい側に置いた。

「隣同士なのに今までゆっくり話をしたことがなかったからね。今日は土曜日だし少し話をしてもいいかな」

「そうですね。明日は休みだからいろいろと話しましょうか。コーヒーでも飲みますか」

「そうだね。ありがとう」

「湯を沸かしてきますから座って待っていてください」

光太はやかんを持って部屋を出た。廊下の突き当たりに共同で使えるガスコンロが置いてある。湯を沸かして部屋に戻ると、福谷さんは自分の部屋からコーヒーカップを持ってきていた。

「インスタントコーヒーしかないですが、いいですか」

「僕も飲むのはインスタントばかりだよ。貧乏学生だからね」

淹れたての熱いコーヒーを飲みながらいろいろと話し始めた。

「栗山くんは出身はどこだい？」

「愛知県の蒲郡です。ところで、友人からは光太と呼ばれているので、これからは光太でいいですよ」

「福谷さんは出身はどこですか」

「佐賀県の有田だよ。有田焼は知ってるかな」

「はい、知ってます。愛知県では焼き物と言えば瀬戸物が有名ですね」

お互いの出身地がわかって、しばらくは故郷の方言のことが話題になった。佐賀には独特な方言がある。

福谷さんは「ひんだれこいた」とか「よそわしか」という、有田周辺で使われるちょっと変わった方言を教えてくれた。光太は「いこまい」とか「そうだらあ」という三河弁を教えた。

「福谷さんはどうして京都に来ることになったのですか」

「一浪して九州大学を受験したんだけど落ちてしまってね。私立大学は、東京へ出るのは遠いから、結局、京都の私大にしたんだ。九州から京都の大学に進学する学生は結構多いよ」

「専攻は何ですか」

「中国文学を専攻している。なかなか面白いよ。光太くんは何を専攻しているんだい」

「法学部で法律の勉強をしているんですが、弁護士になろうというわけでもないし、あまり興味が持てないんですよ。英語に関心があって、将来は英語の教師を目指そうかなと考えているところなんです。だから、文学部英文学科に変わろうと思っているんです」

「学部変更なんてできるのかな」

「教務課で確認したら、三年生になる時に条件をクリアすれば変わることができるということでした」

「思ったようにやってみるんだね。後で後悔しないように」

話をしていて福谷さんは二年生であることがわかった。一浪しているので光太より二歳年上ということになる。浪人時代のこともいろいろ教えてくれた。

「浪人中は勉強もしたけど本もたくさん読んだね。いろんな作家の人生論なども読んでみた。人や世の中とどのように関わるのかという自分の生き方だけではなく、様々な人の人生観を知り、人間どう生きるべきかについて考えることが多かったね」

苦労しているだけあって福谷さんの言葉には重みがあるように感じた。

「福谷さんは大学卒業後は何をするつもりなんですか」

「故郷に戻って高校の国語教師になろうと思っている。文学作品を通していろんな人の生き様を知り、それを人生にどう活かしていくのかを考える。そして、生徒を相手に人生論などを語り合えたらいいね。光太くんは英語の先生になって何をするつもりなんだい」

「コミュニケーションの手段としての英語を教えることに力を入れたいですね。そして、生徒が英語を学ぶと同時に、世界に目を向け、世界のいろんな国の人たちと実際に交流する手助けができればいいと思っています」

お互いの将来のことを話した後は、好きな映画や俳優、好きな作家やミュージシャン、趣味などが話題になり大いに盛り上がった。

いつの間にか時計は十二時を回っている。少し眠くなってきた。

「光太くん、そろそろ寝ようか。いつか酒でも飲みに行こう」

「はい、行きましょう。いつでもいいですよ。じゃ、おやすみなさい」

福谷さんはあくびをしながら自分の部屋に戻っていった。光太は初めて下宿の仲間とゆっくり話ができて嬉しく思った。


一週間後の土曜日の夜、福谷さんは友人を連れて光太の部屋に入ってきた。

「光太くん、紹介するよ。四階に住んでいる山内くんだ。彼も佐賀県出身なんだ。これから外へ一杯やりに行くんだけど一緒にどうだい」

「はい、付き合います」

下駄を鳴らしながら近くの居酒屋まで歩いて行く。当時の学生はバンカラな学生が多かったので下駄履きはごく普通だった。

暖簾をくぐり中に入ると、週末の夜ということもあり大勢の客で賑わっていた。奥のほうで空いていた席に座り各自好きなものを注文する。光太はビール、福谷さんと山内さんは焼酎だ。光太は焼酎を飲んだことがなかったので福谷さんに訊いてみた。

「焼酎はよく飲むんですか」

「九州は地酒も美味しいけど焼酎も種類が多いし、庶民の間では一般的だから飲む機会は多いね。

ところで、山内くんは有田から近い武雄市出身なんだよ。僕と同じ大学だ」

「よろしく。福谷くんとは浪人中からの付き合いなんだ」

「よろしくお願いします。栗山光太です。光太と呼んでください」

お互いの故郷や大学の話などをした後、バイトのことが話題になり山内さんが訊いた。

「光太くんは何かバイトをしているのかな」

「今は、下宿の近くにある天下一品という名前のラーメン屋でバイトしてます。少し前までは寿司屋で皿洗いをやってました。仕送りが三万円なのでバイトしないとやっていけないんですよ」

「山内さんは何かやっているんですか」

「僕はスーパーで商品を並べるバイトをやってるよ。時給はちょっと安いけどね」

「福谷さんはやってますか」

光太は福谷さんにも訊いてみた。

「僕は家庭教師と塾の模擬試験の監督などをやってるよ」

「バイトもいろいろありますね。大学でバイト募集の掲示板を見ていたら、祇園祭の山車を引くバイトの募集が出ていたんですよ」

「それは面白そうだね。やってみようか」

山内さんがやる気満々の面持ちで言った。

「残念ながら、数日後には定員になってしまったみたいで、昨日掲示板を見たら募集の紙は掲示されていませんでした」

「そうか、やはり人気があるんだね」

「福谷さん、話は変わるんですが、大学の試験はどういう形式なんですか」

光太は大学生としての先輩にあたる福谷さんに訊いた。

「テーマが一つ与えられて、それについて論述する形式がほとんどだね」

「そうなんですか。僕は論述はちょっと苦手ですね」

光太より年上だが同じ一年生の山内さんが興味深そうに聞いている。そして、次のように言った。

「僕は論述が得意なんだ。これでも一応、物書きを目指しているからね」

「山内くんは新聞記者を目指しているんだよ」

福谷さんが教えてくれた。

「できれば、朝日新聞や毎日新聞のような全国紙の記者になりたいんだ」

「新聞記者になるのは難しいんじゃないですか」

「簡単ではないと思う。だから、挑戦してみたいんだ。可能性がないわけじゃないからね。ところで光太くん。子供の頃のエピソードはないかな」

「エピソードですか。そうですね。家のすぐ前の見通しの悪い踏切で貨物列車にはねられそうになったり、山の中で道に迷って遭難しかけたりしたことがありましたね。他には、友達と冒険ごっこをやっていて、崖を登ったんだけど、危うく足を踏み外して落ちそうになったこともあった」

「いろいろあるんだね。もう一つ質問。子供の頃は何をして遊んでいたのかな」

「小学校の運動場でビー玉遊び、コマ回し鬼ごっこ、凧揚げ、川で魚とり。家の近くの小さな川でウナギを捕まえたこともありましたね。山に秘密の基地を作って遊んだこともあった」

「家の手伝いは何かやってた？」

「家が農家だったから、田植えや稲刈り、野菜の出荷の準備も時々手伝ってましたね。一度、その野菜を一人で市場までリヤカーで運んだこともあった。山内さん、どうしてこんなことを聞くんですか」

「下宿に戻ってから光太少年の物語を書こうと思ってね」

「山内くんは文章を書くのが好きで、人から話を聞いては物語にしてしまうんだ」

「それくらい聞いておけば物語が書けそうだ」

山内さんはにっこり笑って言った。その後は、好きな女性のタイプやちょっと変わった店の話になった。

音楽を聴くのが好きな福谷さんが言った。

「京都には名曲喫茶があちこちにあるね。好きなクラシック音楽をリクエストできるんだ。クラシックを聴きながら本が読めるなんてなかなかいいよ。休みの日なんか半日くらい入り浸ってしまうこともある」

山内さんはちょっと変わった食堂の話をしてくれた。

「大学の近くに変わった店があるんだ。注文する時に名前を訊かれ、料理が出来上がると店の人が大きな声で名前を呼ぶんだよ。そして、返事をした客のところにその料理を出すというシステムなんだ。常連客らしき人は本名じゃなくて思い付きで有名人の名前を使っていて、この前なんか、店の人が『王貞治さん』とか『長嶋茂雄さん』と叫んでいて、思わず笑ってしまったよ」

「面白そうですね。僕も行ってみようかな」

酒が進み酔いが回ってきたところで下宿に帰ることになった。

ほろ酔い気分で下宿に戻ると山内さんが言った。

「早速、光太少年の物語を書いてくるよ」

光太は少し眠くなってきたので部屋に入るとすぐにベッドの上で横になった。

一時間ほど経過しただろうか。ドアを叩く音が聞こえたので起き上がってドアを開けた。山内さんが手に数枚の紙を持って立っている。

「物語ができたよ。読んでみて」

「もうできたんですか」

光太は山内さんを部屋に招き入れた。原稿用紙五枚に綺麗な文字が踊るように並んでいる。吸い込まれるように光太は読み始めた。居酒屋で話したことが物語風に脚色されて、光太少年の生き生きとした姿が描かれている。文章がうまい。一気に読み終えた。読後の余韻も感じられる。

「短時間で一つの物語を書き上げてしまうなんてすごいですね」

「超短編だけどね」

「読みやすい文章だし、構成もうまいと思いますよ」

光太は山内さんの文才に感心した。

——僕も、文章がすらすら書けるようになりたいな。

時が経ち、よく話をする下宿の仲間が増えてきた。大阪出身の木下くん、広島出身の戸塚くんたちだ。彼らとは同じ年なので気安く話をすることができる。

ある日の夕食後、野球が好きな戸塚くんが光太に話しかけた。

「下宿の仲間で野球チームを作らないか」

光太は本格的な野球の経験はないが、小学校四年から六年までよくソフトボールをやっていたし、高校時代も遊びで野球をやったことはあるので戸塚くんの提案に興味を持った。

「面白そうだな。みんなに声をかけてみよう」

光太は福谷さんと山内さんが食堂で夕食を食べている時に話をしてみた。

「福谷さん、山内さん、野球をやりませんか。下宿の仲間でチームを作ろうという話が出ているんですよ」

「野球はやったことないけど、せっかく誘ってくれたんだからやってみようかな」

運動はあまり得意ではなさそうな福谷さんが言った。

「僕もやったことないけど、面白そうだから仲間に入れてよ」

何にでも興味を示す山内さんが乗り気になってきた。

「次の日曜日に公園で野球の練習をするんですが、参加できますか」

光太が練習の予定を伝えると、二人とも「よし、やろうぜ」と、目を輝かせて言った。

初めての練習に集まったのは、下宿の仲間六人と戸塚くんの友人二人の計八人だ。

戸塚くんがみんなを集めて言った。

「チームの名前はポバティーズでどうですか」

ポバティーというのは「貧乏」という意味だ。

「みんな貧乏学生だから、その名前でいいんじゃないかな」

年長の福谷さんが賛成したので、名前は「ポバティーズ」に決まった。

「じゃ、早速、練習を始めましょう」

戸塚くんが元気よく言った。まず、キャッチボールで肩慣らしをしてから戸塚くんのノックで守備練習をする。

ソフトボールとは違い軟式野球のボールはよく弾むので、みんなうまくボールを取ることができない。すぐに後ろに逸らしてしまう。フライも目測を誤ってなかなか取れない。みんな元気よく声を出して練習したがあまり上達しない。

結局、ポバティーズは一回練習しただけで解散することになったのである。


はじめのうちはなかなか友人ができなかった下宿生活であったが、徐々にユニークな仲間たちと楽しく過ごせるようになってきた。

普段は酒を飲んだり馬鹿なことをしているのだが、みんなそれぞれの志をしっかり持って努力しているに違いない。全国各地から集まってきている下宿の仲間たちは、親元を離れて暮らしているだけに独立心が強く、将来の目標がすでに定まっている人が多いようだ。みんな独自の世界観を持っていて、話をしていると大いに刺激を受ける。個性を大切にし、我が道を歩んでいこうとする気構えができているのだろう。

高校時代の狭い世界からもっと広い世界へ舟を漕ぎ出した光太は、様々な新しい景色を見ている。下宿の仲間たちの姿もその一つだ。言わば、下宿の仲間たちによって新しい世界への扉が開かれているのだ。新しい世界で新しいものを見ると心がときめいてくる。ときめきは心を豊かにしてくれるし、新たな行動を起こすエネルギーにもなる。今や下宿の仲間は光太にとって大きな存在になっている。

三　学生運動

日米安全保障条約に関わる闘争の時のような大規模な学生運動ではないが、社会や大学当局に不満を持つ学生たちの運動はあちこちで起きていた。

光太が通う大学では、一部の学生たちが大学移転計画に反対する運動を展開している。大学側は京都市郊外の広い敷地に新校舎を建て、大学の一部を移転する計画なのだ。そして、その計画に対して過激な学生が反対行動を起こし、断固阻止しようとしているのである。大学構内のあちこちの掲示板には「移転反対」の紙が貼られている。夕方になると、門の外に「移転反対」の看板を置いて座り込みをする学生が現れることもある。

　ある日、光太が学生食堂で食事をしていると、山形出身の谷沢くんがやって来て向かいの席に座った。谷沢くんは純朴で真面目な学生である。食事をしながらしばらく雑談していると、話題が学生運動のことになった。

「光太くんは門で座り込んでいる学生を見たことがあるかい」

「時々ある。昨日も御所の向かい側の門の外で座っている学生を見かけたよ。寒いのによくやるよね」

「大学移転というのは学生にとって大きな問題だからね。光太くんは移転についてはどう思う？」

「歴史のある京都の中心から遠く離れた郊外に移転されるのは寂しい気がするし、学生にとって何かと不便になるんじゃないかな」

「僕もそう思うんだけど、今は東京や大阪などでも、都市の中心にある大学の多くは敷地が狭いので、もっと広々とした郊外に移し教育環境をよくしようとしているらしいよ」

「そのことを考えると、我が大学も移転はやむを得ないことなのかな」

「そうだね。敷地が広くなれば研究施設や運動施設が充実してきて、学生にとっては大きなメリットになるだろうね」

「それに、大学のすべてが移転するのではなくて、現在使っている校舎はそのまま残し、これからもこの場所で学ぶことはできるわけだからね」

　谷沢くんといろいろ話していると、今度は近藤くんが現れて光太の隣に座った。

「光太くん、ビッグニュースだ。後期試験がなくなるそうだよ」

「本当かい？」

光太は驚いて言った。谷沢くんも少し驚いた様子で近藤くんを見ている。

「講義の最後に先生が言っていたから確かな情報だ」

「前期試験がなくなったから後期は行われると思っていたんだけどね」

「最近また学生の運動が活発になってきていたから、学生側が大学に圧力をかけたんだろうね」

「そういえば、先日、講義が始まる前に赤いヘルメットを被った学生が三人教室に入ってきて、大学移転反対運動に賛同するよう訴えかけていたよ」

その時同じ教室にいた谷沢くんが頷きながら言った。

「赤ヘルの学生を見た時は驚いたね。昔、東京大学の安田講堂を占拠した学生の姿を思い出したよ」

光太も同じ光景を心に浮かべていた。

「あの時の学生運動はすごかったね」

その当時、日米安全保障条約の継続や大学当局の大学の運営の仕方に反対する学生たちの運動は全国各地で行われていた。特に、東京大学の学生運動の様子はテレビでもよく放映されていたので、光太の世代の学生はよく覚えているのである。

谷沢くんが言った。

「あの頃は〝安保〟や大学当局のやり方に対して、学生たちが一致団結して反対行動を起こしていたよね。若いエネルギーを結集して行われた運動はものすごいものだった。それに比べて現在の学生運動は規模も小さいし、運動の対象になっていることが大学によって様々だね。それに、全く行われていない大学も多くなっている」

近藤くんが続ける。

「今は平和な世の中になって、社会的に大きな問題があるわけではないし、個人主義が浸透してきているから、大勢の学生が団結して運動を起こすことがなくなってきたんだろうね。でも、昔の学生運動の名残りで、一部の学生はいろんな理由で反対運動を起こしている」

光太は話を聞きながら後期試験がなくなることを考えている。そして、二人に向かって言った。

「僕は今まで、大学移転に関してはほんの一握りの学生が個人的に反対行動を起こしているだけだと思っていたけど、前期に続いて後期も試験がなくなってしまうということは、きっと学生たちがかなり組織的に運動して大学当局とやりとりしているんだろうね。移転については学生の間でも賛否両論あると思うんだけど、実際には反対している学生がかなりいて、大学側はそのような学生の主張に対して真摯に耳を傾けていると思う。試験をなくすことが良いのか悪いのかはよくわからないけど、そうせざるを得ないということは、それだけ大学側と学生側が真剣に話し合いをしているんだろうね」

「僕たちの目には見えないところできっとそういう動きがあるんだね。赤ヘルメットの学生たちを見る目が変わったよ。彼らは彼らなりに真剣に考えて行動しているんだろうね」

谷沢くんも学生運動に対する見方が少し変わってきたようだ。

「でも、大学側は長期的な展望で移転を進めようとしているだろうから、計画の変更はあり得ないと思う。ところで話は変わるけど、試験がなくなるとまたレポート提出に切り替わるのかな。試験も嫌だけどレポートも時間がかかるから嫌だね」

近藤くんが最後に現実的な学生の問題に関わることを言った。光太もレポートは苦手である。

「僕もレポートは嫌だけど単位を取るためにはやるしかないね。考えてみれば、レポートの方が試験ほどプレッシャーはないから気楽にできるし、かえって良かったんじゃないかな。それに、レポートを作成する時は、資料をたくさん読まなければならないから大いに勉強になるよ。お互い頑張ろうぜ」

「光太くんはプラス思考だね」

近藤くんがにっこり笑いながら言った。谷沢くんもニヤッと笑っている。

四　作曲に挑戦

光太は一年生で登録していた科目の単位をすべて取得し順調に二年生に進級した。すべての科目のレポート作成はなかなか大変であったが、無事に乗り切ったのである。

二年生も引き続き多くの科目を登録した。教員免許を取得するつもりなので、教育心理学のような教職課程で必要な科目も履修しなければならず、必然的に登録科目の数が多くなるのである。

アルバイトは、いろいろ経験しておこうということで、短期間ではあるが新聞配達もやってみた。

今はスーパーマーケットで商品を並べるアルバイトをしている。牛乳や練り製品など、どの商品がどのくらいの期間店頭に置かれるかがわかって面白い。

生活費を稼ぐためにアルバイトをしながら大学の講義もほとんど休まず出席しているので、なかなか忙しい毎日である。


二年生も早や二カ月が過ぎた。光太はある講義に出席するのが楽しみになっている。それは言語学の講義だ。毎回二十人ほどの学生が出席し、女子の数が多いのである。その中で一人気になる女子学生がいるのだが、話す機会がないまま月日が流れてきた。

ある日、言語学の講義が終わって教室の外に出てから、光太は思い切ってその女子学生に声をかけてみた。

「あのー、名前を教えてもらってもいいですか」

いきなり声をかけられて、きょとんとした顔をしていたが、すぐ笑顔になって言った。

「池田といいます。あなたは？」

「栗山光太です。友人からは光太と呼ばれてます。池田さんと同じ講義なのはこの言語学だけですね。どの学部に所属しているんですか」

「文学部の国文学科です。光太くんは？」

「僕は法学部なんですが、言語に興味があって受講しているんですよ。出身はどこですか」

「徳島県の日和佐というところです。光太くんは？」

「愛知県の蒲郡です。いきなり声をかけてしまってごめんなさい」

「いいですよ。よろしくね」

「こちらこそよろしくお願いします」

次の講義があるのでほんの少し話をしただけだったが、光太は嬉しい気持ちになった。


次の言語学の講義の時、池田さんは光太を見てにっこり笑った。笑顔が素敵である。講義が終わってからまた少し話をすることができた。

何回か話をしているうちに、池田さんは一年浪人していて現在は三年生であることがわかった。光太より二歳年上である。落ち着いた感じの女性で、今や光太にとっては憧れの存在になっている。


七月のある日、いつものように自転車で下宿に帰ろうとしていると、偶然、池田さんが自転車置場にやって来た。

「光太くん、これから帰るの？　ちょうど私も帰るところなの」

「池田さんは下宿はどこなんですか」

「銀閣寺の近くよ」

「僕は一乗寺に下宿しているんです」

「じゃあ、帰る方向が同じだね。一緒に帰りましょうか」

一乗寺は銀閣寺の北の方にある。

憧れの池田さんと一緒に帰ることになって光太は嬉しくなった。

話しながら自転車を走らせ京都大学の近くの交差点までやって来ると、池田さんが自転車を止め光太の方に顔を向けて言った。

「光太くん、お茶でも飲んでいかない？　美味しいコーヒーの店があるの」

「はい、行きましょう」

光太はにっこり笑って答えた。

実は、光太自身も池田さんを誘いたいと思っていたのだが、自分から言い出す勇気がなかったのだ。

女性と二人で喫茶店に入るのは初めてのことだ。こぢんまりとした雰囲気のいい店で、クラシック音楽が耳に心地よい。窓際の席に座りコーヒーを注文する。

将来の夢や趣味など、いろいろと語り合った。

「光太くん、私、時々詩を書いているの」

「どんな詩を書いているんですか」

「女の子の切ない思いとか、美しい自然を見て感じたことなどを詩に書いてるの」

光太は、小椋佳、吉田拓郎、井上陽水といったシンガーソングライターの歌をよく聞いていて、いつかは自分も歌を作ってみたいと思っていたので、思い切って池田さんに頼んでみた。

「僕はフォークソングが好きなんだけど、自分でも歌を作ってみたいと思っているんです。池田さん、詩を書いてくれませんか」

「歌のための詩なんて書いたことないけど、光太くんの頼みだから挑戦してみようかな」


数日後、言語学の講義が終わってから池田さんに声をかけられた。

「光太くん、詩ができたよ」

光太は半分に折った紙を手渡された。

「もうできたんですか。嬉しいなあ」

紙を開いてみると、綺麗な文字で詩が書いてある。

あなたは木の下で
昼寝をしています
私はあなたの横で
寝顔を見ています
二人の間に言葉は何も
交わされないけれど
こうしてあなたのそばにいるだけで
私は幸せよ
だから生きていくの
あなたといつまでも

あなたは椅子にもたれて
本を読んでいます
私はあなたの横で
編み物をしています
二人の間に言葉は何も
交わされないけれど
安らかな時が流れる中で
心は通い合う
だから生きていくの
あなたといつまでも

好きな人と幸せに暮らしている女性の感情が詩に表現されている。

「とてもいい詩だと思います」

「そお？　よかった」

「早速、曲作りに挑戦してみます」

その日から光太は、自転車に乗っている時や銭湯に入っている時などに、心の中でメロディーを作ってみた。周りに人がいない時は小さな声で口ずさむこともあった。一週間でなんとか曲ができた。

次は楽譜にしなければならないのだが光太一人ではできない。光太は下宿の山内さんがよくギターを弾いているのを思い出した。

夏休みに入る直前の土曜日の夜、光太は山内さんの部屋へ行き楽譜作成のことを頼んでみた。

「山内さん、歌を作ってみたんですが、楽譜にするのを手伝ってもらえませんか」

「光太くんが歌を作ったのかい？　すごいねー」

「実は、同じ大学の年上の女性に詩を書いてもらって僕が作曲したんです」

「これはまたすごい。光太くん、なかなかやるねー」

「楽譜にしたいんですが、楽器もできないし、僕一人では無理なんですよ」

「よし、わかった。やってみよう。ギターの用意をするからちょっと待って」

山内さんは壁に立て掛けてあるギターを手に取り紘の調節を始めた。

「じゃあ、光太くん、歌ってみて」

光太が少しずつ区切りながら歌う。山内さんがギターを弾いて音を確認し楽譜にしていく。とても時間のかかる作業である。その夜は四分の一ほどしかできなかった。

「光太くん、今日はもう遅くなったから、明日、続きをやろう」

「わかりました。じゃ、明日もお願いします」

翌日の日曜日は、結局、丸一日かかり、夕食前にやっと楽譜が完成した。

「山内さん、ありがとうございました。今度、ビールを奢ります」

「じゃあ、佐賀に帰る前に一杯やろう」

光太は密かにあることを計画していた。オリジナルの歌を作ってＮＨＫの「あなたのメロディー」というテレビ番組に応募することだ。

その番組は日曜日の午前中に放送されている。素人が作った歌の中から毎週五曲が選ばれ、それをプロの歌手が歌うという番組だ。歌を作った人も出演する。この番組から、大ヒットした北島三郎の「与作」やトワ・エ・モアの「空よ」などの曲が誕生している。

光太は高校時代にその番組をよく見ていた。いつか自分も出演できたらいいなという思いを持ち続けているのだ。

早速、光太は応募した。番組に採用される自信はなかったが、応募したことである程度の達成感はあった。

ほんの少しだけ番組からの採用の知らせを期待していたが、結局、光太のもとに知らせが届くことはなかった。

池田さんに曲が完成したことをすぐに伝えたかったが、夏休みに入ってすぐに徳島の実家に帰ってしまったので連絡することができなかった。

九月になり後期が始まった。光太は池田さんに会うのを楽しみにしている。

後期最初の言語学の講義が始まる直前に、池田さんがいつものように爽やかな笑顔を浮かべて教室に入ってきた。光太は急いで池田さんのところへ行き、曲ができたことを伝えた。

「池田さん、曲ができました」

「嬉しいな。後で聞かせてね」

先生が教室に入ってきたので光太は自分の席に戻る。先生はいつもの調子で講義を進めるが、光太は集中して聞くことができなかった。

講義が終わり教室の外に出ると池田さんが声をかけてきた。

「光太くん、今日は一緒に帰りましょう。どこか人がいないところで歌を聞かせてね」

「僕も早く聞かせてあげたいなと思っているんです」

「じゃあ、御所の向かいの門で待ってるね」

待ち合わせの時間を決めてからそれぞれ次の講義に向かった。


すべての講義が終わって、光太はウキウキした気持ちで門に向かった。

門に着いたのは光太の方が早かった。しばらく待っていると池田さんが自転車に乗ってやって来た。

「光太くん、お待たせー。先生に質問していたらちょっと遅くなっちゃった。ごめんね」

「僕も今来たばかりです」

「じゃ、行きましょうか」

池田さんの方が年上なので、どうしても光太がリードされる形になってしまう。

自転車を引いてゆっくり歩きながら夏休み中の出来事などを話した。

鴨川に架かる橋までやって来た。池田さんは立ち止まり河原の方を見る。

「あそこの河原がいいかな。人がいないし」

「そうですね」

道端に自転車を置いて河原まで下りた。そして、ベンチに腰を下ろす。光太はカバンから楽譜を取り出して池田さんに見せた。

「光太くん、私の詩に曲をつけてくれてありがとう。しかも、楽譜にまでしてくれるなんて」

「曲は自分で考えたんだけど、楽譜は下宿の仲間に手伝ってもらったんです」

「大変だったでしょ。本当にありがとう。とても嬉しいわ」

「じゃあ、歌いますね。ちょっと恥ずかしいけど」

「お願いします」

光太は立ち上がり、池田さんの方を向いて少し咳払いをしてから歌い始めた。照れくさかったが頑張って歌った。池田さんは微笑みながら光太を見つめている。

歌い終わると池田さんは拍手をしてくれた。

「光太くん、ありがとう。一生の思い出になりそうだわ」

光太は嬉しかった。きっと、光太にとっても一生の思い出になるだろう。

五　法学部から文学部英文学科へ

　大学の法学部入学当初、憲法や民法などの講義は光太にとって新鮮であった。六法全書を購入し法律の勉強に励んでいた時もある。しかし、将来を思い描こうとすると、弁護士や検察官になって法律で身を立てるという気持ちにはならず、教師を志望する気持ちが徐々に強くなっていった。そして、一年生の夏休みが始まる頃には英語の教師になろうと心に決めたのである。

　ある日、すべての講義が終わってから、光太は教務課に立ち寄り、教員免許取得に関して訊いてみた。

「法学部に在籍する栗山です。教員免許取得についてお尋ねしたいのですが」

　年配の男性事務員の方が応対に出てくれたので光太はいろいろと訊いた。

「法学部に在籍していても英語の教員免許は取得できますか」

「法学部だと社会科の免許になりますので、英語の免許を取得するためには通信教育等で必要な科目を履修しなければなりません」

「四年間で社会と英語の免許を取得することはできますか」

「難しいと思います。一〜二年は余分にかかると思いますよ」

「法学部から文学部英文学科に変わることはできますか」

「それは可能です。二年生までの英語の成績がすべて八十点以上であることが最低条件で、それをクリアすれば英文学科の教授の面接を受けることになります。その面接で認められれば変わることができます」

「わかりました。ありがとうございました」

光太はしばらく考え、英語教師になるためには文学部英文学科に変わることが最善の道だと思った。英語で八十点以上の成績を取るのはそれほど困難ではないだろう。

二年生になり英文学に関する科目も少し登録した。これは三年生になる時に英文学科に変わることを見越してのことだ。文学部で必要な科目の単位を少しでも取得しておけば、後が楽になるだろうと思ったのである。

こうして、光太は法学部と英文学科それぞれの科目を勉強するという少し変わった大学生活を送ることになった。

一年生の時は法律の勉強が新鮮だったのと同様に、英文学の勉強も初めてのことなのでとても新鮮で興味深いものだった。

イギリス文学ではシェイクスピアの戯曲、アメリカ文学では『トム・ソーヤーの冒険』を書いたマーク・トウェインや『白鯨』を書いたメルビルなどの小説が講義で扱われた。作品に込められた作者の気持ちをじっくりと味わいながら、細部まで注意して読み進める形式の講義は難しかったが、作品にのめりこんで語る先生の話はなかなか面白い。また、講義では、文学作品をただ読み進めるだけではなく、その作品が書かれた時代の背景や当時を生きた人々の様子なども説明してくれるのでさらに興味が湧いてくる。

シェイクスピアの講義を担当しているのは奥谷という女性の教授。ロンドン留学中に劇場でシェイクスピアの劇を数多く鑑賞したらしく、時々、講義中に本物の劇のように臨場感あふれる語り口で様々な劇の名場面を聞かせてくれる。

アメリカ文学の担当は松本教授だ。五十歳くらいでロマンスグレーの髪をしたダンディーな先生である。学生の顔をしっかり見ながら一人ひとりに語りかけるように講義が進められていく。時々、「君はどう思う？」と問いかけられるので学生たちは集中して話を聞いている。

ある時、光太は先生に指名され、いつもの調子で「君はどう思う？」と聞かれたが、うまく答えることができなかった。英文学科の学生たちは質問されると自分なりの考えをすらすらと答えるので、光太は「みんなすごいな」と感心した。

後期になると、光太は英文学科の学生と一緒に行動することが多くなり、人間関係の幅が広がってきた。

ロバート先生の講義で知り合った井川さんからはよく声をかけられる。

「光太くん、英文学の講義には慣れてきたかな」

「はい。文学作品を読むことにはある程度慣れてきましたが、物語に登場する人物の心の動きなどを正確に読み取るのは結構難しい場合がありますね」

「ところで、光太くんは三年生の時に英文学科に変わるつもりなんだよね」

「はい、そのつもりです」

「じゃあ、英文学科の教授と親しくなっておいた方がいいよ。僕は時々、教授の研究室に行っていろいろ質問するんだ。そうすると、勉強以外のことも話してくれることがあって、親しくしてもらえるんだよ。光太くんも一度一緒に研究室に行ってみないか」

「僕はまだ一度も大学教授の研究室には入ったことがないから是非行ってみたいですね。井川さんは誰の研究室に行ったことがあるんですか」

「北島教授や奥谷教授など何人かの研究室に行ったよ」

「奥谷教授と言えば、シェイクスピアの講義はなかなか面白いですね。時々、劇の名場面を情感を込めて再現してくれるんですよ」

「僕も昨年度受講したけど楽しかったね。奥谷教授の研究室にはシェイクスピア劇のすべてが原書で揃えてあったよ」

「アメリカ文学の松本教授の研究室に行ったことはありますか」

「いや、行ったことないね」

「どんな先生かちょっと興味があるから行ってみませんか」

「そうだね。よし、行こう」

「研究室に行く場合は事前に連絡するんですか」

「突然では失礼だから、事前に伝えて許可を得るんだよ。次の講義の時に先生に話してみよう」

一週間後、松本教授は十九世紀のアメリカ文学についていつもの調子で語り、いつものように何人かの学生に質問していた。その日、光太は指名されなかったのでホッとした。

講義が終わるとすぐに教授は教室を出て研究室に戻っていく。光太は井川さんと一緒に教授を追いかける。キャンパスをゆっくり歩いている教授に追いつき、井川さんが研究室に伺いたい旨を伝えると、教授は快諾してくれた。井川さんがとても熱心な学生であることを教授は知っているのだろう。

「夕方五時頃なら空いているよ」

「それでは、五時に伺います。ここにいる栗山くんも一緒に伺いますのでよろしくお願いします」

「栗山です。よろしくお願いします」

「じゃ、五時に待っているよ」

教授は研究室がある新町校舎へゆっくりと歩いていった。

光太と井川さんは五時五分前に新町校舎の門で待ち合わせることにして、それぞれ次の講義に向かう。

その日の講義がすべて終わり、光太は井川さんと一緒に松本教授の研究室に行った。教授は講義の時とは違い穏やかな笑顔で迎えてくれた。

書棚には様々な作家の全集が並んでいる。机の上にも本が積まれていて、やや雑然とした雰囲気である。

「そこのソファーに座って楽にしてくれたまえ」

井川さんは慣れているので、すぐにソファーに座りリラックスしている様子である。光太はやや緊張しながら井川さんの隣に座った。

「コーヒーでも飲むかね」

「はい、いただきます」

松本教授は慣れた手つきでコーヒーを淹れてソファーの前のテーブルに置いた。

コーヒーを飲みながらしばらく雑談をする。

「君たちは外国へ行ったことがあるかね」

「いいえ、ありません。今のところ行く予定もありません」

井川さんは外国へ行くことは考えていないようだ。

「僕も行ったことはありませんが、是非行ってみたいと思っています」

光太は高校時代から外国へ行くことを真剣に考えている。

「若いうちに一度は外国へ行くといいね。広い世界へ飛び出し、様々な国の人と語り合いながら自分自身の視野を広げていくことは大切なことだよ。僕はアメリカに三年間滞在し、価値観が異なる人々と触れ合っていくうちに、いろんな角度から考える習慣が身に付いたと思う」

サークル活動や趣味などについても話した。松本教授は囲碁が好きなようである。

そうした雑談の中で教授から出身地を訊かれた。

「井川くんは出身はどこかね」

「生まれも育ちも京都です。北区の紫野に住んでいます」

「栗山くんは？」

「僕は愛知県の蒲郡市出身です」

「おや、偶然だね。僕も生まれは蒲郡なんだよ。十歳まで蒲郡に住み、それから京都に引っ越してきたんだ」

「そうなんですか」

光太は驚いた。同時に、松本教授に対して親近感が湧いてきた。

十分ほど雑談をした後で井川さんが教授に質問した。

「十九世紀のアメリカ文学の特徴は何ですか」

真面目な井川さんは専門的な質問をする。教授はいろんな作家の例を出しながらわかりやすく説明してくれた。

光太は文学とは関係のない質問をする。

「先生は講義中によく学生に問いかけていますが、それはどうしてですか」

「一方的に講義をするだけではつまらないからね。文学作品の解釈は読む人によって様々に異なる場合があるから、学生に問いかけると、中には素晴らしい感性を持っている学生がいて、僕が思ってもみなかったような解釈をすることがあるんだ。そうすると、その学生から僕は新しい解釈を教えられることになる。つまり、ギブ・アンド・テイクというわけだ」

「学生から教えられる」という教授の言葉に光太は新鮮な感覚を覚えた。そして、学生の考えに耳を傾けようとする教授の姿勢を好ましく思った。

井川さんは最近の松本教授の講義の内容に関してもいくつか質問した。光太は講義をただ聞いているだけのことが多いが、井川さんは疑問に思ったことをノートに記入しながら注意深く講義を聞いているのだろう。そして、少しでも疑問に思ったら納得できるまで質問しているに違いない。

光太はもう一つ教授に訊いてみたいことがあった。

「先生が文学の研究を志すようになったきっかけは何ですか」

「小さい頃から本を読むことが好きで、いろんな作家の本を手当たり次第に読んでいたのだけれど、高校生になると、物語の登場人物や作家自身の生き方に興味を持つようになったんだよ。ちょうど自分自身が人生について考える年頃になっていたからね。そして今度は、感銘を受けた作家の本を徹底的に読むようになったんだ。文学の研究をするようになったのは、そういう読書体験がきっかけになったんじゃないかな」

光太も気に入った作家の本をいろいろ読み、大いに感銘を受けたこともたびたびあったが、ある特定の作家の本を徹底的に読んだ経験はない。文学の研究に限らず、学問全般、芸術、スポーツなど、どの分野においても、その道を究めようとすれば徹底的にやる必要がある。光太は教授の話を聞いて「英語の教師になるためには英語の勉強を徹底的にやらなければいけないなあ」という気持ちになった。

三十分ほど時間が経ったところで、井川さんが時計をちらっと見て光太に目配せをする。

「先生、そろそろ失礼します。とても勉強になりました。貴重な時間を割いていただきありがとうございました」

井川さんはとても丁寧にお礼を述べた。

「ありがとうございました」

光太も続いてお礼を言った。研究室で教授の話を聞くというのは光太にとっては貴重な体験である。

「質問などがあれば、またいつでも気軽に来ていいからね」

松本教授は気さくに声をかけてくれた。


月日が流れ、後期試験が間近に迫ってきた。

ある日の午後、光太はキャンパスで松本教授に会った。光太の方から挨拶をする。

「こんにちは」

「やあ、光太くん。井川くんから聞いたけど、英文学科に変わるつもりでいるんだね。英語の試験頑張りなさい」

「はい、頑張ります」

研究室を訪れて以来、光太は松本教授には特に親しみを感じるようになっていて、会えば必ず挨拶をしている。教授の方も時々光太に声をかけてくる。故郷が同じということで気にかけているのかもしれない。

英文学科に変わるためには英語で八十点以上取ることが最低条件なので、必然的に英語の勉強に力が入ることになる。他の科目は試験である程度書けば単位は取れるだろうと光太は思っている。

一月中旬に試験が行われた。結果が出るのは一カ月ほど後である。

一般教養や法律の科目は十分な勉強ができたわけではないのであまり自信はないが、英語に関してはかなり頑張ったので、たぶん八割以上は取れているだろう。それでもやはり、結果が出るまでは心配で、一抹の不安はあった。でも、とにかく試験は終わり春休みになったので、光太は日々の生活を楽しむことにした。

大阪に下宿している高校時代の友人が遊びに来たり、逆に、光太の方から大阪へ行ったり、下宿の仲間と自転車で京都市内を走り回ったりした。時には一人で大原三千院、比叡山延暦寺、宇治平等院、鞍馬山、嵐山などへ出かけることもあった。また、「どう生きるべきか」を考えながら哲学の道も歩いてみた。

時はあっという間に過ぎ、試験の結果が届く時期になった。

ある日、下宿に戻ると大学から封筒が届いていた。部屋に入って開封すると試験の結果が書いてある紙が同封されていた。光太はまず英語の成績を確認する。すべて「優」である。これで最低条件はクリアだ。光太はホッと胸を撫で下ろした。他の科目も確認してみると、ちらほらと「優」があるが、ほとんどは「良」である。あまりいい成績とは言えないが、すべての科目の単位を取ることができた。

翌日、光太は教務課へ行き、所属学部変更手続きについて問い合わせた。

「法学部に在籍する栗山です。以前、法学部から文学部英文学科へ変わることができるということをこちらでお聞きしましたが、今日はその手続きをしに来ました」

見覚えのある男性職員が応対に出てくれた。

「成績表を持っていますか」

光太はカバンの中から成績表を取り出しその男性職員に手渡した。彼はすぐに成績を確認する。そして、書類棚から一枚の書類を取り出してきた。

「英語の成績が八十点以上という条件がクリアされていますので、次は面接を受けることになります。この書類に必要事項を記入してください。面接の日時については三日後に連絡しますので、もう一度こちらに来てください」

「はい、わかりました」

光太は書類を受け取り急いで記入して提出した。

教務課を出て下宿に向かって自転車を走らせながら、「面接ではどんなことを訊かれるのだろう」と思った。

面接は三月初旬に行われることになった。場所は英文学科事務室の隣の応接室である。

光太は面接開始時間の十分前に到着し事務職員に声をかけた。応接室に案内され、やや緊張しながら面接官の教授を待つ。

予定の時間になったが教授は現れない。しばらく待っていると、少し慌てた様子で教授が入ってきた。光太は驚いた。なんと、息を弾ませながらやって来たのは松本教授だったのである。

教授はニヤッと笑って光太に声をかける。

「光太くん、待たせたね。今日は僕が面接を担当することになったんだ。驚いたかね」

「はい、びっくりしました。よろしくお願いします」

「じゃあ、早速始めよう。英文学科に変わりたいと思った理由を教えてくれるかな」

「法学部に入学した当初は、まだ将来の目標がしっかり定まっていなかったのですが、一年生の前期が終わる頃に英語の教師になろうと決心しました。それで、英文学科に変わりたいと思ったのです」

「英語の教師になろうという決意は変わっていませんか」

「はい、変わっていません。むしろ、二年生になってから英語教師になりたいという気持ちがますます強くなっています」

「英語の勉強は好きかね」

「はい、大好きです。今年度、英文学科の科目も少し履修したのですが、英文学にも興味が湧いてきました。英語をしっかり勉強して、原書でいろんな文学作品を読めるようになりたいと思っています」

「これだけ聞けばもう十分だね。来年度からは英文学科で頑張りなさい」

「はい、頑張ります。ありがとうございました」

面接はあっという間に終わり、後は雑談になった。松本教授は蒲郡で過ごした日々の思い出を話してくれた。幼い頃両親によく竹島に連れて行ってもらったことや西浦の海岸で泳いだことなどを懐かしそうに話す。光太は蒲郡の今の様子などを話した。故郷の話題でいろいろと話が弾む。楽しい時間になった。

教授はちらっと時計を見る。

「じゃ、次の予定があるから失礼するよ」

「はい。本日はありがとうございました」

松本教授が急いで応接室を出ていくのを見送り、光太は「よっしゃー！」と心の中で叫んでガッツポーズをした。

六　英語の修行

光太は二年生になってからＥＳＳに入った。ＥＳＳは英語を話すことを目的としたサークルである。高校までは運動系の部活だったので大学では文科系のサークルを選んだ。一年生の時はアルバイトで忙しく、サークル活動をしている余裕はなかったのだ。

学生会館の中にいわゆる部室がある。大きめの机とその周りに椅子があるだけで、むさ苦しい感じの部屋だ。この部屋の中では日本語禁止。すべて英語で会話をすることになっている。日本にいながら留学しているような気分になれる貴重な空間である。ただし、残念ながら外国人は一人もいない。日本人の学生が集まってくるだけだ。

大学によってはディベートを活発に行って全国大会に出場したり、大学祭で英語劇を上演するというような活動をしているＥＳＳもあるようだが、光太が入ったＥＳＳは大きな行事はなく細々とした活動をしている。忙しい生活を送っている光太にとってはちょうど適したサークルである。

サークルのメンバーは総勢で十数名。全員が集まったのは四月下旬の新人歓迎会。一年生三人と光太が歓迎された。新人たちは先輩から手荒い歓迎を受ける。先輩たちを相手にして「イッキ飲み」をさせられるのである。最初のうちは先輩の前ではかしこまっていたが、歓迎会が終わる頃には先輩たちとの距離が縮まったように感じた。

歓迎会を境にして光太はＥＳＳの部室によく足を運ぶようになる。誰もいない時もあるが、たいてい一人か二人は部員がいる。部員がいれば自然に英語で会話が始まる。

先輩たちは慣れているので最近の出来事などを中心に話している。中には、社会問題などの難しい内容を話す先輩もいる。光太は英語を話すことにはまだあまり慣れていないので、日常の出来事を易しい英語を使って話すだけである。流暢に英語を話す先輩を見ていると、「まだまだ修行が足りない」と痛感してしまう。英会話の本を読んだりラジオの英語番組を聞いたりすることはあるが、それだけではいけないと思う。もっと積極的に英語を話さないと上達しないだろう。

ある日の夕方、部室に行くと先輩の中田さんがいたので、光太は英会話上達の秘訣を訊いてみた。中田さんは法学部の三年生でかなり流暢に英語を話す。

「英語をスラスラと話すことができるようにするための秘訣は何だと思いますか」

「とにかく数多く実際に英語を話すことが大切だ。外国人の友達を作れば英語を話す機会は確実に増えるね」

「中田さんは外国人の友達がいるのですか」

「一人いるよ。たまたま同じアパートに外国人留学生がいて仲良くしているんだ」

「それはいいですね。僕の周りには留学生はいないから友達を作るのは難しそうですね」

「それなら、外国人の先生と親しくなるといい」

「なるほど。それはいい考えですね」


大学には外国人の先生が何人かいて、キャンパスを歩いていると見かけることがよくある。

一年生の時、光太は英会話を教えてもらっていたロバート先生に時々話しかけていた。先生の下宿で開かれたパーティーに参加したこともある。でも、最近はあまり外国人の先生に話しかけていない。

二年生になってからはブラウン先生の講義を受けている。ブラウン先生は大柄な先生で、とても気さくに話しかけてくるので学生に人気がある。先生は大学の近くに下宿しているらしい。光太は「ブラウン先生の下宿へ遊びに行こうかな」と思った。

光太はいろんなことに興味を示す同級生の近藤くんを誘ってみた。

「近藤くん、ブラウン先生の下宿へ遊びに行かないか」

「うん、いいよ。面白そうだね」

「先生の下宿は大学から近いそうだけど、近藤くん知ってる？」

「相国寺の南門のすぐ近くらしいよ」

「さすが近藤くん。よく知ってるね」

相国寺は大学に隣接する臨済宗の寺で、室町幕府三代将軍足利義満が開いた寺である。

「光太くん、いつ行く予定なんだい？」

「来週金曜日の夜はどうかな」

「ＯＫ！」

次のブラウン先生の講義が終わってから、光太が遊びに伺いたい旨を先生に伝えると快く了解してくれた。


先生が描いてくれた簡単な地図を頼りに相国寺の南門から東に向かって歩いていくと、下宿はすぐに見つかった。ロバート先生と同じように大きな屋敷の離れを借りて住んでいる。呼び鈴を押すとブラウン先生は笑顔で出迎えてくれた。

「よく来てくれたね。こちらへどうぞ」

案内されたのは八畳ほどの和室である。テーブルと座布団が置かれている。部屋の隅には机もあり、可憐な一輪の花が飾られていた。

光太と近藤くんは横に並んで座り、ブラウン先生はテーブルの向かい側に座った。テーブルの上には急須、湯呑、お茶のセットがある。先生はコーヒーよりも日本のお茶を好むようだ。

「新茶を淹れよう。僕はお茶が好きなんだ」

「ありがとうございます」

先生は慣れた手つきでお茶を淹れてくれた。新茶のいい香りがする。

お茶を飲みながらしばらく英語で話をした。光太は先生の故郷や趣味などについて訊いてみた。

ブラウン先生はユタ州の州都ソルト・レイク・シティー出身で、日本に来て五年になるそうだ。日本の文化に関心があり、特に神社仏閣を見るのが好きで、暇があると京都や奈良を歩き回っているとのことである。

「ところで、君たちにお願いがあるんだが。実は、私の娘が七月の下旬に日本にやって来るんだ。大学一年生で私と同じように日本に関心を持っていてね。京都には二週間滞在するんだが一日娘に付き合ってくれないかね。奈良あたりを案内してもらえるとありがたいんだが」

「はい、いいですよ。喜んで案内します」

光太は八月中旬には実家に帰ることにしているが、七月下旬は特に大きな予定はない。近藤くんを見るとにっこり笑って頷いているので、彼も乗り気になっているようだ。

「具体的な日時は娘が来てから打ち合わせることにしよう」

その後はブラウン先生の旅の話が中心になった。日本に来る前にヨーロッパの様々な国を旅したそうだ。ユニークなエピソードや失敗談もいろいろと話してくれたので聞いていて面白い。

光太は積極的に英語で質問してみた。負けず嫌いな近藤くんも慣れない英語で話に加わろうとする。流暢な英語とは言えないが、身振りを交えながらなんとか理解してもらおうと一生懸命話した。ブラウン先生は笑みを浮かべながら根気よく聞いてくれる。一時間半ほどいろんな話をすることができて、とても貴重な時間になった。

光太はそろそろ失礼した方がいいかなと思い、近藤くんに目で合図を送ってから言った。

「ブラウン先生、今日はいろんな話を聞かせていただきありがとうございました。とても楽しかったです」

「また、気軽に遊びにおいで。それから、娘のことはよろしく頼むよ」

「はい、わかりました。連絡を待っています」

夏休みに入る直前、大学の構内を歩いているとブラウン先生に声をかけられた。

「ヘイ、光太。娘が明日京都に来るんだ。以前お願いしたように娘を奈良へ連れて行ってくれないかな。次の日曜日はどうだい？」

「特に予定はないので大丈夫です」

「じゃあ、待ち合わせの時間と場所を確認しよう」

「九時に京都駅の改札口前でどうですか」

「ＯＫ！　娘の名前はキャサリンだ。じゃ、よろしく」

光太は下宿に帰ってから近藤くんに電話で連絡した。

「ブラウン先生の娘さんを奈良へ連れて行く日程が決まったよ。次の日曜日なんだけど大丈夫？」

「次の日曜日は予定が入ってしまったんだ。本当は一緒に行きたいところなんだけど」

近藤くんは大事な時に都合が悪くなることがよくある。結局、光太が一人でキャサリンを連れて行くことになってしまった。女性と二人で出かけるのは初めてのことである。光太は少し緊張してきた。


キャサリンを奈良へ連れて行く日になった。天気は快晴である。外へ出ると夏の日差しが眩しい。光太は市バスに乗り込み、京都駅には八時半頃着いた。日曜日なのであまり混雑しているわけではないが、旅行者と思われる人々は多い。

待ち合わせの場所である改札口前へ行くとキャサリンはまだ来ていないようだ。行き交う人々を見ながら待つことにする。

――どんな女性だろう。ブラウン先生のように大柄な人かな？

光太は期待と緊張が入り混じった心境で待っていた。

九時少し前に赤いリュックを背負った金髪の若い女性がやって来た。光太より背は低いが女性としては大柄である。

「アー・ユー・キャサリン？」

「イエス。アー・ユー・コウタ？」

「イエス。アイム・コウタ」

美人というわけではないが人懐っこい笑顔が可愛い女性である。

「父から光太のことは聞いてるわ。よろしくね」

「こちらこそよろしく。じゃあ、早速、近鉄電車で奈良まで行きましょう。レッツ・ゴー」

「OK！　レッツ・ゴー」

キャサリンは大学で日本のことを学んでいるので日本文化に関する知識はあるが、日本語はほとんど話すことができない。光太が英語でいろいろと説明しなければならないので、光太にとってはかなりハードである。

奈良公園で鹿にエサをやったり、法隆寺をはじめ有名な寺を見て回った。寺や仏像について英語で説明するのは大変なことであった。それに、好奇心旺盛なキャサリンはいろんな質問をしてくるので、それにも答えなければならない。照り付ける日差しを受けながら一日中歩き回って、日が傾いてきた頃にはぐったりと疲れてしまった。そして、一日中英語で考え英語で話していたので頭もぐったりとしてしまった。でも、若い外国人女性が日本の文化に触れて無邪気に喜んでいる姿を見ると、光太は嬉しくなった。

「キャサリン、そろそろ帰ろうか」

「そうだね。お日様も沈んでしまったし、帰りましょう。光太、今日は一日付き合ってくれてありがとう。とても楽しかったわ」

「こちらこそ、ありがとう。僕も楽しかったよ」

帰りの電車の中では、二人とも疲れ切って爆睡状態だった。

もう一つの英語の修行としてはレシテーションコンテストへの参加がある。先輩の中田さんから勧められたものだ。

九月のある週末、いつものようにＥＳＳの部室へ行き、誰もいないのでしばらく英語の雑誌を読んでいると中田さんがやって来た。

「光太、十一月にレシテーションコンテストがあるんだけど出てみないか」

「どんなコンテストなのですか」

「いわゆる暗唱コンテストだよ。決められた英文を暗唱して、情感を込めてスピーチするんだ」

「どれくらいの長さの英文ですか」

「三〜四分ほどのスピーチだから、それほど長くはない。これが今年のコンテストのスピーチ原稿だよ」

光太は中田さんから原稿を受け取った。光太にとってはかなりの長さである。これだけの長さの英文を暗唱するのはなかなか大変そうだ。

「中田さんは出たことがあるのですか」

「去年出たよ。英文を覚えるのはちょっと大変だったけど、いい経験になったね」

「そうですか。じゃあ、僕も挑戦してみようかな」

その日から光太は少しずつ英文を覚えていった。原稿を声に出して何度も繰り返し読み、十月中旬にはなんとか覚えることができた。あとは聴衆に訴えかけるような読み方ができるように練習しなければならない。

　大学への行き帰りに自転車に乗りながら、あるいは銭湯へ行く道すがら、声を出してひたすら練習した。コンテストの直前には、部室で中田さんに聞いてもらいアドバイスを受けた。自分なりにある程度は自信が持てるようになってきた。


　コンテストは大阪で行われた。関西地区の大学連合主催であまり大きな規模ではない。エントリーした大学生は十人程度である。聴衆は約五十人。スピーチの順番は当日発表され、光太は最後の方だった。

　控室でやや緊張しながら順番を待っていると、中田さんがやって来た。

「光太、落ち着いてやれよ」

「はい、頑張ります」

　案内係の女子学生が来て「次は栗山光太さんです」と告げた。いよいよ光太の出番である。

　コンテスト会場へ行き聴衆の前に立つと緊張感が高まってきた。「さあ、やるぞ」と心の中で呟いてからスピーチを始める。

　ゆっくりと、できるだけ気持ちを込めて聴衆に訴えかけるようにスピーチをする。途中で言い間違えたところもあったが、なんとか最後まで語り終えた。聴衆からの温かい拍手を受けて退場する。ホッとした気持ちと同時に苦労してやり遂げたという満足感があった。

　残念ながら入賞することはできなかったが、一カ月以上自分なりに努力をして、英語によるスピーチを聴衆の前で行ったのはとても貴重な経験になった。

光太は心地よい達成感を味わいながら、爽やかな気持ちで会場を後にした。

七　北海道へ

三年生の夏になった。かねてからの願いであった北海道への旅が間近に迫っている。

当時は自転車で北海道を巡る学生が多かったので、光太はフェリーで北海道へ行き、気ままな自転車での旅をすることも考えたが、最終的には汽車で行くことにした。中学時代の親友である剛と二人で行くことになっている。

四年生の夏は就職活動で忙しくなるかもしれないので、夏休みをのんびりと遊んで過ごせるのは三年生が最後になるだろう。

ある日、光太は剛の家へ遊びに行った。

「剛、旅行の準備はできてるかい」

「うん、ぼちぼちとやってるよ。着替えは何日分くらい持っていけばいいかな」

「一週間分もあればいいと思う。宿で洗濯できるだろうからね」

北海道への旅は二十日間の予定だ。

剛はウキウキしながら光太に声をかける。

「出発はいつにしようか」

「いつでもいいよ。七月二十五日出発でどうかな」

「ＯＫ！　夏の北海道か。楽しみだな」


いよいよ出発する日になった。光太はいつもより早く目が覚めた。朝ご飯をしっかり食べてから、大きなリュックを背負い「じゃ、行ってくるよ」と家族に声をかけて家を出た。

蒲郡駅に着くと、すでに剛は改札口の前に立っていて、光太に向かって手を振っている。

「オーイ、光太、急げよ。もうすぐ汽車が来るぞ」

光太は小走りで改札口に向かった。そして、急いで東京までの切符を買い、改札を抜けると汽車が駅に入り込んでくる音が聞こえてきた。光太と剛はプラットホームまで全力で走り汽車に飛び乗った。こうして北海道への旅は慌ただしく始まったのである。


普通列車や急行列車を乗り継いで夕方には東京に着いた。

「光太、北海道はまだまだ遠いなあ」

剛が少し疲れた表情で言った。

「いかにも旅をしているという感じでいいじゃないか。俺たちにはたっぷり時間があるんだからのんびり行こうぜ」

「次は上野駅から寝台列車に乗るんだよね。寝台列車なんて初めてだ。楽しみだなあ」

剛の目がまた輝いてきた。光太も楽しみにしている。

「剛、寝台列車の出発時刻までまだ時間があるから、東京見物でもしようぜ」

まず最初に神田へ行き古本屋街をあちこち歩き回る。暗くなってからは秋葉原へ移動して夜の街を散策する。夜でもとても賑やかだ。目新しい店がたくさんあるので見ているだけでも楽しくなってくる。

少し歩き疲れたところで光太は剛に声をかけた。

「剛、そろそろ上野へ行こうか」


夜の十時を過ぎても上野駅には人が大勢いる。光太と剛は寝台列車が出るプラットホームを確認するために、表示を見ながら駅構内をうろうろと歩き回った。

「東北本線で青森行きの寝台列車だよね」

剛が呟きながら探している。

「あっ、あそこに表示が出ている」

光太は剛に声をかけて表示を指差した。

「よし、これで何番線か確認できたし、駅弁を買いに行こうか、光太」

「ＯＫ！　あそこで売っているから行ってみよう」

駅弁は旅の楽しみの一つである。今までも「釜めし」や「鮒ずし」など、旅先で様々な駅弁を楽しんできた。

店にはいろんな種類の駅弁が並んでいる。

「種類が豊富で迷っちゃうなあ」

「これ、美味しそうだなあ」

「これもうまそうだぞ」

二人ともなかなか決められない。最終的に、ボリュームがあって、うまそうなものを選んで買った。

「寝台列車には長時間乗ることになるから、後で夜食として食べようぜ」

剛はすぐに食べたそうにしていたが、「寝台列車の中で食べる駅弁はさらにうまそうだな」と言ってリュックの中に入れた。

「光太、出発までまだ時間があるけど、そろそろ乗れるんじゃないかな」

「そうだね。じゃ、行こうか」


プラットホームへ行くと大きなリュックを背負った人があちこちにいる。光太と剛は寝台列車に乗り込んだ。自分たちの指定の場所を探して中に入る。すでに寝台ベッドは用意されていて、上下の二段になっている。

「剛、上と下どっちがいい？」

「上がいいな」

荷物を置き一息ついていると発車のベルが鳴った。いよいよ青森へ向けて出発である。

「明日の朝は青森だね」

剛が上の段から光太に話しかけてきた。

「本州最北の地だね。どんなところかなあ」

列車が動き出した。どんどんスピードを上げていく。

光太は窓越しに外を見たが、闇の世界が広がっているだけで何も見えない。窓に映る自分の姿がぼんやりと見えるだけだ。

心の中でこれから行く東北の地を想像してみた。青々とした田園風景が浮かんでくる。しばらくの間、東北や北海道のことを考えていると、剛がまた上から声をかけてきた。

「腹が減ってきた。駅弁を食べようか」

「そうしよう。剛、下りて来いよ。一緒に食べようぜ」

下段のベッドに腰を下ろして駅弁を食べた。腹が減っているのでとても美味しい。

お腹が満たされ眠くなってきたので、それぞれのベッドで寝ることにした。目を閉じて列車の揺れに身を任せていると、いつしか深い眠りに落ちた。

目を覚ますと外はすでに明るくなっている。光太はカーテンを開けて外の風景を見た。思い描いていた通り、見渡す限り田園が広がっている。鮮やかな緑に覆い尽くされた景色は心を落ち着かせてくれる。

しばらくの間、流れる景色をぼんやりと眺めていると、時折まだ青い状態の実をつけた林檎の木が見えてくる。列車はすでに青森に入っているようだ。

光太は時刻表で到着時間を確認してから剛に声をかけた。

「オーイ、剛、起きたか？」

返事がない。しばらく待つと目をこすりながら剛が顔を出した。

「光太、早起きだなあ。あとどのくらいで着くのかな」

「あと四十分くらいで青森駅に到着だ」


寝台列車は別れを惜しむかのようにゆっくりと青森駅のホームに滑り込んだ。光太と剛は荷物をまとめ列車に別れを告げる。

「剛、寝台列車はなかなか快適だったね」

「そうだね。ぐっすり眠れたよ」

「さあ、今度は船だ」

光太はとても嬉しそうである。海辺の町で育ったので船が好きなのだ。

「光太、まだ時間があるから周辺を散策しようぜ」

「よし、行こう」

駅前の広場に出ると大きなリュックを背負った旅人が大勢いる。これから東北の地を旅する人、光太たちのように北海道へ行こうとしている人などがこの青森に集まってくるのだろう。

駅周辺だけでなく、海が見える堤防沿いの道も歩いた。カモメが風に乗って優雅に舞っている。海の向こうにある北の大地に思いを馳せ、「この海を越えれば北海道か」と光太は呟いた。
「北海道へ行ったら、うまいものを腹一杯食べようぜ」
食いしん坊の剛が嬉しそうに言った。

しばらく海の景色を楽しんでから船が停泊している港へ行った。乗船待ちの人々の列ができている。旅人が多いが、大きな荷物を持った地元で商いをしているように見える人たちも交じっている。光太と剛も列に加わった。どんどん人が集まってきて列が長くなる。数分後には乗船が始まった。人の波が瞬く間に船に吸い込まれていく。

いよいよ青函連絡船の出航である。デッキには紙テープを持って見送りの人に手を振っている人がいる。テレビのドラマや映画で時々見たことのある感傷的な光景だ。

錨が上がりエンジンがかかる。スクリューが勢いよく回る音が聞こえてきた。船はゆっくりと港を離れ北に向かって進み始める。港にいた人たちの姿が徐々に小さくなり、やがて点のようになった。

「剛、中に入って座ろうか」
「そうだね。函館までは四時間かかるから中で少し休もう」
船内へ行くと、広間のようになっている場所があり、大勢の人でごった返している。横になって休んでいる人が多い。

「あそこが空いているぞ」

剛が座れそうな場所を見つけて指差している。

「よし、あそこに座ろう」

人を掻き分けるようにして空いている場所まで辿り着き、荷物を下ろして一息ついた。すぐ横には行商をしていると思われる六十歳前後のおばさんが大きな荷物にもたれて座っている。

「どこから来たんだい？」と光太はそのおばさんに声をかけられた。

「愛知県から来ました」

「ずいぶん遠くから来たんだね。北海道は初めてかい？」

「はい、初めてです」

「北海道を一周するつもりなんですよ」と剛も話に加わってきた。

「夏の北海道は過ごしやすくていいね。この時期は若い人たちがたくさん来るからとても活気があるよ」

光太は「青函連絡船にはよく乗るんですか」と訊いてみた。

「もう二十年以上この連絡船で青森と函館を行ったり来たりして商いをしているんだよ」

「何を売っているんですか」

「主に海産物だね」

光太と剛は日焼けした顔で白い歯が印象的な元気のいいおばさんといろんな話をした。地元の人と話をするのも旅の楽しみだ。

青森港を出航してから三時間が経過した。波は穏やかで、船は順調に北へ向かって進んでいる。

「剛、デッキに出てみようか」

船内では行商人のおばさんと話をしたり横になって休んだりしていたが、せっかくの船旅なので雄大な海の景色を眺めようと思ったのである。

「よし、行こう。そろそろ北海道が見えるかもしれないぞ」

デッキに出ると風がとても心地よい。海は降り注ぐ真夏の太陽の日差しでキラキラと輝いている。北の方角へ目を移すと、はるか遠くに陸地がぼんやりと見える。

「光太、北海道が見えてきたぞ」

「そうだね。もうすぐ北海道に上陸だ」

興奮しながら進行方向を見続ける。北海道の姿が徐々にはっきりと見えてきた。

船はゆっくりと函館港に入る。連絡船ともいよいよお別れだ。

「おばさん、元気でね」

光太と剛は行商人のおばさんに別れを告げた。

「楽しい旅になるといいね。気を付けて行くんだよ」

おばさんはにっこり笑って手を振ってくれた。

エンジンが止まり船はロープで港につながれた。光太は「さあ、行こうぜ」と剛に声をかけた。

「憧れの北海道への第一歩だ」

剛はとても嬉しそうに言った。

大勢の人が一斉に出口へと向かう。あとは流れに身を任せるだけだ。光太と剛は押し出されるようにして船を降り、とうとう北海道に足を踏み入れた。

「やったー。ついに北海道に着いたぞ」

光太は剛に向かって大声で叫んだ。

「やっと着いたって感じだね。家を出てから三十時間以上かかったよ。光太、何か食べようぜ」

食いしん坊の剛は早速食べることを考えている。

「OK！　新鮮な魚でも食べようか」

港をゆっくり歩いていると大衆的な食堂が目に留まった。「あそこで食べよう」と剛が言い、すぐに中に入る。「いらっしゃーい」という元気な女の人の声が聞こえてきた。

カウンターの席に座り海鮮丼を注文した。新鮮な魚の刺身やカニ、イクラなどがたっぷり入った丼がすぐに目の前に出てくる。「美味しそうだな」と言い、すぐに平らげてしまった。

「光太、今日の予定はどうなっていたかな」

「今日は大沼公園のユースに泊まる予定だから、五時頃まで函館を見物してから移動しよう」

ユースというのは若者向けの宿泊施設であるユース・ホステルの略である。とにかく安いし、夜のミーティングではレクリエーションも行われるので楽しい。一夜限りではあるが全国の若者と交流ができるのも貴重な経験になる。特に、若い女性と話ができるチャンスがあるのも楽しみだ。

お腹が満たされ満足した後、まずは五稜郭へ行くことにした。五稜郭は榎本武揚率いる旧幕府軍が新政府軍と戦った地である。この戦いで戊辰戦争が終わりを告げることになる。新選組の土方歳三が最期まで戦い戦死した地としても有名だ。

歴史を感じながら五稜郭を巡り、その後は函館市内を歩き回った。北海道一日目なのでとても元気である。しかし、二時間ほど歩くとさすがに少し疲れてきた。

「剛、そろそろ大沼公園へ行こう」

大沼公園には夕食前に着いた。受付で毛布を受け取り部屋に入る。四人部屋である。荷物を置いて早速食堂へ行った。全体的には質素な食事ではあるが、北海道らしく大きなサケが出たので十分満足できた。

夕食の後はユース恒例のミーティングである。椅子取りゲーム、伝言ゲーム、フォークダンスなどをして楽しんだ。

全体のミーティングが終わると、今度は剛と二人だけのミーティングだ。宿泊場所を事前に決めていたのは大沼公園だけで、あとは行き当たりばったりの旅をする予定なので、次の日にどこまで行くかは毎晩剛と相談することになっている。

洞爺湖、登別温泉を経て、四日目は襟裳岬ユースに泊まった。

「剛、明日の朝は早く起きて襟裳岬で日の出を見よう」

「朝早いのはちょっと苦手だなあ」と渋る剛をなんとか説得する。そして、翌朝はまだ暗いうちに剛を起こし、森進一の歌で有名になった襟裳岬までゆっくりと歩く。海から強烈な風が吹いてきて夏なのに肌寒いくらいだ。岬に着いてしばらくすると水平線から日が昇ってきた。とても美しい日の出だ。「来てよかったなあ」と剛は言った。


広尾線には愛国駅と幸福駅がある。当時かなり有名になった駅である。「愛の国から幸福へ」というキャッチフレーズが全国的に流行し、愛国から幸福行きの切符が飛ぶように売れた。「愛の国から幸福へ」という歌ができたくらいである。特に、幸福駅は若いカップルを中心に大勢の人たちが訪れるようになった。

「光太、幸福駅で途中下車しようか」

「今話題になっているから、どんな駅か見てみたいね」

やがて汽車は幸福駅に着く。とても小さな無人駅だが観光客で賑わっていた。

その後、一九八七年二月二日に広尾線は廃線になってしまったが、幸福駅は今も観光名所として残っているようだ。


帯広を経由して夕方には釧路に着いた。駅の近くの民宿に入ると、テレビで有珠山の噴火の模様が放送されていた。二日前に有珠山のすぐ近くを通過したばかりなので驚いた。「噴火が二日早かったら危なかったね」と光太は言った。剛も驚いた表情を浮かべて頷いた。

翌日は摩周湖へ行った。その日は霧もなくよく晴れていて湖面がよく見えた。

「霧の摩周湖を期待したけど残念でした」

剛は少し残念そうな表情で言った。

「でも、鮮やかな色の湖を見ることができたからよかったよ」

湖周辺は白樺の木がたくさんあり、とても雰囲気のいい場所である。二時間ほどのんびりと過ごした。

摩周湖の次は阿寒湖である。この日は湖を巡る日になった。

湖の次は層雲峡、そして大雪山の山登り。変化に富んでいて面白い。北海道のほぼ中央も見所がたくさんある。この日は層雲峡で一泊。北海道に来てちょうど一週間が過ぎた。

次の目的地は稚内のすぐ南に位置する豊富という町だ。広い牧場があちこちにあり、いかにも北海道らしい場所である。原生花園もあるらしい。

泊まる予定の民宿は駅からかなり離れたところにある。バスの時間を確認すると、二〜三時間に一本しか走っていない。次のバスが来るのは一時間後だ。

「剛、歩いて行こう」

「かなり遠いからバスにしようよ」

「バスが来るのを一時間待つよりは、歩いて少しでも先へ進んでおいたほうがいいよ」

「うーん、そうだなあ。じゃ、行こうか」

駅から少し離れると家は一軒も見えなくなり、見渡す限り緑の草原が広がっている。そして、その草原の中をまっすぐな道がどこまでも続いている。

剛がいきなり「北海道はデッカイドウ」と叫んだ。これは当時のテレビのコマーシャルでよく聞いていたフレーズだ。

三十分くらい歩いたところでトラックが一台通り過ぎてから急に止まった。光太と剛は顔を見合わせて「どうしたんだろう」と思いながらそのトラックに近づいた。すると運転していたおじさんが窓から顔を出して声をかけてきた。

「どこまで行くんだい」

「この先の牧場の近くにある民宿です」

「じゃ、通り道だから荷台に乗りな」

「はい、ありがとうございます」

急いで荷台に乗る。思わぬ展開になった。ヒッチハイクなんて初めての経験だ。

剛は「ラッキー」と言って、にっこり笑った。

荷台から雄大な景色を満喫していると、トラックは道が二つに分かれているところで止まった。

「民宿は左側の道を行けばすぐだ。俺は右側の道を行くから、ここでお別れだな」

「ありがとうございました」

丁寧にお礼を言ってトラックが走り去るのを見送った。

「ここはいいところだね」

剛はすっかりここが気に入ったようだ。

「空気はうまいし、のんびりしていこうぜ」

光太も広々とした牧場でゆっくりとした時間を過ごしたい気持ちになってきた。

草の上で昼寝をしたり、民宿で美味しいジンギスカン料理を食べたりして、結局二日間滞在することにした。


次はいよいよ北海道最北端の稚内だ。そして船で礼文島に渡る。

礼文島はなだらかな緑の丘があり、とても美しい島だ。三時間コース、五時間コースといったハイキングコースがある。

「光太、三時間コースを歩こうか」

「ＯＫ！」

利尻島には「利尻富士」と呼ばれる利尻山がある。若者の間で人気のある鴛泊ユースに泊まった。

宿泊客は二つのグループに分かれることになっていた。一つは「かっこいい奴」を歌って踊るグループ。もう一つは夜間登山に参加するグループである。

「かっこいい奴」のグループは夕食後に「かっこいい奴が、かっこいい奴が、汽車〜でや〜て来た。かっこいい奴が、かっこいい奴が、船〜でや〜て来た。すがる女を振り切って、止める男を振り切って、かっこいい奴が、かっこいい奴が、飛行〜機でや〜て来た」という歌を延々と繰り返し歌いながら踊るのである。

夜間登山のグループは夕食後に仮眠をとって真夜中に利尻山の登山をすることになる。

「剛、どっちのグループにする？」

「俺は踊りのグループにするよ。光太は？」

「俺は夜間登山にするよ」

光太は夜間登山をしたことがなかったので挑戦してみようと思ったのである。

夜間登山は夜十一時に出発。満天の星を見ながらゆっくりと登っていく。時々流れ星が現れる。一瞬で消えてしまうので願い事をする余裕がない。「今度見たら絶対に願い事をするぞ」と心に決め、チャンスを逃さないように短い願い事をする準備を整えたが、その後、流れ星を見ることはなかった。

八合目までは順調に登ったが、強い風が吹き出し霧も発生してきたので登頂は断念することになった。山頂から日の出を見るのを楽しみにしていたが、自然には勝てないので仕方がない。後ろ髪を引かれる思いで下山した。登頂はできなかったが、人生で初めての夜間登山をしたことで、利尻島も思い出深いものになった。

夕方の船で稚内に戻る。その夜は稚内ユースに泊まった。ここで、大阪出身の学生たちと知り合った。彼らはこれから礼文島に渡るそうだ。

光太が「僕らはこれから札幌に行くんだ」と告げると、彼らのうちの一人が「じゃあ、僕の下宿を紹介するよ」と言った。彼は北海道大学の学生なのだ。

「札幌での宿は決まってないから助かるよ」

「下宿のおばさん宛てに手紙を書くから、ちょっと待ってて」

――なんて親切な学生なんだろう。

札幌では稚内で知り合った学生の下宿に一晩泊まった。翌日は市内の見物だ。時計台や大通公園、北海道大学のポプラ並木などを見て回り忙しい一日になった。

もう一晩同じ下宿でお世話になろうかとも思ったが、申し訳ないので夜行列車で函館に移動することにした。

函館では朝市に行ってみた。多くの旅人がいてとても活気がある。二人連れの女性の姿もよく見かける。

「光太、北海道もいよいよ最後の一日になったし、何か思い出作りをしようぜ」

「何をするつもりなんだ」

「女の子に声をかけてみよう」

北海道に来てから、行く先々で、旅をしている女の子はよく見かけたのに、行動を共にする機会はなかった。

「剛、あそこにいる子たちはどうかな」

前方に清楚な感じの二人連れの女の子がいる。剛が「よし、声をかけてみよう」と言った。

すぐに彼女たちのところへ行き、「あのー、一緒に函館見物をしませんか」と声をかけると、少し驚いた様子で顔を見合わせた。

小声でしばらく相談した後、にっこり笑って「昼までならいいですよ」という返事が返ってきた。

剛は嬉しそうな顔で「じゃ、行きましょう」と言って率先して歩き出した。しばらく一緒に朝市を見てから函館市内の名所に繰り出した。ロープウェイに乗って函館山の山頂にも行ってみた。山頂から見る景色は素晴らしい。

いろいろ話しながら歩いていると、彼女たちは滋賀県出身で大学三年生であることがわかった。大学時代の最後の大きな旅行として北海道にやって来たと教えてくれた。

午前中はあっという間に過ぎ、彼女たちとは正午に別れた。光太は北海道最後の日に楽しい思い出ができて嬉しく思った。

「剛、思い切って声をかけてよかったね。感じのいい子たちだったし。ちょっとドキドキしたけど楽しかった」

「やっぱり、女の子と一緒だと楽しいね。もっと早く声をかけるべきだった。でも、最後にいい思い出ができてよかったよ」

いよいよ午後の青函連絡船で北海道を去ることになった。とても充実した旅だったと思う。美しい自然に触れただけでなく、地元の人たちとも交流して、人々の温かい心にも触れることができたように思う。

出航の時間になった。光太と剛は待合室を出て船に向かって歩き始める。驚いたことに、前方から先程別れたばかりの女の子たちが手を振りながらやって来た。

「札幌へ行く汽車が出発するまでにまだ時間があるから見送りに来ました」

彼女たちはこれから北海道の旅を始めるのだ。

「ありがとう。女の子に見送ってもらえるなんて最高だ」

剛は満面に笑みを浮かべて言った。

「僕も感激だ。ありがとう。嬉しいな」

光太と剛は船に乗り込みデッキから港にいる人たちを見る。彼女たちは人の群れから少し離れたところで手を振っている。光太たちも手を振り返す。

エンジンがかかり船がゆっくりと港から離れた。港に向かって大きく手を振り続ける。船は加速し港がどんどん遠くなっていく。彼女たちの姿もとうとう見えなくなってしまった。

「さよなら、北海道。さよなら、思い出の人たち」

光太は北海道での様々な出来事や旅先で出会った人たちを思い出しながら、心の中で呟いた。

八　光をめざして

年の瀬も押し迫った頃、光太は山内さんを誘って久しぶりに福谷さんの下宿へ遊びに行った。一乗寺の下宿は手狭になってきたので、福谷さん、山内さん、光太はそれぞれ二条城の近くに引っ越していた。三人とも別々の下宿だが、時々お互いの下宿に集まり、酒を飲んだりして交流を続けているのである。

光太は福谷さんに教員採用試験の結果を訊いた。

「採用試験の結果はどうでしたか」

「なんとか二次試験も合格したよ。来年の四月からは地元の佐賀で高校教師スタートだ」

「僕も一年後には新聞社に合格できるように頑張ります」

新聞記者を志望している山内さんが目を輝かせて言った。

「光太くんも教員志望だったよね?」

「そうです。来年度はいよいよ教育実習を行うことになります。でも、三年生で文学部に転部したから単位がまだかなり残っていて、卒業できるかどうか心配なんですよ」

「まあ、光太くんなら大丈夫だろう」

福谷さんは何の根拠もなく無責任に言っている。そして、「残り少なくなった学生生活を大いにエンジョイしなくちゃね」と言って笑った。

福谷さんは約三カ月後には大学を卒業し、社会人としての第一歩を踏み出すのである。

「京都での生活も後わずかだから、まだ行ってないところを見て回ろうと思っているんだ」

光太も、いつでも行けるだろうという思いから、ついつい行くのを先延ばしにしているところがある。

「僕も京都に来て三年になるけど、まだ見てないところは結構ありますね。福谷さん、付き合いますよ」

「じゃあ、一緒に行こう」

酒が好きな山内さんは「福谷さんが佐賀に帰る前に盛大に一杯やろう」と提案する。

「最後は祇園で一杯と言いたいところだけど、そんな金はないから四条河原町で少し豪勢に飲むことにしよう」

福谷さんが嬉しそうに言った。


年が明け、後期試験が終わってから、福谷さん、山内さん、光太は予定通り四条河原町に繰り出し、福谷さんの送別会を行った。いつもは安い居酒屋で飲むのだが、今回は少し高級そうな店にした。

一乗寺の下宿で初めて会った時のことや、京都での様々な体験、今後の人生における抱負など、いろんなことを語り合う。年齢も個性も違う者同士だが、よく一緒に行動し気の合う仲間になった。

きっと生涯を通じての友になるだろう。

「生活の拠点は変わるけど、これからも連絡を取り合おう」

福谷さんの言葉で送別会はお開きとなった。

京都の厳しい寒さが少し和らいできた頃、英文学科の一年先輩である井川さんから電話があった。

「卒業する前に一緒に勉強してきた仲間と一杯やろうと思っているんだけど、光太くんも参加しないか」

「はい、参加します」

「日時と場所はまた後で連絡するよ」

連絡があったのは二日後だった。

集まったのはすべて英文学科の学生で、気心が知れている人たちばかりだった。

光太はお世話になった先輩たちに話しかける。

「井川さん、採用試験合格おめでとうございます。赴任先の学校は決まりましたか」

「まだ決まってないんだ。たぶん三月中旬には連絡がくると思う。京都市内の中学校ということは決まっているんだけど、学校によってはかなり荒れているところがあるそうだから、そんな学校になったら大変だろうな。でも、若いうちにそういう荒れた学校で教えることは勉強になるだろうね」

常に前向きに取り組んでいる井川さんらしい言葉だ。

井川さんの隣に座っている中西さんが話に加わってきた。

「私は大阪の中学校で教えることになるんだけど、大阪も荒れている学校が多いようだから心配だわ。そんな学校でちゃんと教えることができるかしら」

中西さんはとても落ち着いていて、お姉さんのような存在の人だ。

「中西さんはしっかりしているから大丈夫ですよ」と光太は言った。

「私は生徒に対してあまり厳しくできないような気がするの。それに、女性だと生徒になめられてしまうかもしれないわ」

「厳しいだけではいけないと思いますよ。中西さんのように包容力のある先生も必要です。それに、井川さんのように情熱のある先生も必要だと思います」

「私も情熱を持って生徒のために頑張らなければいけないわね」

中西さんが隣にいる池谷さんに話しかける。

「池谷さんは四月からどうするの？」

「僕もみんなと同じように英語の教師を目指していたんだけど、親に反対されてしまってね。父が京友禅の職人で、どうしても跡を継いでほしいと言われたんだ。英語教師か京友禅職人かでずっと悩んでいたんだけれど、やっと決心がついたんだ。僕は京友禅の伝統を守っていくことにするよ」

「伝統を守ることも大切なことだわ」

「僕もそう思います」

光太は池谷さんの決心は立派だと思った。

三月初旬、光太は図書館で本を借りるために久しぶりに大学へ行った。春休み中なのでキャンパスは閑散としている。

図書館に着くと、一人の女子学生がカバンを肩にかけて出てきた。池田さんだ。光太が二年生の時に、池田さんに詩を書いてもらって歌を作ったことがある。密かに憧れていた、あの池田さんである。学部が違うし学年も一つ上なので、最近は会う機会がほとんどなかった。

「光太くん、久しぶりだね。元気?」

「はい、元気です。池田さんはもうすぐ卒業ですよね」

「もう卒業なんて、本当に時が経つのは早いわね。光太くん、お茶でも飲みに行かない?」

「はい、行きましょう」

大学のすぐ近くにある喫茶店まで一緒に歩いていく。光太は初めて池田さんと二人だけでコーヒーを飲んだ時のことを思い出していた。

店に入り窓際の席に座ると、池田さんは意外なことを語り始めた。

「光太くん、実は私ね、卒業したらドイツへ行くの。三年ほど前からドイツ人の男性と文通していて、昨年の夏にドイツまで会いに行った時にプロポーズされたのよ。ずっと迷っていたんだけど、彼が今年の一月に日本に来て、どうしてもドイツに来てほしいと言うの。親には反対されたんだけど、私も彼が好きだから思い切って彼のもとへ行こうと決心したんです」

「そうですか。驚いたなあ。ドイツへはいつ行くんですか」

「来月中旬に行く予定なの」

「ドイツ語は話せるんですか」

「今勉強中なんだけど、なかなか難しくて、簡単な日常会話くらいしかできないわ」

「よく決心しましたね」

「言葉の問題もあるし、本当に迷ったんだけど、日本を飛び出して今までとは違う世界で暮らしてみるのもいいんじゃないかなと思ったの。一度限りの人生だし、悔いのないように生きてみたいな」

「そういう生き方も素晴らしいですね」

光太は憧れの人から思いもよらぬ話を聞いてショックを受けたが、いろいろと話をしているうちに応援したい気持ちになってきた。

「池田さん、大事な話を聞かせていただいてありがとうございました。ドイツでも頑張ってください」

「光太くんも自分の目標に向かって頑張ってね。ドイツから応援しています」

先輩たちはそれぞれ次のステージに向けて力強く踏み出していく。光太はいろんな形でお世話になった先輩が新たな世界へと旅立っていくのを見送り、いよいよ最終学年へと進んでいくのである。

四年生の科目登録の時期になった。三年生の時に、北島先生の「中世イギリス文学」の単位を落としてしまったので卒業に必要な単位は三十五単位である。なかなか厳しい状況だ。北島先生の講義を再度登録すべきかどうか迷ったが、好きな先生なので登録することにした。でも今度は絶対に合格しなければならない。

ある日、法学部時代の友人である東堂くんと近藤くんに生協食堂で偶然出会った。最近はあまり会っていなかったので懐かしい感じがする。

「東堂くん、近藤くん、久しぶりだね」

「光太くん、英文学科の方は順調にいってるかい」

「卒業に必要な単位がまだ三十五単位も残っているからあまり順調とは言えないね。東堂くんはどうなの？」

「僕は、十二単位だから、それほど大変じゃないよ」

「近藤くんは？」

「僕は、十単位だ。でも就職活動で忙しくなるだろうね」

「光太くんは、就職はどうするの」

「僕は教員志望なんだけど、卒業できるかどうかわからないから、今年の教員採用試験は見送って来年挑戦しようと思っているんだ」

「ところで光太くん、忙しくなる前にちょっと付き合わないか」

「何に付き合うんだい？」

「宝塚を観に行こうと思っているんだよ」

近藤くんは宝塚歌劇の大ファンである。彼と話していると宝塚のことが話題になることが多い。

「東堂くんも行くんだよ。光太くんも一回ぐらい付き合ってよ」

「そうだね。話のタネに一度観てみようかな」

「よし、決まった。五月の連休中に行こう。チケットは僕が手配するよ」


連休中の日曜日、光太は、東堂くん、近藤くんと京都駅で待ち合わせ宝塚市へ行った。

劇場に入るとほとんど女性ばかりで少し恥ずかしかったが、劇が始まると舞台に集中することができた。

初めて観る宝塚歌劇はとても華やかで素晴らしいものだった。近藤くんが宝塚に夢中になる気持ちがわかる気がする。一生懸命に演技をする役者さんたちの姿に光太は心を打たれた。

「近藤くん、観に来てよかったよ」

「そうだろ。劇場で観ると毎回本当に感動するんだ。東堂くん、どうだった？」

「初めて観たけど、僕も感動したよ」

近藤くんは満足そうな顔をしている。三人は興奮冷めやらぬ表情で劇場を後にした。

六月に入るとすぐに母校の中学校で教育実習がある。光太はこの実習をとても楽しみにしている。

実習が始まる二日前に光太は蒲郡の実家に帰った。父が嬉しそうに迎えてくれる。

「光太、いよいよ実習が始まるな。頑張るんだぞ」

父は師範学校に進学して教員になるつもりだったのだが、十四歳の時に、父親つまり光太の祖父が亡くなり、家業を継ぐために仕方なく地元の学校の農業科に進んだのである。この話は子供の頃に父から聞いていた。父は自分の夢を光太に託しているのだろう。

「うん、頑張るよ。楽しみにしているんだ」


教育実習初日の朝、光太は慣れないネクタイをして、やや早めに学校に向かった。歩いて十分ほどの距離なので通うには都合が良い。

控室に入ると、すでに他の実習生も来ていた。

「佐藤先輩じゃないですか。先輩が一緒だと心強いなあ」

佐藤先輩は一学年上のバスケット部の先輩で、キャプテンをしていた人である。

「おー、光太か。よろしくな。二週間お互いに頑張ろうぜ。光太は何の教科だ」

「英語です。先輩は？」

「俺は保健体育だ」

光太よりやや遅れて女性が入ってきた。見覚えのある顔だ。同級生である。

「細川さん、久しぶり。中学卒業以来初めてだね」

「光太くん？」

「うん、光太だよ」

「眼鏡をかけてるからすぐにわからなかったわ。本当に久しぶりだね」

「細川さんは何の教科で実習するの」

「私は、国語よ。光太くんは？」

「僕は、英語だよ。よろしくね」

「こちらこそよろしく。実習は大変だと聞いてるけどお互いに頑張ろうね」


指導教官の三浦先生と一緒に担当のクラスへ行き、初めて生徒の前で話をした時はとても緊張したが、すぐに慣れた。

生徒たちは親しみを持って迎えてくれたので、少しずついろんな生徒と話ができるようになり、先生としての自覚が徐々に持てるようになってきた。ただし、生徒は実習生に対して友達のような感覚で接してくる子が多い。

英語の授業は、指導教官の授業を一回見ただけで、後はほとんどすべて光太がやることになった。はじめのうちは、なかなか思うようにできなかったが、回を重ねるごとに自分のペースでできるようになってきた。

終礼が終わると部活動だ。授業とは違って好きなバスケットができるのでとても楽しみだ。生徒と一緒に汗を流すのは気持ちがいい。佐藤先輩と毎日欠かさずに参加した。

金曜日、部活動が終わって控室で一息ついていると、バスケット部の顧問で、まだ若い野田先生がやって来た。

「明日の夜、青年部の先生たちの飲み会があるんだけど君たちも参加しないか」

佐藤先輩、細川さん、光太の三人は顔を見合わせて、すぐに頷き合った。

「はい、参加します」と佐藤先輩が代表して答える。

「よろしくお願いします」と細川さんと光太が後に続く。

「ところで、明日の午後、農協の人たちとソフトボールの親善試合があるんだけど、君たちも出てくれないかな。教員チームのメンバーがちょっと足りないんだよ」

「はい、参加します」

佐藤先輩と光太は親善試合に出ることになった。

「私は応援に行きます」

細川さんは応援だ。

「じゃあ、明日の午後三時に小学校の運動場に集合ということでよろしく頼むね。ソフトボールでひと汗かいてから飲み会だ」


土曜日の午後は、まずバスケット部の練習に一時間ほど参加してから小学校の運動場へ移動した。小学校は五百メートルほど離れているだけだ。

中学校のグラウンドは部活動で使うので親善試合は毎回小学校の運動場で行うそうだ。農協は小学校のすぐ隣にあり、農協職員にとっては好都合なのである。

ソフトボールは二試合行った。佐藤先輩と光太は若いのでフル出場だ。打って、走って、守って、心地よい汗をかいた。

親善試合が終わると、また中学校に戻り、シャワーで汗を流してから飲み会に参加した。青年部の先生は男性三人、女性二人。そして、実習生三人を加えて合計八人である。

野田先生の乾杯の音頭で会は始まった。若い先生ばかりなので堅苦しくなく終始和やかな雰囲気である。光太は女性の音楽の先生に話しかけられた。

「実習はなかなか大変でしょう？」

「そうですね。思った以上に大変ですね。授業の準備も時間がかかるし部活動にも参加しているので、実習日誌はいつも家に帰ってから書くことになります。睡眠時間は五時間くらいしか取れないので少しばてて気味です」

「来週は研究授業の指導案作成もあるからもっと忙しくなりますよ。覚悟しといてね」

その他の先生たちも自分自身の実習経験を踏まえていろいろと助言してくれたので大いに参考になった。


教育実習第二週目がスタートした。

「おはようございます。今週もよろしくお願いします」

「やあ、おはよう。突然だけれど、今日の六時間目に道徳の授業をやってみるかね。教科書はこれだよ」

光太は教科書を受け取り少し困惑した表情をしている。

「どこをやればいいのですか」

「今日は第五章になるかな。教科書を読んで生徒に感想を述べさせればいいんだよ」

「わかりました。やってみます」

英語の授業はだいぶ慣れてきたが道徳は初めてである。光太はうまくできるかどうか心配になってきた。

午前中に英語の授業を二時間行い、最後が道徳の授業だ。やや緊張した面持ちで授業を開始した。指示されたようにまず教科書を読み、その後、何人かの生徒に感想を言わせたのだが、その感想に基づいて話を広げることがうまくできず時間が余ってしまった。仕方なく残りの時間は高校・大学で体験したことを話してなんとか乗り切った。冷や汗の出る思いである。

水曜日の午後は陸上大会が行われた。真剣に走る種目が中心だが、障害物リレーもある。光太は八百メートルリレーで教員チームのメンバーとして出場した。四人でチームを組んで一人二百メートルを走るのである。

競う相手は三年生。みんな足が速そうだ。第二走者の光太は負けないように全力で走ったが生徒に抜かれてしまう。最後は、バトンを渡した瞬間に足がもつれて倒れてしまった。先に走り終えていた佐藤先輩が助け起こしてくれる。

「光太、よく頑張ったな」

「先輩、すみません。リードが守れなくて」

結局、教員チームは最下位。若い生徒たちには勝てなかった。

約三時間競技を行い、後片付けが終わると、この日は早めに生徒を下校させた。その後は職員室で先生たちによる打ち上げ会だ。ちょっとした料理とビールが用意されている。職員室で打ち上げ会をやるなんて今では考えられないことだが、昭和の時代には普通に行われていたのである。

光太は先生たちに勧められてついついビールを飲みすぎてしまい、会が終わる頃にはかなり酔いが回ってきた。足元をふらつかせて控室に入るとばったり倒れこみ、日が暮れるまでぐっすりと寝込んでしまった。


実習も残すところ二日となった。この日は最大の山場である研究授業が行われる。二日前に、ガリ版印刷のための原紙と鉄筆を持ち帰り夜遅くまで指導案作りをした。連日四時間睡眠が続き疲れもピークに達しようとしている。「もうひと踏ん張りだ」と自分に言い聞かせて頑張ってきた。

研究授業には、校長、教頭、教務主任、指導教官、バスケット部顧問の先生など八人が参観に来てくれた。音楽の先生もいる。

光太は緊張しながらも予定通りに授業を進めていった。生徒たちの協力のおかげで滞りなく研究授業も終わりホッと一息つく。しかし、この日は授業後に反省会も行われるのでまだ気が抜けない。

反省会では様々な意見・感想が先生方から述べられた。概ね好意的な発言だったが、中には光太が気づいていないような鋭い意見もあった。ベテランの先生たちの視点はやはり違うなあと思う。

反省会が終わり廊下に出ると、指導教官の三浦先生から声をかけられた。

「お疲れ様でした。研究授業よかったですよ。でも、工夫すればもっと良い授業になると思います。これからも頑張りましょう」

「はい、頑張ります。先生、ありがとうございました」

音楽の先生からも声をかけられた。

「光太先生、お疲れ様でした。ホッとしたでしょう?」

「はい、これでやっと一息つけます。先生、研究授業を見に来ていただきありがとうございました。八人も見に来るなんて思ってもいませんでした」


控室に戻ると佐藤先輩がいた。

「光太、研究授業どうだった?」

「やっと終わったー。なんとか無難にできたと思います」

「そうか。緊張しただろ?」

「はい。予想以上にたくさんの先生が見に来たから緊張しまくりでしたよ」

「俺もそうだ。でも、やっと解放されたような気分だ」

細川さんがぐったりと疲れた様子で戻ってきた。

「細川さん、お疲れ様」

「本当に疲れたわ。明日の研究授業に向けての打ち合わせが今終わったところなの。光太くんは今日が研究授業だったんでしょ。どうだった？」

「緊張したよ。今までで一番緊張したんじゃないかな。細川さん、明日頑張ってね」

「光太くん、いいなー。もう緊張感から解放されて。私はもう一日頑張らなくちゃ」


教育実習がとうとう終わった。とても充実した二週間だった。忙しすぎてあっという間に終わってしまったような感じがする。短い期間だったが、生徒たちと様々な形で触れ合ったことにより、教員になりたいという気持ちがさらに強くなっている。母校の生徒たちと過ごした経験は光太にとってかけがえのないものになった。


日曜日は実習日誌の整理で朝から忙しい。夕方までかかってやっと完成させることができた。月曜日にもう一度学校へ行って指導教官に提出すれば実習に関わることがすべて終わる。

夕食前に、教育実習で担当していたクラスの女生徒が光太の家にやって来た。

「光太先生、次の水曜日の授業後に学年全体でフォークダンスをするんですが、先生も参加しませんか」

「実習が終わったのに参加してもいいのかなあ」

「担任の先生に許可をもらってますので是非参加してください」

「そういうことなら参加するよ。誘ってくれてありがとう」

「クラスのみんなも光太先生が来るのを楽しみにしてますよ」
光太は火曜日に京都に戻るつもりだったが、予定を変更してフォークダンスに参加することにした。また生徒たちに会えると思うと嬉しくなってくる。

ワクワクした気持ちで学校へ行くと、数名の生徒たちが正面玄関の前で待っていてくれた。「光太先生」と言いながら走り寄ってくる。光太は生徒に囲まれるようにして体育館へ連れて行かれた。すでに学年の生徒は集合しているようだ。

中に入ると、みんな笑顔で迎えてくれた。光太はとても嬉しい気持ちになる。本当にいい子たちばかりだ。こんな生徒たちに出会えてよかったと改めて思う。

光太が生徒の輪の中に入るとフォークダンスが始まった。「マイムマイム」「オクラホマミキサー」「ジェンカ」などを次々に踊り、いろんな生徒と触れ合うことができた。

楽しい時間は瞬く間に過ぎ、フォークダンスの会が終わると、光太はみんなに別れを告げて体育館を出た。

家まで連絡に来てくれた女生徒が見送りに来て、「光太先生、ありがとうございました」と言った。思いがけず、最後にとてもいい思い出ができたと光太は思った。そして、「絶対に先生になるぞ」と心の中で誓った。

充実した教育実習が終わり京都に戻った光太は、しばらくの間、少し気が抜けてしまったような感じで過ごしていた。

ある日、下宿に戻ると一通の手紙が届いていた。名前を見ると実習で担当していたクラスの生徒である。その手紙には実習中の思い出や現在のクラスの様子などが書いてあった。そして、最後は「頑張って本当の先生になってください」という言葉で締め括られていた。光太は「気を引き締めなおして頑張ろう」という気持ちになった。


大学の講義は引き続き休まずに出席しているが、アルバイトも少しはやっていた。英語の家庭教師と通信添削指導員の指導だ。

家庭教師としては、新京極のすぐ近くの家で高校二年生の男の子を週一回教えていた。通信添削指導員の指導というのは、主に奥様や女子学生がアルバイトで行った添削を、しっかりできているかどうかチェックするのである。いずれも英語に関わっているのでやりがいのある仕事だ。


時は矢のように過ぎ紅葉が見頃な時期になった。大学祭が近づいている。

光太が所属しているＥＳＳは毎年出店している。昨年は甘酒屋をやったが、あまり人気がなかったので今度は焼きそばを作ることにした。女子部員がほとんどいないので京都女子大学の学生に依頼すると、数名の女の子が手伝いに来てくれることになった。

光太にとっては最後の大学祭なので大いに楽しむことにした。交代で焼きそばを作ったり大きな声で呼び込みをする。すると偶然、通信添削の指導で知り合った女子学生が通りかかり光太と目が合った。

その女子学生は「あなたはこの大学の学生だったのね」と言ってにっこり笑った。通信添削の指導では、偉そうに添削をチェックしていたので、少し照れくさかったが、「焼きそばどうですか?」と声をかけた。

「一つください」

光太は焼きそばを少し多めにパックに入れてその女子学生に渡した。


楽しかった大学祭が終わると恒例の打ち上げ会だ。四条河原町にある大衆的な宴会場で行うことになった。この打ち上げ会は四年生の追い出し会も兼ねている。大学祭で手伝ってくれた京都女子大の女の子も参加しているのでとても賑やかである。光太は追い出される四年生なので、役得として会の最後に女の子に囲まれて写真を撮ってもらった。


学生生活も残り少なくなってきた。年が明けるとすぐに後期試験があるので勉強を頑張らなければならない。登録した科目すべてに合格しなければ卒業できない状況だ。

昨年度は単位を落としてしまった科目がある。同じ失敗は許されない。ただし、今年の教員採用試験は見送ったので万一卒業できなくても大きな影響はない。もう一年大学で勉強するだけだ。その点では少し気が楽である。

光太は息抜きに山内さんの下宿へ酒を持って遊びに行った。

「山内さん、一杯やりましょう」

「おー、光太くんか。久しぶりだな」

「山内さん、新聞社の方はどうでしたか」

「なんとか一社だけ合格できたよ」

「どの新聞社ですか」

「毎日新聞だ。これで念願の新聞記者になれるよ」

「新聞記者の仕事は大変だろうな」

「生活が不規則になりがちだから、その点は大変だろうけど、やりがいのある仕事だと思うよ」

「新聞記者もいろんな部に分かれているんですよね。山内さんはどこの部を希望しているんですか」

「一番やりたいのは政治部の仕事だけど、どこに回されるかはわからないね」

「勤務する場所は決まっているんですか」

「一応、希望は九州にしておいたんだけど、どこに飛ばされるかもわからないね。光太くんは就職はどうするんだい」

「卒業できないかもしれないから、今年の教員採用試験は受けていないんだけど、もし卒業できたら、どこかの学校で講師ができないかなと思っているんですよ」

「光太くんなら、きっと講師の口は見つかるよ」

年が明け、後期試験が始まった。昨年度単位を落とした北島先生の「中世イギリス文学」が関門である。その他の科目はきっと大丈夫だろう。

北島先生の試験は三日後である。気になりながらも一つ一つの試験に集中して取り組んだ。手応えは十分にある。「この調子で北島先生の試験も頑張ろう」と光太は思った。

いよいよ北島先生の試験だ。難しい問題だったがなんとか紙面は埋めた。「二回目だからきっと合格させてくれるだろう」と期待する。

後期試験がすべて終わった。あとは結果を待つだけだ。

試験の結果が届いた。恐る恐る封を開けて中を見るとすべて合格だった。これで大学は卒業できる。しかし、就職は決まっていない。

法学部時代の友人の東堂くんや近藤くんも就職が決まったようだ。仲間の中では光太だけがまだ決まっていない。

光太はお世話になった北島先生のところへ行った。

「先生、講師の口があれば紹介していただきたいと思って来たのですが」

「今のところはないようだが、もしあれば連絡するよ。連絡先をここに書いておいてくれないかな」

「ありがとうございます」

光太は下宿先と実家の電話番号を書いておいた。しばらく実家に戻るつもりでいるのだ。

二月の下旬に実家に戻り、中学時代の友人と会ったりしながらしばらくぶらぶらしていた。就職が決まっていないので親には心配をかけている。

三月初旬のある日、家でくつろいでいると北島先生から電話があった。

「光太くん、講師の口があるんだがどうかね？」

「場所はどこですか」

「大阪の明海高校という男子校で非常勤講師を募集しているんだ」

「是非お願いします」

光太は面接の日時と学校がある場所を詳しく教えてもらった。

「じゃあ、向こうの学校にはこちらから連絡しておくよ」

「はい、ありがとうございます。よろしくお願いします」

面接は三日後である。光太はすぐに京都へ戻る準備を始めた。

面接当日、光太はまず阪急電車で梅田に出て、環状線に乗り換え玉造駅で降りた。歩いて十分ほどのところに学校がある。カトリックのミッションスクールでかなりの進学校である。野球部は甲子園で優勝したことがありスポーツにも力を入れている。

学校に着いて受け付けを終えると校長室に案内された。神父の服に身を包んだ校長が立ち上がりソファーに座るよう促す。

すぐに面接が始まる。光太は一つ一つの質問に丁寧に答えていく。すべての質問が終わると、校長は少し考えてから「採用決定です」と言った。

「この後は事務室でいろいろと書類に記入してもらうことになります。では、面接はこれで終わります。気を付けてお帰りください」

「ありがとうございました」

意外と簡単に面接は終了した。これで四月からは非常勤講師ではあるが教員としてのスタートを切ることになる。大阪という未知の土地での教員人生が始まるのだ。男子校というのも経験がない。教育実習は中学校で行ったので高校生を教えるのも初めてだ。何もかもゼロからのスタートである。


教育実習で担当した生徒からの手紙に書いてあった言葉が脳裏をよぎる。

「頑張って本当の先生になってください」

非常勤講師は「本当の先生」と言えるだろうか？

確かに講師も先生には違いないが、授業で教えるだけではなく、部活動や進路指導など、生徒に対して責任を持って関わっていくために、やはり正式な先生になりたい。

来年度は教員採用試験を受けることになる。この明海高校で講師をやりながら採用試験に向けて勉強を頑張らなければならないだろう。

すでに先生として頑張っている福谷さんや井川さん、そして、教育実習でお世話になった先生たちの後を追いかけよう。

今はまだ、あまり日の当たらないトンネルの中にいるようなものだ。しかし、トンネルには必ず出口がある。そして、トンネルを進んでいけば、その先には必ず光が見えてくるはずだ。

楽な道ではないだろうが、トンネルの先にある「本当の先生」という光をめざして、光太は新たな人生を歩んでいくのである。

はるかな旅へ

ある教師の物語

第一部

夢を追いかけて（明海学園）

真新しい紺のスーツを身にまとい、少し慌てた様子で京都の二条城のすぐ西を南北に走る千本通を南に向かって歩いている青年がいる。大きなスポーツバッグを肩にかけ、時折り腕時計を見て時間を気にしながら、歩くスピードをどんどん速めていく。まるで競歩をしているようだ。

その青年の名前は栗山光太。友人からは光太と呼ばれている。三月に大学を卒業し、今日が社会人としての第一歩を踏み出す記念すべき日なのだが、初日から寝坊してしまい、あたふたと駅に向かっているところである。

最寄りの大宮駅に着いた時には息が切れていた。

大宮駅から阪急電車に乗り大阪の梅田へ。その後、環状線に乗り換えて玉造駅で降りる。光太が教員として初めて教えることになる明海学園は駅から歩いて十五分ほどだ。

正門を入ると満開の桜が迎えてくれた。鮮やかに咲いている花を見上げ、「さあ、頑張るぞ!」と気合を入れてから職員室に向かう。時間は九時三十分。二時間目の授業が始まるのは九時五十分。本当は一時間前には出勤するつもりだったのだが、寝坊したためにギリギリになってしまった。

「おはようございまーす」

元気よく挨拶したが、職員室にいる先生たちは忙しそうに仕事をしていて、チラッと光太に視線を向けるが、「誰が来たんだろう?」という顔をするだけで、挨拶を返してはくれない。新人の講師なので、まだ顔も名前もわからないのだろう。これから徐々に親しくなっていけばいいと思いながら光太は自分の席についた。

非常勤講師の席は職員室の一番端にある。机の上にカバンを置き、中から教科書を取り出して授業の準備をしていると、年配の先生が近づいてきた。英語科主任の桑田先生である。

「栗山先生、おはようございます。いよいよ今日から始まりますね。よろしくお願いします。何かわからないことがあれば遠慮なく訊いてください」

「はい、ありがとうございます。こちらこそよろしくお願いします。早速ですが、一年G組の教室はどこにありますか」

「南館の一階です。授業は最初が肝心ですよ。ビシビシとやってください」

明海学園はカトリック系の男子校で、大阪ではかなりの進学校である。また、スポーツにも力を入れていて、野球やテニスは全国大会にも出場したことがあるそうだ。

高校は一学年十クラスで、そのうちの四クラスは特進クラス。毎年、京都大学や大阪大学などに多数の合格者を出している。

光太が担当するのは高校一年生で、特進クラスではなく一般クラスの四クラスである。果たしてどのような生徒たちと出会えるのだろう。光太はワクワクしている。

授業開始二分前に職員室を出る。革靴の音をコツコツと響かせて廊下を歩いていく。この学校は校舎の中でもスリッパではなく靴のままだ。まるで大学のような雰囲気である。

教室の扉をガラッと開けると生徒たちが一斉にこちらを見る。前の方で遊んでいた生徒は急いで自分の席に戻っていく。「起立、礼」の号令がかかり、始業の挨拶を終えて着席すると、四十五名の男子生徒全員の目が光太に向けられる。

やや緊張しながらも、光太は大きな声で話し始めた。

「栗山光太です。生まれは愛知県。今は京都に住んでいます。三月に大学を卒業したばかりで、教員一年目ですが全力で頑張りますので、君たちも全力で頑張っていきましょう」

目を輝かせて聞いている子もいれば、後ろの方で隣の席の子に何か声をかけてニヤッと笑っている子もいる。個性豊かな生徒が揃っているような感じがする。

この先一年うまくやっていけるかどうか不安もあるが、若さを武器にしてやっていこうと思っている。とにかく「元気よく」をモットーにして頑張ろう。

簡単に挨拶を済ませ、早速授業に入る。

五十分の授業はあっという間に終わった。

四時間目にも授業があり、それが終わると昼休みだ。もうお腹はペコペコである。生徒用の食堂で教員も利用できるということなので行ってみた。すでに生徒で溢れ返っている。食券を購入して長い列に並ぶ。

大学三年生の時に京都の私立女子校の食堂でアルバイトをしたことがあり、女生徒で賑わっていたことを思い出していた。女子と男子の違いはあるが、とても活気があり雰囲気は似ている。流れるような人の動きに身を任せているとすぐに順番が回ってきた。

定食、丼、麺類などのメニューの中から選んだのは豚カツ定食。お盆に載せて広い食堂の一角にある教員用スペースまで運ぶと、すでに多数の先生たちが食事をしている。どこに座ろうかなと迷っていると、奥の方で桑田先生の姿が見えたので、「失礼しまーす」と言いながら隣の席に座った。

「やあ、栗山先生。若いだけあってボリュームのあるものを食べるんだねー」

桑田先生は蕎麦を食べている。熱い蕎麦なので眼鏡が湯気で少し曇っていた。

「はい。朝食抜きで二時間授業をやったのでお腹が空いてしまいました」

「初めての授業はどうでしたか」

「みんなしっかり聞いてくれましたのでとてもやり易かったです」

「高校一年の最初だからね。でも、一般クラスの場合は徐々にやる気をなくしてくる生徒も出てくると思うから気を抜かないようにね」

「はい、気を付けます」

「大切なことは、授業に対する生徒の集中力をいかに持続させるかということなんだ」

しばらくすると「じゃ、お先に」と言って、桑田先生は席を立って食器の返却口に向かって歩いていった。

光太は食事をしながら、桑田先生が言った生徒の集中力を持続させる方法について考えてみる。ベテラン教師なら教えるテクニックがあるので生徒を引き付けることができるだろうが、新人教師はそのテクニックが未熟である。とにかく、できるだけ元気よくパワフルに授業をやっていこう。

昼食を終えて外へ出ると、多くの生徒がバレーボールなどをして遊んでいる。しばらくその様子を見ていると、食堂から出てくる生徒たちが次々に遊びの輪に加わっていく。五分ほどでグラウンドや中庭が埋め尽くされたような状態になった。みんな生き生きとした顔をしている。時折り大きな歓声も聞こえてくる。

職員室に戻ってくつろいでいると、背後から先生たちの話し声が聞こえてきた。振り返って見ると、隣の部屋には応接セットが二組とパイプ椅子が置いてあり、先生たちが休憩するための部屋になっているようだ。

光太も中に入って隅にあるパイプ椅子に腰を下ろし、近くにいる三十歳くらいの先生に話しかけた。

「この学校の生徒たちは昼休みに外で遊ぶ子がとても多くて活気がありますね」

「うちの学校は昼休み中は全員外で遊ぶことになっているんだよ。狭い教室ではなく開放的な外で体を動かすことによって、心身ともに健全な成長ができるようにしようという方針なんだ」

「それはいいですね」

「それに、外で遊ぶことで生徒同士の仲間作りにも役立っているんじゃないかな」

午後も一時間授業をして、その日の仕事は終了。久しぶりに大きな声を出したので喉が少し痛い。

職員室に戻り、「疲れたー」と言いたい気持ちを抑えて自分の椅子に深々と座る。周りを見ると先生たちは黙々と仕事をしている。さすがは進学校の先生たちだなあと感心していると、光太と同じ新人の講師である内藤先生が授業から戻ってきた。顔を見ると少し疲れたような表情を浮かべている。内藤先生は大学院を出ているので光太よりも二歳年長だ。国語の先生で高校二年生の古文を担当している。

「内藤先生、初めての授業どうでしたか」

「ちょっと疲れたよ」

予想通りの返事である。

「午後の授業は、眠そうにしている生徒がちらほらいるから少しやりにくいですね」

「僕が担当している高校二年生のクラスは、古文に対してあまり興味を示してくれないよ。高二はちょうど中だるみの時期だし、これからの授業は苦労しそうだなあ」

「僕は高一だし、生徒はおとなしい感じだから、しばらくは大丈夫じゃないかな」

「いやいや、わからないよ。クラスの仲間と打ち解けてくると横着な態度をとる子が出てくるかもしれないよ」

「男子ばかりだから、そういう生徒が出てくる可能性はありますね。ところで内藤先生は出身はどちらですか」

「名古屋だよ」

「僕は愛知県の蒲郡市です」

「おっ、偶然にも同じ県だね。これからよろしく頼むね」

「こちらこそよろしくお願いします」

大阪の学校で同じ愛知県出身の人と一緒に教えることになるとは思ってもみなかったので嬉しく思い、光太はさらに話を続けた。

「男子校というのはどうですか。戸惑いはないですか」

「戸惑いは全くないね。僕は中学・高校の六年間男子校に通っていたから、母校に帰ってきたみたいだよ」

「僕はずっと男女共学だったから、ちょっと変な感じがします」

「女子校よりもやり易いんじゃないかな」

「そうですね。男同士だから気楽にやっていけそうですね」

「とにかく一年間お互いに頑張っていこう」

「はい。早くこの学校の戦力になれるように頑張っていきましょう」

「おっ、なかなか前向きな発言だね」

内藤先生は京都大学の工学部を卒業したが、国語の教師になりたくて大学院では国文学を専攻したと教えてくれた。かなり変わった経歴の持ち主である。しばらくすると「お先に失礼」と言って帰っていった。

光太は一時間ほど学校に残り、翌日の授業に備えて予習をする。同時に授業の進め方についても考えてみる。すると、ちょうどタイミングよく桑田先生が休憩室にやって来たので、アドバイスを求めようと思い、彼の後を追うようにして中に入った。

「桑田先生、少しお話があるのですが」

「何かね」

「高一の授業の進め方で助言をいただきたいと思いまして」

桑田先生はいろいろと丁寧に教えてくれた。

「今話したのはほんの一例だから、栗山先生なりに考えてやってもらえればいいですよ。とにかく一方的な説明ばかりだと生徒が集中できなくなってくるから、どんどん指名しながら元気よく授業を説明してください」

「はい、頑張ります。ありがとうございました」

席に戻って予習を続けていると休憩室からパチッという音が聞こえてきた。気になったので覗いてみると年配の先生が将棋を指している。一日の仕事が終わって息抜きでやっているのだろう。光太も中学生の頃までは時々将棋をやっていたので、自分も久しぶりにやってみたいなと思ったが、予習があまり捗っていなかったし、新人の講師がのんびりと将棋を指すのも気が引ける。でも、いつかは年配の先生たちとも将棋を通してコミュニケーションを深めていこうと思う。

半分くらい予習が終わったところで帰ることにする。あとは下宿でやればいいだろう。「お先に失礼しまーす」と、残って仕事をしている先生たちに声をかけて職員室を出た。また明日も頑張ろうと思いながらテニスコートの横を歩いていると、「先生、さようならー」という声が聞こえてきた。

声がする方を見ると、一年G組の教卓のすぐ前に座っていた目が大きくて印象的な顔の生徒が、練習中だというのに光太に向かって手を振っている。光太もその生徒に手を振って「さようなら。練習頑張れよー」と声をかけた。

少し嬉しい気分で正門を出ると、晩ご飯はどこで食べようかなと、すぐに気持ちが切り替わる。「京都の着倒れ、大阪の食い倒れ」というくらいだから、きっと美味しい店がたくさんあるに違いない。玉造駅周辺は生徒の目が気になるので梅田で食べることにしよう。歩きながら何を食べようかなとあれこれ考える。まずは大阪名物のお好み焼きにしようと心が決まると、お腹の虫がグーと鳴った。

明海学園で教えるのは月・火・木・金の週四日。授業時間は十二時間である。最初の二週間は慌ただしく過ぎていった。教えることにも少しずつ慣れてきて心にも余裕ができてきた。

四月下旬になってから、授業のない水曜日に久しぶりに大学の門をくぐる。大学には聴講生として登録すれば講義を受けられる制度がある。卒業はしたが、もう少し大学で勉強してみようと思ったのだ。

英文学科の教務課へ行き、受講可能な講義のリストを見せてもらう。言語学と中世英文学の講義を受けることにする。中世英文学は在学中お世話になった北島教授が担当している。光太が唯一単位を落としたことのある教授だ。

実際に受講するのは来週からということになった。聴講生の登録手続きを終えキャンパスをぶらぶらと歩いていると、また大学生に戻りたい気分になってきた。

正午を過ぎたので懐かしい生協食堂へ行ってみた。食券売り場の前で偶然一年後輩の堀内さんに出会う。彼は学年は一つ下だが三浪しているので光太よりも二歳年長である。国立大学の医学部を目指していたのだが結局合格することができず、文系に進路を変えたそうだ。二浪の時、入試直前に雨戸を閉めて勉強に没頭していたら昼夜がわからない状態に陥り、入試当日、大幅に寝過ごしてしまい試験を受けることができなくなってしまったと話してくれたことがある。一風変わった人物である。

「光太くん、久しぶりだね。大阪の学校で教えていると聞いたけど、今日はどうしたんだい？」

「非常勤講師で週四日教えているんですよ。今日は休みだから久々に遊びに来たんです。それに、大学の講義の聴講について調べる目的もあったから」

「光太くん、聴講に来るの？」

「来週から毎週水曜日に来ることになりました」

「何の講義を聴講するの？」

「北島先生の中世英文学です」

「僕もその講義は登録しているよ。じゃあ、これからも会えるね。ところで、大阪の学校はどうなの？」

「男子校で高校一年生を教えているんですけど、今のところは楽しくやってます」

「僕も英語の教師になるつもりだから、いろいろ情報を教えてね」

　堀内さんと一緒に食事をしながら積もる話をする。三十分ほど経ったところで、「じゃ、午後も講義があるから行くよ。近いうちに一杯やろう」と言って堀内さんは席を立った。

「来週、北島先生の講義で会いましょう」

　この二週間は下宿と学校の往復だけだったので、堀内さんとの会話は大学生に戻ったような気分になることができてとても楽しかったし、良い気分転換にもなった。

　一週間後の水曜日。聴講するために再び大学へ行く日である。午後からの講義なので、朝は遅くまで寝ていても大丈夫だ。大阪へ行く日は早く起きている。朝寝坊できるのがとてもありがたい。

九時頃に起きて翌日の授業の予習をする。十一時半頃には近くの大衆的な店へ昼ご飯を食べに行く。店の名前は「ひまわり食堂」だ。よく食べに来ているので、店の人とはすっかり顔馴染みになっている。元気のいいおばちゃんと娘さんの二人で切り盛りしていて繁盛しているようだ。

「こんにちはー」

光太はいつものように挨拶をしてカウンターの席につく。

「光太くん、いらっしゃい。今日は何にする?」

「親子丼をお願いします」

おばちゃんは手際よく作り始める。娘さんは皿洗いをしながら光太に笑顔で話しかけてくる。

「光太くんは四月から社会人になったんだよね。何してはるの?」

「大阪の高校で教えてるんですよ」

「先生にならはったの。すごいねー」

「でも、まだ正式な教員じゃなくて非常勤講師だから、週四日行くだけで今日は休みなんですよ」

「何を教えてはるの?」

「英語です」

「じゃあ、私にも時々英語教えてね。この店にも、たまにだけど外国人のお客さんが来はるんよ」

「光太くん、できたよー。野菜サラダはサービスしとくから食べてね。光太くんも社会人だから、しっかり栄養つけなくちゃ」

この店では時々サービスしてくれるから嬉しい。バランスのとれた食事になるように気を遣ってくれているのだろう。

お客さんが次々に入ってきて、おばちゃんも娘さんも忙しくなってくる。混んできたので光太は早めに食べ終え、「ごちそうさまー」と声をかけてから店を出た。そして、下宿に戻り少し休憩してから自転車で大学に向かう。千本丸太町の下宿から京都御所のすぐ北にある大学までは約十五分。ゆっくりと自転車を走らせる。

所々でツツジの花が咲き始めている。桜の木は青々とした葉で覆われ目を楽しませてくれる。時折り吹いてくる風も心地よい。

夏は暑く冬は底冷えがする京都だが、春はとても過ごしやすい。大通りではなく風情のある通りを選んでのんびりと走る。大学に着いたのは講義が始まる五分前であった。

まずは中世英文学の講義である。北島先生に会うのは久しぶりだ。光太は入口から近い席に座っている。しばらく待っていると先生が扉を開けて入ってきた。光太と目が合う。一瞬、「おやっ？」という表情を浮かべたが、すぐに教卓の前へ行くと、いつもの調子で講義を始める。中世英文学は先生の専門分野なので、とても詳しく丁寧に話を進めていく。時々、文学から離れ、当時の人々の生活についても語ってくれる。静かな語り口だが、いつの間にか先生が話す中世の世界に引き込まれてしまう。九十分の講義がとても短く感じられる。

講義を終えて出ていく先生を光太は追いかける。校舎から出たところで追いつき、「北島先生、お久しぶりです」と挨拶した。

「やあ、光太くん、元気かい？　大阪で教えているのではなかったのかな？」

明海学園は、この北島先生に紹介してもらったのだ。

「水曜日は休みなので聴講生として先生の講義を受けることにしました。今年もよろしくお願いします」

「なかなか熱心だね。昨年度とは違う作家を扱うことになるからまた頑張りたまえ」

「はい、頑張ります」

北島先生は「じゃ、失礼」と言いながら右手を少し上げ、別れの合図を送ってから研究室に戻っていった。

校舎に戻ろうとすると堀内さんがちょうど出てくるところだった。

「光太くん、お茶でも飲みに行かないかな」

「行きたいところだけど、次は言語学の講義があるんですよ」

「そうかー。じゃ、また今度にしよう」

「来週の水曜日はゴールデンウィークの前日だから、講義が終わったら飲みに行きませんか」

「おっ、いいねー。小田くんや木下くんにも声をかけておくよ」

「はい、お願いします。来週が楽しみだなー」

明海学園で教え始めて早くも一カ月が過ぎた。光太は教えることにも随分慣れてきて心に余裕も持てるようになってている。

生徒も同じように学校生活に慣れてきて、四月の初めの頃の緊張感はなくなり、余裕がありすぎるのか授業中に居眠りする者もちらほらいる。陽気がよくなってきたのも気分よく寝てしまう原因かもしれない。

光太は常に大きな声を出して元気よく授業をやっているのだが、神経が図太い生徒にとっては子守歌のように聞こえているのだろう。そのような図太い生徒に限って、授業終了のチャイムが目覚ましの合図になり、放課になるとすぐに教室を飛び出していく。一年H組の香川はそのような生徒のうちの一人である。

木曜日の五時間目の授業で、香川はいつものように睡魔と闘っている。眠くなるのを必死に耐えながら授業を聞いていたが、三十分ほど時間が経つと徐々に頭が前に傾いてきて、完全に倒れてしまわないように左手で支えている。

「香川くん！」と大きな声で指名すると、体をビクッとさせて目を開ける。

「この問題の答えは何ですか？」と問うと、ムクッと立ち上がり、少し間が空いてから頓珍漢な答えが返ってきた。

その後も頭を前後左右に揺らしながらも、バタッと倒れてしまわないように耐えている。健気と言えば健気だが、後ろの生徒にとっては迷惑なことなので、揺れがひどくなってきた場合には肩をむんずと摑んで揺れを止めてやる。授業の最後の方は、問題集を進めながら寝ている生徒を起こすのでとても忙しくなってくる。

終了のチャイムが鳴り、やっとのことで授業を終えて廊下に出ると、先ほどまで居眠りしていた香川がパッチリとした目を輝かせながら話しかけてきた。

「光太先生、次の土曜日に先生の下宿へ遊びに行ってもいいですか」

「特に予定はないから来てもいいよ」

「土曜日は校外学習で京都の美術館へ行くんですよ。校外学習は午前中で終わるから、その後で先生の下宿へ行ってみたいなあと思って」

「美術館はどこにあるんだい？」

「平安神宮のすぐ南側にあるそうです。国立近代美術館と京都市美術館があって、両方とも見学する予定になってます」

「解散の予定時間は？」

「十二時前には解散になると思います」

「じゃあ、十二時に平安神宮前の鳥居の下で待ち合わせることにしよう」

「大塚や田中も行きたいと言ってましたよ」

香川、大塚、田中、いずれも人懐っこくて、よく話しかけてくる生徒たちだ。勉強熱心とは言えないが明るくて元気がある。


二日後の土曜日。生徒たちが校外学習で京都にやって来る日だ。

光太はいつもと同じように九時頃に起き出し、近くの喫茶店へモーニングコーヒーを飲みに行く。新聞を読みながら、一時間ほどのんびりと平和な土曜日の朝の一時を過ごす。

リフレッシュした気分で店を出て千本丸太町交差点へ向かう。丸太町通を走るバスに乗って行くことにしたのである。

平安神宮には十一時少し前に着いた。待ち合わせの時間まではまだたっぷりと時間があるので、久しぶりに平安神宮の中に入ってみることにする。大学一年生の時、一乗寺の下宿から自転車で来て以来である。鮮やかな色の建物も美しいが、庭園もなかなか趣がある。ゆっくりと隅々まで見て回った。

待ち合わせの時間になったので鳥居の下へ行ったが、香川たちはまだ来ていない。美術館の方へ目を向けると、明海学園の制服を着た生徒がたくさん歩いている。どうやら解散になったようだ。しばらくすると、四人組の生徒が手を振りながら走ってきた。

「先生、お待たせー」

香川、大塚、田中、そしてもう一人。名前が思い出せない。まだ一カ月しか経っていないので全員の生徒の名前を覚えていないのだ。すると香川が「先生、原口も連れてきました」と言った。原口とはまだ話したことはないが、J組の中では目立つ方なので顔はよく覚えている。

「じゃあ、行こうか。ちょっと遠いけど京都の市内観光も兼ねて歩いていこう」

「時間はどれくらいかかるんですか」と大塚が訊く。

「大体一時間くらいかな」

「えー、そんなに歩くんですか」と田中が言う。ちょっと不満そうな顔である。

「一時間なんてたいしたことないよ」と原口がフォローしてくれる。

「先生、お腹が空きましたー」と香川が腹に手を当てて言う。

「じゃあ、途中で適当な店に入って食べよう。では、出発！」

五人は西に向かって歩き始める。鴨川を渡り御池通に出る。有名な本能寺に立ち寄り、新京極通にも行ってみることにする。新京極通は京都で一番賑やかな通りである。土産物店などが軒を連ねている。ラーメン屋があったので、そこで食事をとり、また御池通に戻る。

歩き続けていると、時々、学校帰りと思われる女生徒とすれ違う。その度に生徒たちはちらちらと女生徒の方に視線を向けては、「おっ、めんこい子やな」とか「京都の女の子は上品そうやなー」などと大阪弁で言い合っている。男子校に通っている彼らにとっては女の子のことがとても気になるのだろう。

光太は「あまりジロジロ見るなよ」と注意しておいた。彼らは「はーい」と言ったものの、女生徒が近づいてくると、ついつい目がそちらに向いてしまう。

御池通を過ぎ二条城のすぐ南側の通りをさらに西に向かって歩いていく。

「あれが大政奉還が行われた場所として有名な二条城だよ」と生徒たちに教えておく。

「先生まだですかー」と田中が言う。

「もう少しで千本通に出る。そこを右に曲がればすぐだよ」

「結構長い距離を歩いてきましたねー。もう足が棒のようです。バスにすればよかったかも」と、香川がハンカチで汗を拭きながら言う。

「君たちは若いんだから、しっかり歩いて足腰を鍛えなくちゃね」

「部活でしっかり鍛えてますよー」と、大塚がやや疲れたような顔をして言う。

「あと五分くらいで着くから頑張れ」

やっとの思いで下宿に着くとすぐに彼らはごろんと横になった。口々に「疲れたー」と言っている。

光太の下宿は六畳二間である。普段は物を雑然と置いているが、生徒たちが来るので綺麗に整頓しておいた。

「お菓子とジュースを買ってくるから、ちょっと休んでいてくれ」

光太は近くの駄菓子屋へ行く。

五分ほどで下宿に戻ると、生徒たちは座って話をしている。部屋の真ん中に置いてあるテーブルの上を見ると、本棚に置いておいたはずのウイスキーのビンがある。

「先生、ウイスキーがあったので、ほんの少しだけ飲んじゃいました」と香川が言う。全く悪気のない顔をしている。

「こらー、だめじゃないか。学校でバレたら大変なことになるから絶対に言うなよ」

光太は困ったなと思ったが、飲んでしまったものは仕方がない。気持ちを切り替えて生徒たちと話し始める。

「明海学園は運動もなかなか盛んだね」

野球部員である原口が、「かなり昔、我が校の野球部は夏の甲子園で優勝したことがあるんですよ」と教えてくれた。

大塚と田中はテニス部に入っている。

「最近はテニス部が強くて、昨年度もインターハイに出場しました」と大塚が言う。田中は「僕も一生懸命練習してインターハイに出られるように頑張ります」と言った。

香川だけは文化部で、演劇部に所属しているらしい。

「我が演劇部もそれなりに頑張ってるよ。大阪府の大会を勝ち抜いて関西大会出場を目指しているんだ。ところで、先生は部活は何をやっていたんですか」

「中学時代はバスケットで、高校時代は柔道をやっていたよ」

「柔道は何段ですか」

ちょっと意外そうな顔つきで香川が訊いた。

「初段だよ。これでも一応黒帯を締めることができるんだよ」

話題は趣味や好きな音楽などに移り、最後は大学生活についてあれこれ質問された。まだ一年生なのに、さすがに進学校の生徒だけあって大学のことが気になるのだろうと思っていたら、こんな質問もあった。

「女子大生にもてるのはどういうタイプの学生ですか」

「女子大生に好まれるサークル活動は何ですか」

「先生は大学時代に女子大生と付き合ったことはありますか」

やはり女の子のことは気になるらしい。

次から次へと話が弾み、ふと時計を見ると四時を回っている。彼らは大阪まで帰らなければならない。

「帰宅があまり遅くなってもいけないから、そろそろ帰った方がいいかな」

「まだ時間は早いけど、明日は部活の練習が午前中にあるから早めに帰ろうかな」と原口が言う。大塚と田中もテニスの練習があるそうだ。みんなで顔を見合わせて頷き合っている。どうやら帰ることになったようだ。

「先生、今日はこれで帰りまーす。ありがとうございました」と香川が代表して言う。

光太は生徒たちを最寄りの駅まで送っていく。

とても楽しい一日になった。生徒たちとこんなふうに過ごすのもいいものだ。


梅雨の季節になった。教師生活も特に大きな失敗もなく、ここまではまずまず順調にきている。非常勤講師は授業を行うだけなので、生徒と話をする機会はそれほど多くないのだが、それでも授業後や食堂へ行った時などに話しかけてくる生徒は少しずつ増えてきた。専任の先生たちとも徐々に親しくなっている。

ある日の放課後、すべての授業を終えて休憩室で休んでいると、終礼を終えた先生たちが何人か入ってきて、お茶やコーヒーを飲んでいる。忙しい先生たちにとっては貴重なリラックスタイムである。最近は光太の名前を覚えて話しかけてくれる先生もいる。高一担任の沢村先生が休憩室にやって来て光太の向かい側に座った。

「光太先生、最近うちのクラスの連中の様子はどうですか。生意気な態度をとっている奴はいませんか」

「はい、今のところは真面目に授業を聞いてくれていますが、中には集中できなくて居眠りをしてしまう子もいますね。特に午後の授業は眠くなってくるようです。寝ている生徒にはどのように対処すればいいですか」

「そうだねー。寝ている奴がいたら背中や肩をポンと叩いたり、頭をコツンとやったり、眠そうにしていれば指名して答えさせたり、あの手この手を駆使して対処しているよ。一昔前には寝ている生徒にチョークを投げつける先生もいたようだね。僕も一度だけチョークを投げたことがあるけどうまく命中しなかったよ。昔の先生はチョークを投げる練習をしていたのかなあ」

参考になる対処法もあるが、チョーク投げは真似しないことにしようと光太は思った。沢村先生はさらに続ける。

「でも本当は、生徒をしっかり引き付けることができるような話術を身に付けないといけないんだけど、それがなかなか難しいんだ」

優れた教師というのは巧みな話術で生徒を集中させながら授業をしているのだろうなと思う。

「僕はまだまだ未熟ですが、頑張りますのでまたいろいろと教えてください」と光太が言うと、

「僕も十年以上教えているけどまだまだ未熟だよ」と沢村先生が謙遜して言った。

隣の席ではベテランの西川先生が将棋のセットをテーブルの上に置いて将棋仲間が来るのを待っている。光太は以前から将棋仲間に加わりたいと思っていたので、遠慮がちに声をかけてみる。

「西川先生、一局お願いしてもよろしいでしょうか」

「おっ、光太先生も将棋をやるのかね」

「はい、中学時代までは時々友人と遊びでやっていました」

「よし、やろう。じゃ、こちらに座って。若い人と将棋を指すのは久しぶりだよ」

「お願いしまーす」

駒を並べて一礼してから対局を始める。光太は棒銀戦法で攻めるがうまくいかず、西川先生からの怒濤の攻めによって一気に守りを崩されて、わずか十五分ほどであっけなく負けてしまった。

「もう一局どうかね」と言われたが、「人と会う約束がありますので今日はこれで失礼します」と言って、光太はそそくさと休憩室から出ていった。これでは将棋仲間には入れそうもない。


六月下旬、しばらく雨の日が続いていたが、この日は朝から雲一つない晴天となり、初夏の日差しが降り注いでいる。午後になると気温がぐんぐんと上昇してきた。

昼休みになると生徒たちは久しぶりに外へ飛び出していく。グラウンドを走り回ったり、ボールを使って遊んだり、暑さなど全く気にならないかのように体を動かしている。

五時間目の授業では、昼休みに遊び疲れた生徒がぐったりとしているのが目につく。生徒がぐったりしていると、教師は活を入れるために余分なエネルギーを使うことになる。

光太は疲れて寝てしまいそうになる生徒たちに活を入れながら悪戦苦闘してなんとか授業をやり終えた。今度は光太がぐったりする番である。疲れた足取りで職員室に戻り休憩室で休んでいると桑田先生がやって来た。

「今週の土曜日の夕方、保護者と教員の懇親会があるんだけど、光太先生も出席しないかな」

「非常勤講師も出席しなければいけないんですか」

「強制参加というわけではないんだけどね」

「どこで行われるのですか」

「梅田にある阪急グランドホテルでやるんだけど、保護者との懇親会は年に一回だけだから参加してみてはどうかな。例年、非常勤の先生も何人かは参加しているんだ。保護者から今後に向けて参考になるような話を聞くことができるかもしれないよ」

「そういうことなら出席します」

桑田先生にうまいこと出席の方向に誘導されてしまったような気もするが、保護者との懇親会がどんなものなのか経験してみるのも悪くはないだろう。それにホテルで食事ができるのはとても魅力だ。


懇親会が行われる土曜日になった。午前中は洗濯したり、部屋の掃除も簡単にしておいた。昼は行きつけの「ひまわり食堂」で軽めの食事をする。夜はホテルで美味しいものをたくさん食べられるだろうと思ったからだ。

下宿に戻って二時間ほど昼寝をし、三時半頃に出かける。会場のホテルに着いたのは開始十分前だった。懇親会は五時から七時までの予定である。ロビーにはすでに多くの先生たちがいる。桑田先生が光太に向かって手を振っているので挨拶に行く。

「こんにちはー」

「光太先生、ご苦労さま。先生は高一の学年に入ってください」

「はい、わかりました」と答えて周囲を見渡すと、非常勤の内藤先生の姿が目に入ったので近づいて声をかけた。

「先生も来ていたんですね」

「あまり参加したくはなかったんだけど、ホテルでの食事という誘惑に負けて来てしまったよ」

内藤先生は周りにいる先生たちには聞こえないように小さな声で話す。

「僕も保護者と話をするよりもホテルの食事の方が楽しみなんですよ」と光太も囁く。

「お互いに考えることは同じだねー」と言って、内藤先生はニッコリ笑った。

開始時間になり、先生たちは二階の会場へ移動を始める。高一担任の沢村先生から声がかかる。

「光太先生行きますよー」

「はーい」

内藤先生は高二の先生に呼ばれて、すでに会場に向かっている。光太も高一の先生たちの後について行った。

会場に入ると鮮やかな色のドレスを着た保護者の姿が目に飛び込んでくる。ホテルでの懇親会ということで全員ドレスアップしているのでとても華やかだ。光太はその華やかな雰囲気と保護者の数の多さに圧倒された。広い会場に五百人以上はいるだろう。

開会の挨拶、乾杯と型通りに進み、保護者との懇談が始まると、会場は一気に賑やかになってきた。

予想通り保護者は担任の先生たちと話している。わざわざ新人講師のところへ話に来る保護者はいないに違いない。これ幸いということで、光太はビールを一杯飲んだ後は美味しい料理を食べることに専念する。

普段は食べられない洗練された料理を腹が一杯になるまで食べる。今日はもうこれで満足だと思ったが、食べることだけが目的ではないので、しばらく休憩してから担任と保護者が話をしている様子を見ることにする。学校行事、進路、勉強法など、いろんなことが話題になっているようだ。保護者にとってみれば、先生たちとお酒を飲みながらくつろいだ雰囲気で話ができる貴重な時間なのだろう。次から次へと先生を奪い合うようにして話しかけている。

担任と一通り話を終えた保護者が光太の方へ視線を向けてくる。「いよいよ来るか」と心の中で思い、にわかに緊張感が高まってきた。逃げ出そうかと思ったが、今からではもう遅い。覚悟を決めてその場に立っていると、一人の保護者が近づいてきた。胸に付けてある名札をチラッと見てから、「栗山先生ですか。私、香川俊介の母ですが、先月、俊介が先生の下宿へ遊びに行ったようですね。大変お世話になりました。俊介は英語の授業中はどんな様子ですか」

光太は返事に困った。時々居眠りしています、とは言えないので、「頑張っていると思います」と言っておいた。

「居眠りなどしていませんか」とさらに訊いてくる。

「たまに集中できないこともありますが、彼なりに努力していますよ」

「そうですか。英語が苦手だからよろしくお願いします。英語の勉強ではどんなことに気を付ければいいですか」

「一年生ですので文法を徹底的にやってほしいと思います。それに、興味が持てそうな英語の本をたくさん読むこともお勧めします」

「はい、わかりました。俊介に伝えておきます」

その後、下宿に遊びに来た大塚と田中のお母さんも加わった。お母さん同士で仲が良いのだろう。三対一なので、お母さんたちに話のペースは完全に握られてしまう。勉強の話だけではなく、「出身はどちらですか」「食事はどうされているのですか」など、下宿生活をしている独身教師に興味があるのか、いろいろと訊いてくる。子どもと同じようにとても明るいお母さんたちである。

しばらく話が続き、解放された時には懇親会も終わりに近づいていた。保護者が相手ということで、はじめのうちは緊張していたが、堅苦しい話はなかったので楽しい時間を過ごすことができた。料理は美味しかったし、綺麗なお母さんたちと話をすることもできたので良い一日になった。


一学期も終わりに近づいている。期末試験の採点が終わり、あとは成績処理が残っているだけである。週末が期限なので今日中には成績処理を完成させるつもりだ。電卓を使って小テストなどの平常点の計算や期末試験の処理から始め、区切りがついたところで休憩室へ行く。学期末の仕事で忙しいのか、将棋を指している先生はいない。インスタントコーヒーを飲みながら一休みしていると沢村先生がやって来た。

「この時期は忙しいねー。まだまだ仕事が終わらないよ。ところで光太先生、終業式の翌日から一泊で職員の慰安旅行に行くんだけど一緒に行かないかな」

「どこへ行くのですか」

「淡路島だよ。年一回の職員旅行で、今回は僕が幹事なんだ」

「何人くらい参加するのですか」

「例年三十人くらいかな。親睦を深めるいい機会になると思うよ」

淡路島へは一度も行ったことがないし、いろんな先生たちと親しくなるチャンスかもしれない。何も迷うことはない。

「僕も参加しまーす」

「じゃ、後日詳しい連絡をするからね」

非常勤講師も職員旅行に連れて行ってくれるなんて、なかなかいい学校だ。職員全体のチームワークを大切にしているのだろう。

休憩を終え自分の席に戻って残っている仕事を続ける。早く帰りたいのだが、なかなか終わらない。黙々と仕事をしていると職員室の扉が静かな音とともにゆっくりと開いていく。視線を向けると杉下という生徒が光太を見て手招きしている。

廊下に出ると杉下は「先生、お話があるのですが」と言って職員室から少し離れたところへ移動する。光太は後からついて行く。

「先生は夏休み中は愛知県の実家に帰りますか」

「七月二十五日から八月末まで実家に帰る予定だけど」

「実は、八月初旬に先生の家へ遊びに行きたいと思っているんですが、いいですか」

「今のところは何も予定が入っていないから来てもいいよ。連絡先を教えておくから具体的な日程が決まったら電話してくれるかな」

「はい、わかりました。ありがとうございます。じゃ、失礼します」

杉下は人懐っこくて、よく話しかけてくる生徒である。

やっとの思いで仕事を終えた時には、すっかり日は陰り、外は薄暗くなっていた。「今日はよく頑張りました」と自分を褒めてから学校を後にする。駅へ向かって歩きながら、職員旅行のことや生徒が実家に遊びに来ることを考えると、夏休みがとても待ち遠しくなってきた。


無事に一学期を乗り切り、待ちに待った夏休みになった。非常勤講師は校務も補習も部活動もないので完全な休みである。それでも給料が貰えるので、それが一番嬉しいことかもしれない。

夏休み最初のお楽しみは職員旅行だ。旅行当日は学校に正午に集合することになっている。光太は少し早めに学校へ行った。内藤先生はやはり来ている。

「内藤先生も参加するんですね」

「当然でしょ。旅館で美味しい料理が食べられるんだからね」

幹事の沢村先生が人数を確認している。

「全員揃いましたのでバスに乗ってくださーい」

いよいよ出発だ。まず神戸港へ行き、そこからフェリーで淡路島の洲本へ。そして、島内を観光してから旅館に到着した。

「夕食は七時からですので、それまでは自由に過ごしてください」

沢村先生から連絡が入る。幹事はいろいろと大変そうだ。

「光太先生、まず温泉に入ろう」

内藤先生に誘われて光太はすぐに同意する。温泉は大好きだ。温泉に入るととてもリラックスできる。少しぬるめの湯にゆっくり浸かっていると、内藤先生も湯船の中に入ってきて話しかけられる。

「光太先生は教員採用試験を受けるの？」

「はい。愛知県の採用試験を受ける予定なんだけど、あまり勉強が捗っていないんです。試験はちょうど一週間後だから、ちょっとまずい状況ですね」

「職員旅行なんかに来ている場合じゃないよ」

「本当はそうですね。直前の勉強をしっかりやらないといけないんだけど、美味しそうな旅館の料理の誘惑に負けてしまいました。ところで、内藤先生は採用試験はどうするんですか」

「僕は母校の教員に空きがありそうだから、そちらに応募するつもりなんだ」

内藤先生は名古屋の男子校出身だということを以前聞いたことがある。

「母校に戻って教師をやるなんていいですね」

「そうかなー。知っている先生が多いとやりにくいかもしれないよ」

風呂から出て部屋でくつろいでいると、「夕食の時間だよー」と声がかかった。ゾロゾロと宴会場に移動する。みんな浴衣を着ているので、学校にいる時とは雰囲気が全く違う。

宴会が始まると先生たちの表情がどんどん変わってくる。大きな笑い声があちこちから聞こえてくる。仲居さんをつかまえて冗談を言っている先生もいる。酒が進むと席を移動していろんな先生と話をするので、かなり場が乱れてきた。

内藤先生と光太は新人なので、入り乱れてきた宴会場を足下に気を付けながら酒を注いで回る。中には酔っぱらって呂律が回らない状態で「ヒック、おーい新人くん、ヒック、頑張っているかね」と声をかけてくる先生もいる。絡まれそうな場合はすぐに立ち去る。宴会でどのように振る舞えばいいかということも勉強のうちだ。ベテランの英語の先生には授業のやり方について助言を求め、運動部の顧問の先生には部活の指導法について訊く。ほとんどの先生は親身になって教えてくれる。新人教育にはみんな熱心なのだろう。

いろんな先生と話をするのは楽しいが、その都度お酒を勧められるので、だいぶ酔いが回ってくる。一周して自分の席に戻る頃には足元がふらついてきた。

すでに三時間ほど経過している。幹事の沢村先生が赤くなった顔で「宴たけなわでありますが、そろそろお開きにしたいと思います」と言って、楽しい宴会が終わりになった。

「二次会に行くぞー」と言って威勢よく宴会場から出ていく者、足元が覚束ない状態でゆっくり部屋に戻る者、酔い潰れて畳の上で寝ている者など様々だ。

光太は内藤先生と一緒に二次会グループに加わる。旅館の中にあるカラオケルームで二次会だ。

この後は、深夜まで延々と淡路島の夜空に歌声を響かせることになったのである。

翌日は船で鳴門海峡へ行き、有名な渦潮を見てから帰路についた。


職員旅行で楽しんだ後は、一週間後に迫った教員採用試験に向けて勉強しなければならない。一学期の間は、平日は学校で教えたり、大学へ聴講に行ったりしていたので、採用試験の勉強は週末の限られた時間だけだった。充実した勉強をしてきたとはとても言えない。この一週間が勝負である。遊びに行きたい気持ちになることもあるが、ここはぐっと我慢して勉強に専念する。まるで大学入試直前の受験生のようだ。

採用試験の二日前には実家に帰る。いつもは実家に帰るとのんびりムードになってしまうのだが、今回はのんびりしてはいられない。あと二日間は集中力が切れないように頑張るつもりだ。

いつもと雰囲気が違う息子の様子を時々母が覗きに来る。

「光太、頑張ってるね。試験はいつあるんだい」

「二日後だよ」

翌日も一日中部屋にこもって勉強する。午後三時には母がおやつを持って来てくれた。

「光太、少し休憩したらどうだい。お前の好きな鯛焼きを買ってきたよ」

「サンキュー。お母さん、明日は朝早いから起こしてね」

「何時に起こせばいいんだい」

「五時半頃がいいかな」

試験会場は名古屋の中村高校だ。名古屋まで電車で一時間ほどかかるので朝早く家を出なければならない。

夕食の時には父からも「明日の試験頑張れよ」と励まされた。将来を左右する大事な試験なので親として気にかけてくれているのだろう。

愛知県の教員採用試験は難しいと言われている。しかも、高校の英語は狭き門に違いない。

翌日、光太は人生初の採用試験に挑んだ。難問が多かったが精一杯頑張って解答した。あとは運を天に任せるしかない。


採用試験が終わると、いつものように日中は家でごろごろすることが多くなる。夜は中学時代の友人たちと駅裏の居酒屋へ繰り出して遅くまで飲む。そんな日々がしばらく続いた。もう完全に学生気分になっている。自分が教師であるということを忘れてしまったかのように堕落した生活を送っていると、一本の電話がかかってきた。電話に出た母が「大阪の生徒さんからだよ」と言って受話器を渡す。耳に当てると元気な声が聞こえてきた。

「もしもし、杉下です。三日後の金曜日にそちらへ行こうと思いますが、都合はいいですか」

「ＯＫ！　誰か友達を連れて来るのかな」

「一人だけです」

「駅まで迎えに行くから到着時間を教えてくれるかな」

「まだ決まっていないから、前日の夜にまた電話します」

「じゃ、楽しみにしてるからね」

杉下は普段からグループで行動することはあまりなく、一人であちこち動き回っている。友人がいないわけではなく、幅広くいろんな生徒と楽しそうに話しているのを見かけてきた。きっと、単独で行動する方が自分の好きなことが自由にできると思っているのだろう。それにしても、たった一人で教師の家に遊びに来るとは、なかなかユニークな生徒である。

電話でのやり取りを聞いていた母が興味深げに訊いてくる。

「大阪から生徒さんが遊びに来るのかい」

「そうだよ。生徒が一人来るから布団の用意をしといてね」

「一人で先生の家に泊まりに来るなんて、変わった生徒さんだね」

約束通り、前日の夜に杉下から到着時間の連絡があった。午後一時に蒲郡駅に到着するそうだ。

その夜、光太は布団に入ってから、杉下をどこに連れて行こうかと考える。高校一年生が喜びそうなところはどこだろう。あれこれと連れて行く場所を思い浮かべていると、いつの間にか眠りに落ちた。

杉下は予定通り一時着の電車でやって来た。ブルーのTシャツにジーンズという若者らしい服装で、タイガースのマーク入りの帽子を被り、大きなリュックを背負っている。いかにも一人旅を愛する若者という感じである。光太も高校一年生の時に一人旅をしたことがある。その点では杉下と考え方が似ているのかもしれない。

「光太先生、こんにちはー」

「こんにちは。よく一人で来たね」

「高校生になったら一人旅をしてみたいと思っていたんですよ。中学生の時は親が許してくれなかったから」

「昼ご飯は食べたのかな」

「はい。名古屋駅で駅弁を買って電車の中で食べました」

「そうか。駅弁は旅の楽しみの一つだからな」

「そうですね。全国各地の駅弁を食べてみたいな」

「駅弁の全国制覇をするつもりかな」

「やってみたいな。ところで、これからどこへ行くんですか」

「まずは竹島へ行こう」

竹島は駅から歩いて十分ほどのところにある。蒲郡のシンボルと言ってもいい場所だ。島なのだが、長い橋が架かっているので歩いて渡ることができる。竹島水族館も人気がある。

駅からしばらく歩くと海岸通りに出る。潮風がとても心地よい。

「竹島が見えてきたよ。橋が架かっている島が竹島だ。そして沖の方にある島が大島。ここからは見えないけど、大島の向こう側に小島があって、高校生の時に大島から小島まで泳いで渡ったことがあるんだ」

「先生は泳ぎが得意なんですね」

「海の近くで育ったからね。小学生の頃からしょっちゅう海へ泳ぎに行っていたんだ」

水族館でいろんな魚を見てから竹島へ渡る。それから、ゆっくり歩いて島を一周した。

「潮風が気持ちいいですねー」

「そうだね。僕は堤防に座って海を眺めるのが好きなんだ。あそこの堤防で少し休憩しよう」

堤防に上がり並んで腰を下ろす。しばらくの間、三河湾の景色を見ながら磯の香がする空気を胸いっぱいに吸い込んだ。夕日が海をオレンジ色に染めていく。

「そろそろ帰ろうかな」

家に着くとすでに夕食の用意ができていた。母がニッコリ笑って杉下に声をかける。

「遠いところからよく来てくれたね」

「こんばんはー。お世話になりまーす」

「大阪の学校で教えている杉下くんだよ」

「ゆっくりしていってね。晩ご飯を部屋に持っていくからたくさん食べてね」

「はい、ありがとうございます」

夕食は光太の部屋で食べることになった。家族と一緒だと遠慮するかもしれないと思ったのだろう。

部屋で待っていると次々に料理が運ばれてきた。生徒が泊まりに来るなんて初めてのことだから、頑張って作ってくれたようだ。

「杉下は、一人旅は今回が初めてなんだよね」

「はい、そうです。一・二年生の間に、あちこち一人で旅をしてみたいですね」

「僕も高一の夏に一人旅をしたことがあるんだよ。伊豆半島を歩いて縦断しようとしたんだけど、途中で足を痛めてしまって徒歩での縦断はできなかったんだ。でも、楽しかったね」

「他にもどこかへ行きましたか」

「高一の春には、信州の霧ヶ峰、甲府、富士山麓の白糸の滝を一人で旅したこともあるよ」

「いいですねー。僕は東北や北海道にも行ってみたいと思っています。大学生になったらインドも旅してみたいなあ」

「スケールが大きいねー。一人旅はとても貴重な体験になるから実現できるといいね」

旅の話で大いに盛り上がる。夕食の途中で、帰宅した父が部屋に来て「いらっしゃい。ゆっくりしてってね」と声をかけた。生徒が来たので気になって様子を見に来たのだろう。

夕食を終え、しばらく布団の上でごろんと横になる。

「杉下、将棋はできるかな」

「はい、中学生の時に時々やってました」

「じゃ、一局やろうか」

すぐに起き上がって将棋の準備をする。布団と布団の間に将棋盤を置き、駒を並べて対局が始まる。学校ではベテランの先生を相手にして、こてんこてんに負けてしまったが、杉下とはほぼ互角の戦いを繰り広げた。しかし、終盤になって光太は読みを誤り負けてしまう。将棋に対してさらに自信を失うことになった。

「また明日があるから今日はもう寝よう」

翌日は雲一つない青空が広がり、夏の日差しがとても眩しい。この日の朝は家族と一緒に食事をする。両親は昔、大阪へ旅行に行ったことがあるらしく、杉下に大阪についていろいろと訊いている。杉下は打ち解けた様子で、時々笑みを浮かべながら答えている。

「ところで、先生、今日の予定は何ですか」

「今日は弁天島へ泳ぎに行こう」

弁天島は浜名湖の南方に位置しており、海水浴場がある。男二人で行く海水浴が楽しいかどうかはわからないが、他にやることが思い浮かばなかったので、とにかく泳ぎに行くことにする。行けば女性たちとの思わぬ出会いがあるかもしれない。しかし、生徒と教師の二人連れが女性との出会いを期待するのはちょっと不謹慎だ。このような不謹慎なことを妄想していると、父が「駅まで車で送っていこう」と言い、光太は「よろしく」と返事をした。不純な期待は封印して、海水浴だけを楽しむことにしよう。

八月初旬の快晴の日ということで、弁天島海水浴場は大勢の人で賑わっていた。光太にとっては五年ぶりの海水浴だ。時々休憩しながら徹底的に海水浴を楽しんだ。杉下も元気よく泳いでいる。帰る頃には、二人ともぐったりと疲れ切った状態になってしまった。

この日の夜は海水浴で疲れたので早めに寝ることにする。杉下は翌日の朝「大変お世話になりました」と言って帰っていった。帰りは伊勢神宮や熊野の鬼ケ城に立ち寄り、南紀白浜でもう一泊するそうだ。なかなか逞しい生徒である。

この夏は少し変わった体験をした。オートバイによる旅である。中学時代の親友である剛に誘われたのだ。当時一番小さいサイズの「モンキー」と呼ばれるバイクで行くことになった。剛はモンキーを所有しているが光太は持っていない。姉の夫が持っているので借りることにした。姉の夫は光太の高校時代の柔道部の一年先輩だ。姉から結婚する相手の名前を聞いた時にはとても驚いた。高校時代は怖い存在だったが、今では可愛がってもらっている。

バイクの旅は剛のお盆休みを利用して三泊四日の日程である。土方用のヘルメットを被り、寝袋と最低限の荷物を荷台に括り付けて出発した。

初日の夜は木曽福島の体育館の軒下で野宿しようとしていたら、地元の人がたまたま体育館にバドミントンをやりに来ていて、「こんなところで寝るのはかわいそうだから家に泊めてあげよう」と言われ、泊めてもらうことになった。人の優しさに触れて感激する。

二日目は上高地へ行き、野麦峠を越えて乗鞍へ。ここは野宿するには寒いのでユースホステルに泊まることにする。

三日目は乗鞍岳の頂上まで砂利道を駆け上がる。乗った状態ではモンキーが動かないので、エンジンをかけたまま自分の足で走らなければならなかった。その後は高山まで下り、市内の小学校の体育館の軒下で寝袋に入って夜を明かす。

四日目の朝はラジオ体操にやって来た地元の人たちの声で目覚め、ラジオ体操に参加する。市内観光してからノンストップで蒲郡へ帰る。忘れられないバイクの旅になった。

八月下旬。採用試験の発表を控え、落ち着かない日々を送っている。部屋で昼寝をしていると、「光太、封筒が届いたよ」という母の声が聞こえてきた。封筒を受け取り中を確認すると、結果は不合格であった。少しは期待していたのだが、学校で教えながらの受験勉強ではやはり不十分だった。ショックではあるが仕方ない。もう一年勉強して、また来年受験しよう。光太は早くも気持ちを切り替えている。

長い夏休みが終わり二学期が始まった。実家でのだらだらとした生活が長かったので、朝早く起きるのが辛い。京都から大阪までの遠距離通勤は憂鬱だが、久しぶりに生徒たちに会えるのは楽しみだ。

職員室に入ると先生たちはばたばたと駆け回っている。二学期が始まったばかりなので、いろいろと忙しいのだろう。大きな声で挨拶するのは申し訳ないような気がして、小さな声で「おはようございます」と言ってから席についた。夏休み中一度も学校に来ていないので、机の上はうっすらと埃が被っている。二学期もお世話になる机を雑巾で綺麗に拭いてから授業の準備に取り掛かる。教科書を開いて予習をしていると、英語科主任の桑田先生がやって来た。

「光太先生、二学期もよろしくお願いします。夏休み直後は、生徒はだらけたムードになっているかもしれないから、そのムードに流されないようにビシビシとやってください」

「はい、わかりました。頑張ります」

光太自身が夏休み中だらけた生活をしていたので、まずは自分に気合を入れなければならない。

「気持ちを引き締めて、しっかり授業をやろう」と心の中で呟いてから教室に向かう。

教室に入って生徒の様子を見ると、日焼けして随分逞しくなったように感じる。表情も生き生きとしているように見える。しかし、授業が進んでいくと、徐々にどんよりとした目になってくる生徒も出始める。「これではいけない！」と光太はより一層気合を入れる。集中力がなくなってくる生徒との戦いが続く。悪戦苦闘してなんとか授業をやり終えた。

「生徒は夏休み中に遊び回って疲れているのだろう」と思いながら廊下を歩いて職員室に戻る途中で杉下が追いかけてきた。

「先生、蒲郡ではいろいろとお世話になりました。とても楽しかったです」

「いやいや、こちらこそ楽しませてもらったよ。ところで、伊勢や南紀白浜はどうだったかな」

「なかなかいいところでした。写真もたくさん撮ってきましたよ」

「そういえば、杉下は写真部に入っているんだったね」

「はい。今回の旅行で撮った写真の中で気に入ったものがあるんですよ。その写真を文化祭の時に展示しようと思っているんです」

「おっ、それはいいねー。見させてもらうよ」

文化祭は九月下旬に行われる予定だ。生徒たちは最大の学校行事である文化祭に向けて、これから忙しい毎日を送ることになる。きっと先生たちも、準備をする生徒と付き合わなければならないので慌ただしくなってくることだろう。

職員室の休憩室でも文化祭について話し合っている声が聞こえることが多くなってきた。光太は高一担任の沢村先生に明海学園の文化祭について尋ねる。

「この学校の文化祭はどのような形で行われるのですか」

「例年、九月最後の土日二日間で行って、一般の人たちにも公開しているから規模の大きな文化祭になるんだ。中一から高二まではクラス単位で様々な企画を用意してお客さんをもてなし、高三は有志で模擬店を出したり後輩の指導をすることになっているよ。校内の飾りつけは中学生が担当して、毎年立派に仕上げてくれるんだ」

「先生のクラスは何をやるんですか」

「テレビでアタック25というクイズ番組をやっているんだけど知ってるかな」

「はい、知ってます」

「その番組で使っている、赤・青・黄色などの表示ができる装置を実際に作ってクイズ大会をやるんだ。一般の人にも参加してもらうんだよ」

「面白そうですねー」

「光太先生も文化祭を見に来るといいよ」

放課後、校内を歩いていると、あちこちで生徒たちが楽しそうに文化祭の準備をしている。授業中は眠そうな目をしている生徒が、今は目を輝かせて飛び回っている。生徒の生き生きとした姿を見るのは楽しいものだ。

沢村先生のクラスへ行くと、アタック25で使う装置を作っている最中だった。「また失敗やなー」

「うまくいかへんなー」という声が聞こえてくる。完成まではまだまだ時間がかかりそうだ。室長の奥西が光太に気づいて近寄ってくる。

「先生、文化祭当日は僕たちのクラス企画に来てくださいよ」

「先生もクイズに参加できるのかな」

「一般のお客さんがたくさん来たら参加できないかもしれないけど、客が少なかったら参加できますよ」

「クイズは難しいのかな」

「難問もあるけど、子ども向けの易しい問題も用意します」

「装置はまだ完成していないようだね」

「はい、今のところ失敗ばかりでちょっと心配なんだけど、必ず間に合わせますよ」

生徒は先生に助けを求めず、自分たちで問題を解決しようとしている。学校としては、教師が口出しをすることなく、あくまでも生徒だけの力で最後までやり遂げさせるという方針なのだろう。試行錯誤しながら努力を積み重ねることによって、生徒たちが逞しく成長していくことを期待しているのだと思う。

生徒は思いがけない力を発揮することがある。特に、みんなで協力し合えば、素晴らしいアイデアが生まれることもあるし、大きな成果につながることもある。生徒の潜在能力をうまく引き出してやることが大切なのだ。

他のクラスの様子も見に行った。迷路、お化け屋敷、ジェットコースターなど、企画は様々だ。

グラウンドで気球を揚げようとしているクラスもある。生徒の企画力はなかなかのものだ。

文化祭までに残り一週間となったある日の昼休み、光太が食堂に向かって歩いていると香川に出くわした。

「先生、来週の文化祭には来るんですか」

「もちろん、その予定だよ」

「演劇部の公演も観に来てくださいよ。僕もキャストとして出るんです」

「いつやるんだい」

「土曜日の十一時から体育館でやります」

「よし、わかった。絶対観に行くよ。じゃ、頑張って」

直前の一週間は学校全体が文化祭一色に染まってきたような感じになってきた。校内のいたるところに文化祭に関係した物が置かれている。授業中は集中して説明を聞いてほしいのだが、気もそぞろな状態になっている生徒が増えているような気がする。文化祭のことで頭が一杯で勉強どころではないのかもしれない。また、放課後に行う文化祭の準備のために、授業中はできるだけ大人しくして体力を温存している生徒もいる。そして、いざ授業が終わると、蓄えておいた全エネルギーを準備に注ぎ込むのである。これも彼らにとっては青春の一つの形なのだろう。勉強やスポーツに全精力を傾けるのも青春。文化祭や体育祭などの学校行事に対して大いに燃えるのも青春だ。

いよいよ待ちに待った文化祭が始まる。昨日はほとんどの生徒が下校時間まで残って最後の仕上げに一生懸命取り組んでいた。中には、昨日完成させることができず、当日の朝六時に集合して開始時間になんとか間に合わせたクラスもあったようだ。

光太は男子校の文化祭がどのようなものなのか非常に興味を持っている。杉下、奥西、香川の他にも、ブラスバンド部やギター部の生徒から演奏を聴きに来てほしいと頼まれた。

まず、写真部の展示会場に行くと、杉下が入口に立って案内をしているのが見えた。光太に気づくと「先生ー」と声をかけて近寄ってくる。

「僕の写真が二枚展示されているから見ていってください」

中に入ってすべての写真をゆっくりと見て回る。杉下の写真は南紀白浜の海岸で遊ぶ子供たちと海に沈む夕日の写真だった。

「二枚ともなかなかいい写真だね」

「ありがとうございます」

杉下はとても嬉しそうな顔をしている。

次は奥西のクラスの「アタック25」だ。会場は満席の状態である。子供連れの人が多い。テレビとほとんど同じようなセットを作り、装置も本格的だ。クイズの解答者は子供を優先しているようである。司会者の生徒はスーツを着ていて、こちらも本格的だ。奥西はスムーズにいくように進行役を務め、忙しそうにしているので声をかけることができない。しばらく様子を見てから体育館に移動する。

体育館もほぼ満員である。教えているクラスの生徒たちもたくさん観に来ている。劇はコメディーで観客を大いに笑わせる。女生徒がいないので何人かは女装して登場する。それがまた笑いを誘う。香川の演技はなかなかのもので、思わず笑ってしまうことが多かった。

模擬店で昼食をとり、午後からはブラスバンド部とギター部の演奏を聴く。どちらも素晴らしい演奏である。ブラスバンド部は力強い音を出していてとても迫力がある。ギター部は素晴らしいハーモニーで聴衆を魅了している。

男子生徒だけなので、華やかさや細やかなもてなしには欠けているかもしれないが、これだけの規模の文化祭を行っているのはすごいことだと思う。一般公開ということで、生徒の意気込みも素晴らしい。来場者の数も予想以上に多かった。このような文化祭ができれば、生徒たちはかなりの達成感を得ることができるだろう。達成感はさらに次の目標に向けて一歩を踏み出す原動力になるに違いない。

文化祭初日が終わろうとしている。展示、クラス企画、劇、演奏会など様々な催し物に参加し、とても忙しい一日になった。普段とは全く異なる生き生きとした生徒の姿が印象に残る。職員室に戻ると、疲れ切った表情でぐったりしている内藤先生の姿があった。

「内藤先生、クラス企画に参加しましたか」

「高一と高二のクラス企画はすべて回ってきたよ」

「僕は高一のクラス企画だけです。高二はどうでしたか」

「さすがに二年生の企画は質が高かったね。本格的なものばかりだったよ」

「一年の経験の差はきっと大きいんでしょうね」

「そうだね。高一の生徒は高二の企画を見て、来年はそれを上回ろうとするんだろうね。それが学校の伝統になっていくんだと思う」

　沢村先生もクラス企画で使用したと思われる物を抱えて戻ってきた。

「光太先生、うちのクラスのアタック25には参加できたかな」

「お客さんがたくさん来ていたので参加できませんでした。大盛況でしたね」

「そうだね。特に子供たちが楽しそうに参加してくれたのはよかったね。はじめのうちは装置がうまく作れなくてどうなるかと思ったけど、最終的には立派な装置が出来上がったよ。生徒たちの力はたいしたもんだね。それに、奥西がリーダーシップを発揮して、みんなをまとめてくれたのもよかった。リーダーの存在は大きいね」

「そうですね。僕が行った時も、奥西がうまくリードしていましたよ」

「ところで、これから若手の先生で一杯やりに行くんだけど、光太先生も参加しないかな。内藤先生もよかったらどうぞ」

　内藤先生は行きたそうな顔をしている。二人揃って「参加しまーす」と返事をした。


　大いに盛り上がった文化祭が終わり、学校は平穏な姿を取り戻しつつある。生徒も落ち着いた生活に戻り、勉強の方に気持ちを切り替えている。しかし、一部の生徒は文化祭で燃え尽きてしまって抜け殻のような状態になっている。

　光太は、文化祭で躍動していた生徒たちからパワーをもらい、自分も負けないように頑張ろうという気持ちになっている。九月中は休んでいた大学での聴講を再開することにした。高校で教えながら大学でも勉強するというのはなかなかハードだが、一度やり始めた聴講は最後まで続けようと決意を新たにする。

十月最初の水曜日、久しぶりに大学へ行く。昼休み直後のキャンパスは午後からの講義に出席するために移動する学生たちでごった返している。中世英文学の講義が行われる教室に向かって歩いていると後ろから誰かに肩をポンと叩かれた。堀内さんである。

「光太くん、久しぶりだね」

「お久しぶりです。九月はいろいろと忙しくて大学に来られませんでした。今週からまた受講しまーす」

「じゃあ、これからまた会えるね。ところで、教員採用試験はどうだった?」

「愛知県の採用試験を受けたのですが、一次試験で落ちてしまいました。堀内さんはどうでしたか」

「僕は京都の採用試験を受けて一次はなんとか合格して、先週二次試験があったんだ。あとは結果待ちだね」

「僕は来年また受験します」

「そういえば、この前、英文学科の教務課の掲示板を見たら、教員募集の求人票が掲示されてたよ」

「そうですか。僕も講義が終わったら見てみようかな」

光太はこの日の講義が終わってから教務課へ行き、教員募集の掲示物を確認する。京都や大阪の学校の他に、愛知県の学校からも求人がきている。詳しく見てみると「私立滝沢学園、英語の専任教諭一名募集」と書いてある。

地元の愛知県に戻って教師になりたいと思っている光太にとっては願ってもないチャンスである。親元を離れて暮らし始めて早や四年数カ月。故郷が恋しくなっているのだ。

すぐに教務課の人に問い合わせる。

「掲示してある滝沢学園の教員募集に応募したいのですが」

「滝沢学園の件は北島教授のところに直接募集の依頼がきたようですので、北島教授に連絡してみます。しばらくお待ちください」

内線電話で連絡が取れたようだ。

「北島教授がこちらに来ますので、そちらのソファーに座ってお待ちください」

何という偶然なのだろう。今回も北島先生に紹介してもらうことになるのだろうか。

北島先生はすぐに来てくれた。研究室が近くにあるのだろう。

「やあ、光太くん、君だったかね」

「お忙しいところ申し訳ありません。滝沢学園からの教員募集に応募したいと思っているのですが」

「そういえば、君は愛知県の出身だったね。募集要項を送ってきたのは僕の教え子なんだ。これから連絡してみるから、ここで待っていてくれるかな」

北島先生は研究室から電話で連絡するようだ。

待つこと五分。北島先生が笑顔で戻ってきた。

「採用試験の日程が決まったよ。これにメモしてある」

光太は半分に折られたメモ用紙を受け取るとすぐに中を確認する。「愛知県江南市、滝沢学園、十月十五日土曜日、午後二時から」と書いてある。

「先生、ありがとうございました」と言って深々と頭を下げる。

「頑張りたまえ」と言いながら、北島先生は光太の背中をポンと叩いた。

教務課を出て研究室に戻る北島先生の後ろ姿を見ながら、光太は心の中で「本当にありがとうございました」と呟いた。

思い起こせば、大学三年生の時に北島先生の試験に合格できず、四年生でもう一度やり直すことになった。そして、それがきっかけで先生と親しくなり、大阪の明海学園を紹介してもらった。さらに今回、滝沢学園の採用試験を受ける手配までしてもらったのだ。何から何までお世話になりっぱなしである。「もうこれからは北島先生に足を向けて寝ることはできないなあ」と思う。

採用試験が行われる日になった。試験がどのように行われるのか全く知らされていない。「まあ、なんとかなるだろう」と思いながら滝沢学園に向かうことにする。普段は鈍行で帰省しているのだが、この日は新幹線を利用することにした。名古屋から名鉄に乗り換え、約二十分後に江南駅に着く。改札を出てから駅員に道順を尋ね、景色を見ながらゆっくりと歩いていく。十五分ほど歩くと学校が見えてきた。さらに進んでいくと学校の手前に大きな鶏舎があり、強烈な臭いがしてくる。足早に鶏舎を通り過ぎると、すぐ目の前に学校の門がある。校内に入り時計を見ると一時四十分である。まだ少し時間があるので校内を見て回る。「とても広い学校だなあ」というのが滝沢学園の第一印象だ。メインと思われる校舎には時計台があり、とても趣がある。二時五分前に事務室へ行き、採用試験を受けに来た旨を伝える。小柄だがエネルギッシュな感じのする先生が応対に出てきた。

「栗山光太です。よろしくお願いします」

「英語科主任の沢です。どうぞ、こちらへお越しください」

事務室の向かい側にある応接室に案内される。

「栗山さんのことは北島先生からある程度お聞きしています。大阪の学校で教えているそうですね」

「はい。明海学園で非常勤講師をしています」

「今回なぜ北島先生に教員募集要項を送ったかと言いますと、本校の英語科の教員のほとんどは地元の名古屋大学と南山大学出身なので、私の母校の大学からも是非採用したいと思ったからなんです。北島先生は私が学生の時にちょうどイギリス留学から戻ってきたばかりで、若くてバイタリティーのある先生だったのでとても印象に残っていたのですよ」

「私も北島先生には二年間教えていただいて、とてもお世話になりました。今年も聴講生として北島先生の講義を受けています」

「では、北島先生は私たちの共通の恩師ということになるんですね」

少し雑談した後で、沢先生は採用試験の内容について説明してくれた。

「本日は第一次面接ということで、私との面接だけです。では、これから英語で面接を行います」

いきなり英語で面接を行うと言われて面食らったが、大学のESSで英語を話す経験は積んでいたので、落ち着いて対応することができた。沢先生はとても流暢な英語で質問してくる。内容は大学生活が中心で、趣味や特技についても質問された。光太はたどたどしい英語ではあるが、なんとかすべての質問に答えていく。沢先生は英語で話すことにはかなり慣れているようで、次々と質問を浴びせてくる。光太は負けないように、一つ一つの質問に丁寧に答えていく。まるで英語による真剣勝負をしているようだ。三十分ほど時間が経過する。沢先生は満足したような笑みを浮かべて、「では、これで英語による面接を終わります」と言った。光太は緊張から解き放されホッと一息つく。面接の後はまた雑談になった。

「北島先生はお元気ですか」

「はい。今もエネルギッシュな講義をされています」

「北島先生の専門は中世イギリス文学でしたよね」

「はい、そうです。先日、中世イギリス文学に関する本を出版されました。すべて英語で書かれていたので驚きました」

「そうですか。やっぱり北島先生はすごい先生ですね」

「はい。とても尊敬しています」

「では、本日はこれで終わりたいと思います。今後のことは後日直接連絡しますので、こちらに連絡先の住所と電話番号を記入してください」

記入を終え、「ありがとうございました」とお礼を述べて退室する。果たして結果はどうなるだろうか。

三日後、沢先生から連絡があった。

「一次面接は合格です。次は十一月五日土曜日の午後二時から筆記試験と校長面接を行いますので、また学校へお越しください」

なんとか一次面接は合格できた。英語による面接で沢先生に良い評価をしてもらったのだろう。

二回目の滝沢学園訪問の日。今回も試験の準備は特にしていない。ぶっつけ本番である。しばらく応接室で待っていると、沢先生が問題用紙を持って入ってくる。筆記試験はなんと高校三年生の定期考査の問題であった。大学入試レベルなので難問もあり、全問正解というわけにはいかなかった。校長も英語の先生なので、自ら解答をチェックし、面接の前に筆記試験に関するコメントがあった。

校長面接は人間性を確認するような質問が中心である。光太はこちらにも丁寧に答えていく。十分ほどだが、なかなか緊張感のある面接であった。

三日後にまた沢先生から連絡があった。

「合格です。正式な採用通知は郵送しますのでお受け取りください。私の母校の大学から英語の先生を迎えるのは初めてなので楽しみにしています」

翌日、採用通知が郵送されてきた。

「やったー。これで来年度は愛知県に戻ることができるぞ」

喜びのあまり飛び上がると、部屋の電灯に頭をぶつけた。

光太はすぐに実家に連絡する。両親もきっと飛び上がって喜んでくれることだろう。

北島先生には翌週の水曜日の講義の前に直接連絡した。

「先生に紹介していただいた滝沢学園の採用試験に合格しました。いろいろとありがとうございました」

「そうか、よかったねー」

北島先生はニッコリ笑ってしっかりと握手をしてくれた。

「じゃあ、来年度は地元に戻って教えることになるんだね。大学で学んだことを活かして、しっかり頑張りたまえ」

「はい、頑張ります」

北島先生の講義が終わってから堀内さんにも報告する。

「堀内さん、愛知県の私立学校の採用試験に合格しました」

「おめでとう。よかったね。僕も先週二次試験の結果が届いて、正式に採用されることになったんだ」

「おめでとうございます」

「今日は合格祝いということで一杯やろうか」

「そうしましょう」

この日の夜は赤提灯がぶら下がった居酒屋で祝杯を挙げることになった。

採用が決まったことで、生活に余裕が出てきた。そこで、土曜日に今までやったことのないようなアルバイトをやることにする。

バイトと言えば、学生時代にはいろんなバイトを経験した。新聞配達、スーパーでの商品陳列、寿司屋・ラーメン屋での皿洗い、模擬試験の監督、家庭教師など様々だ。

今回やることになったのは旅館での布団敷きだ。週末の京都は観光客で賑わうので、この手のバイトも必要なのだろう。

毎週土曜日の夕方、四条河原町の近くの旅館へ行き、宿泊客が夕食を食べている間に各部屋を回り布団を敷いていく。

この仕事は短時間でやり終えなければならないのでなかなか大変だ。二人一組でやる場合もあれば一人でやる場合もある。敷布、掛布団カバー、枕カバーの三点をセットする。客がいない時にやるのが原則だが、やっている最中に夕食を終えた客が戻ってくる場合もある。その時は、客と適当に話をしながらやることもある。このバイトのおかげで布団を素早く綺麗に敷くことができるようになった。

ある日、仕事が終わって控室で休んでいると、旅館のおばちゃんに「光太くんは平日は何してはるの？」と訊かれ、「大阪の学校で教えてます」と答えたら随分驚いた顔をされた。まさか先生がこんなバイトをするなんて思っていなかったのだろう。

日曜日には京都でまだ見ていないところを回ったり、大阪にいる友人が遊びに来た時には一緒にあちこち出かけたりした。京都にいるのも今年度限りなので、できるだけたくさん見ておきたい。自転車でかなりの距離を走り回ることになりそうだ。


明海学園では九月末の文化祭の後は十月初旬に体育祭が行われ、それ以外の学校行事は高二の修学旅行があるだけで高一は何もない。「光陰矢の如し」と言うように、時はあっという間に過ぎ去り、年度も終わりに近づいている。授業も残り少なくなってきた。人懐っこい生徒が多く、放課中によく声をかけてくれるので、かなり親しみを感じるようになっている。このような生徒たちともうすぐ会えなくなるのかと思うと寂しい気持ちになってくる。

ある日の放課後、いつもより早めに仕事を切り上げ、正門に向かって歩いていると、ちょうど帰宅しようとしている杉下に出くわした。

「先生、これから帰るところですか」

「おー、杉下。今日は部活はないのかい」

「はい、今日は休みです」

「僕も帰るところだから、駅まで一緒に歩いていこうか」

杉下は写真部に所属しているので、はじめのうちはカメラや部活で撮る写真のことが話題になるが、光太は彼の将来のことについても訊いてみた。

「将来は何を目指しているのかな」

「大学の工学部に進学して、将来は何か役に立つロボットを作ってみたいと思ってます」

「おっ、すごいねー。実現できるといいね」

「はい、頑張ります。ところで、先生は来年度はどうなるんですか」

「愛知県の私立学校の採用試験に合格したから、新しい学校で教えることになるんだ」

「じゃあ、この学校は一年で終わってしまうんですね」

「そうだね」

「愛知県と言えば、蒲郡の先生の実家へ遊びに行ったのが懐かしいですねー」

「またいつか遊びに来るといいよ」

玉造駅に着き改札を抜けたところで、帰りが反対方向なのでお互いに別れを告げる。

「じゃ、また明日」

「さようならー」

この日の夜は「ひまわり食堂」で食べることにする。「こんばんはー」と挨拶して、いつものカウンター席に座り、「焼肉定食お願いしまーす」とおばちゃんに向かって言う。

「光太くん、いらっしゃーい」

相変わらず元気のいい声だ。娘さんがカウンターの向こう側から水を出してくれる。

「光太くんは四月からはどうするん？」

「愛知県の私立学校で教えることになりました。今度は正式な教員として採用されました」

「ほんまに？　よかったねー。じゃ、実家に戻るんやね」

「実家からはだいぶ離れているから、また下宿になるんですよ」

「でも、とにかく地元には戻れるからよかったね。引っ越しはいつなん？」

「三週間後に父が軽トラックで荷物を運びに来てくれるんです」

「お母ちゃん、光太くんが愛知県に戻るんやって」

「おや、そーなん？　寂しなるねー」

「引っ越しの日は何か差し入れせなかんねー」と娘さんが言うと、「そやねー」とおばちゃんが応じる。

出来上がった焼肉定食を娘さんが持って来てくれる。いつもより肉がたくさん入っているように感じた。「ひまわり食堂」の親子には本当にお世話になりっぱなしである。

翌日、六時間目の授業が終わって休憩室で休んでいると、内藤先生が「あー、疲れた」と言いながら入ってきた。

「学年末の試験が近いというのに平気で居眠りしている奴がいるから困ったもんだ」と内藤先生は愚痴をこぼしている。

「一年生でも勉強意欲をすっかりなくしてしまった子がいるから困ってます。こういう生徒をやる気にさせるにはどうしたらいいでしょうか」

「どうしようもないんじゃないかな。無気力な子をやる気にさせるのは至難のわざだよ」

休憩室には内藤先生と光太の二人しかいないので、このような愚痴を言い合っていても大丈夫だ。

「でも、教師が諦めてしまっては生徒が立ち直れないから、いろんな方法で指導していかなければならないんでしょうね」

「おっ、またまた前向きな発言だね」

「ところで、内藤先生は名古屋の母校に戻るんですよね。滝沢学園は江南市なので少し離れているけど、同じ私学だから四月からも会う機会があるかもしれませんね」

「そうだね。その時はよろしく」

沢村先生も終礼を終えて休憩室に入ってきた。光太は内藤先生と話していたことについて問いかけてみる。

「沢村先生、今、無気力な生徒に対してどう指導すればいいのかについて話していたのですが、先生はどうされていますか」

「そうだねー。うちのクラスにも無気力な生徒がいて、何度も面談をして指導しているんだけど、なかなか変わらないね。何かきっかけさえあれば生徒は必ず変わると思うんだ。先生・先輩・クラスの仲間など、周りの様々な人からきっかけを与えられたり、自分自身で読書を通して摑み取ったり。とにかく何かがきっかけになって目標がしっかり定まれば、やる気を出すに違いない。そのきっかけは人それぞれだ。だから教師は辛抱強くいろんな角度から生徒に刺激を与え続けなければならないんだ。教師には忍耐力が必要だ！　教育とは耐えることなんだよ！」

沢村先生がだんだん熱くなってきた。なかなかの熱血教師のようだ。その後もさらに教育論が展開されそうだったので、光太は「大変参考になりました。ありがとうございました」と言って自分の席に退散する。内藤先生も光太のすぐ後に続いて休憩室から出てきた。


授業も残り二日間になった。昼休み、食堂で昼食をとり、その後しばらくグラウンドで遊ぶ生徒たちを校舎の入口付近から見ていると、香川たち四人組が走ってやって来た。京都の下宿に遊びに来た、香川、大塚、田中、原口の四人である。香川が代表するかのように話し始める。

「先生、杉下から聞いたんですけど、四月から愛知県の学校に変わるんですね」

「うん、そうだよ。君たちとは一年の付き合いだったね」

「先生の下宿へ遊びに行ったのはいい思い出になりました」

「ところで、君たちの将来の夢は何だい」

「先生、いきなりどうしたんですか」

「今の高校生がどんな夢を持っているのか知りたくてね」

生徒たちは顔を見合わせて少し戸惑っているようだ。しかし、すぐに光太を見て答えてくれた。

香川は「僕は役者になってテレビに出たいです」、大塚は「アメリカへ行って経営学を学び、ビジネスを始めたいです」、田中は「アフリカの発展途上国へ行って日本が持っている様々な技術を教えたいです」、原口は「医者になって難病で苦しむ人を救いたいです」と、みんなそれぞれの夢を語ってくれた。「お前の成績だと医者は無理だ」と香川が突っ込みを入れる。「これから一生懸命勉強すれば大丈夫だ」と光太はフォローする。

「みんな、それぞれの夢に向かって頑張るんだぞ」

「はい、頑張りまーす。先生も新しい学校で頑張ってください」

放課後、いつものように休憩室で休んでいると、桑田先生がカップを持って入ってきた。

コーヒーを淹れ、光太の向かい側に座る。

「いよいよ明日で授業が終わりますね。一年間お疲れ様でした」

「いろいろとお世話になり、ありがとうございました」

「一般クラスの生徒たちはどうでしたか」

「基本的には真面目な生徒が多いから授業はやり易かったのですが、中には意欲をなくしてしまった子がいて対応に困りました。うまく指導できなくて申し訳ありません」

「いやいや、どのクラスにもそのような生徒はいるものですよ。でもね、勉強に対しては無気力でも、クラブ活動や自分が好きなことに対してはとても積極的に取り組む場合もあるし、いろんな側面から生徒を見る必要があります。教師としては、生徒の良い面を見つけ出し、それをどんどん伸ばしながら総合的に指導ができるようにするといいんじゃないかな。ところで、光太先生は四月から滝沢学園で教えることになるんでしたよね」

「はい、そうです」

「滝沢学園は愛知県の私学ではなかなかの進学校のようですね」

「そのようですね。実は、滝沢学園のことはまだよく知らないんです」

同じ愛知県でも三河の蒲郡に住んでいた光太にとっては尾張の高校のことはほとんどわかっていない。江南市の存在すらも知らなかったのだ。採用が決まってからいろいろ調べてみると、滝沢学園の創立者が蒲郡の竹島に架かっている橋を寄贈したことがわかった。これにはとても驚くと同時に不思議な縁を感じることにもなった。

「同じ私学同士、お互いに頑張りましょう」と言って桑田先生は仕事に戻る。そして、入れ替わるようにして西川先生が入ってくる。

「光太先生、最後に一局どうですか」

一学期に一度だけ対局し、簡単にやられてしまったので、それ以後はやっていない。少し迷ったが、「はい、お願いします」と答えた。

「失礼だけど、こちらは飛車・角落ちでやってみましょう」

四十分ほど粘ったが今回も負けてしまった。

西川先生はのんびりしているように見えるが、昨年十月に歴史に関する本を出版したすごい先生なのである。自分も将来本が出版できるような教師になりたいものだと思う。

いろんな先生や生徒が声をかけてくれるので、明海学園ともいよいよお別れなのだなあと感傷的な気持ちになってくる。

とうとう最終日を迎えた。学校へ向かう電車の中では四月からの様々な出来事が走馬灯のように思い出されてくる。京都の下宿に遊びに来た香川たちの顔、夏休みに蒲郡の実家にやって来た杉下の顔、文化祭で生き生きとした姿を見せてくれた生徒たちの顔も思い浮かぶ。授業では苦労したこともあるが、今となってはそれもいい思い出だ。そのような苦労は今後の糧にすればいい。

さあ、いよいよ最後の授業だ。普段は寝ている生徒も頑張って聞いてくれている。授業の最後に生徒たちに伝えたいと思ってきたことを話し始める。杉下や香川の顔が見える。じっとこちらを見つめている。

「君たちにはそれぞれ夢があると思います。夢の実現には大きな困難を伴うかもしれませんが、精一杯努力しながら夢を追いかけてください。決して諦めずに夢を追いかけていけば必ず自分の手でその夢を摑むことができるはずです。自分を信じて大いに頑張りましょう」

話し終えると、授業終了のチャイムがキーン・コーン・カーンと鳴った。

光太は生まれ育った愛知県で教師になるという夢を追いかけてきた。生徒たちにも思い描いた夢を全力で追いかけてほしいと思っている。いつかは手が届くことを信じて追いかけていれば、夢はきっと振り向いて手を差し伸べてくれるだろう。

第二部

はるかな旅へ（滝沢学園）

暖かい春の陽光を浴びながら、緊張した面持ちで、綺麗に整列した全校生徒の前に立っている青年教師がいる。

滝沢学園の始業式で新任教師としての挨拶をするところである。これほど多くの人の前で挨拶するのは人生で初めての経験だ。校長に紹介され壇に上がると、緊張感がさらに高まってくる。

「おはようございます。高校一年生の英語を担当することになりました栗山光太です。この学校は文武両道で部活動も盛んだと聞いていますが、私は中学時代はバスケット、高校時代は柔道をやっていました。これから全力で頑張りますのでよろしくお願いします」

緊張していてあまりうまく話ができなかったが、生徒たちは温かい拍手で迎えてくれた。「さあ、頑張るぞ」という気持ちになってくる。

昨年度は大阪の高校で非常勤講師として教えていたので授業をするだけでよかった。しかし、滝沢学園では専任教諭として採用されたので、授業だけでなく校務・部活動など学校に関わる仕事をすべてこなしていかなければならない。新米教師の光太にとっては初めて経験することが多いだろう。それに、どれほどの仕事量になるのか想像もつかない。体力には自信があるので、「まあ、体力勝負でなんとかなるだろう」と思っている。

小学校二年生の時に四十度の熱を出して一日学校を休んだだけで、その後は大学を卒業するまで体調不良による欠席は一度もないのだ。昨年度も欠勤は一日もなかった。この学校でも、まずは休まないよう心掛けて、皆勤賞を目指して頑張ろう。

滝沢学園はそれぞれの学年で中学四クラス、高校は普通科六クラス、商業科三クラス、全校生徒約千五百人の規模の学校である。光太は高校一年普通科に配属され、副担任として勤めることになった。校務分掌は教務の時間割係、部活動は将棋部の顧問である。

学年には国語、数学、英語の先生は二人ずつ配属されている。もう一人の英語の先生は沢先生というベテランの先生で、滝沢学園の採用試験の時に、一次面接で英語による面接を受けた英語科主任だ。光太と同じ大学の出身である。この沢先生の下で滝沢学園流の英語指導法を身に付けていくことになる。主任の先生だけにかなり搾られることになりそうだ。

職員室では光太の席は沢先生の隣なので、何かわからないことがあるとすぐに訊くことができる。沢先生も学校の決まりや仕事の内容など様々なことを教えてくれる。大学の後輩である光太を早く一人前にしたいと思っているのだろう。

ある日の放課後、沢先生と英語科の打合せを行うことになった。

「光太先生、テストに関する年間計画を作成したから確認してください。朝の単語テストと英文法の参考書の課題テストの計画です」

「はい、わかりました」

確認すると、単語テストは毎週水曜日、朝礼の時間を利用して五分間で行い、課題テストは年間十回ほど授業時間の五十分で行う計画だ。

「英語科は試験が多くて大変だけど頑張りましょう」

「はい、頑張ります」

「試験問題は交互に作成しましょう。一回目は僕が作るから、それを参考にして二回目は光太先生が作ってください。数学科に負けないようにやっていきましょう」

数学科はベテランの青井先生と若手の村中先生のペアだ。村中先生は滝沢学園の卒業生で、青井先生とは師弟関係にある。青井先生が村中先生に「高三までの三年間は俺のやり方に従ってくれ。その後は、お前が指導の仕方を自分なりに考えていけばいい」と言っているのが聞こえてきた。

青井先生はとても厳しい先生で、「追試の鬼」と呼ばれている。定期考査や授業内のテストで七割以上の点が取れないと早朝の追試、再追試、再々追試を行い、合格するまで徹底的に勉強させるのだ。また、宿題をやってこなかった生徒に、グラウンドを走らせるようなこともしているらしい。とにかく、生徒が一番恐れている先生だ。

沢先生と青井先生は同じ年で、お互いにライバルと思っているようだ。だから、沢先生から「数学科に負けないように」という発言があったのだろう。

新人の光太は沢先生の足を引っ張らないように、運命共同体のような意識でやっていく覚悟を決めている。恐らく副担任として高三まで持ち上がることになるので、三年間の指導の流れを沢先生にしっかりと教えてもらうつもりだ。また、周りの先生たちの仕事ぶりもよく観察する必要がある。よく「先輩から技を盗め」と言われるが、良いところはどんどん取り入れて自分なりにアレンジしていけばいい。

高一のオリエンテーションが終わり授業が始まると、授業の予習、試験問題作成、採点で目が回るような忙しさになってきた。毎日が自転車操業だ。まだ仕事に慣れていないので要領も悪いのだろう。次々に姿を現す仕事という難敵に追いまくられているような感じがする。

そういえば、数学の青井先生から「仕事に追われているようではだめだ。仕事は自分から追いかけろ」と言われたことがある。与えられた仕事に追いまくられているのではなく、学年や学校にとって何が必要なのかを考え、自ら仕事を見つけ出し率先して行えということなのだろう。しかし、光太にはまだまだそこまでの余裕はない。目の前の仕事をこなしていくだけで精一杯の状態だ。

四月下旬のある日、職員食堂で昼ご飯を食べている時に、光太は村中先生に訊いてみた。

「先生は仕事を追いかけていますか」

「いきなりどうしたんだ？」

「先週、学年の仕事をしていた時に、青井先生から、仕事を追いかけろ、と言われたのですよ」

「光太くんがもたもたと仕事をしていたからだろ」

「初めての仕事で、やり方がわからなかったのですよ。村中先生は仕事を追いかけているのですか」

「高校の担任は初めてだから、俺もまだ追いかけることはできていないね。実は、俺も青井先生から同じことを言われたことがあるんだよ」

村中先生は昨年度までは中学に所属していて、初めて高校に担任として持ち上がってきたのだ。光太よりも四歳年長である。

「ところで、明日の遠足では先生たちも弁当を持って行くことになっているけど、妻に光太くんの分も作ってくれと頼んであるからね」

「えっ、いいんですか？　ありがとうございます。弁当どうしようかなと困っていたところなんです」

「どんな弁当になるかわからないよ」

「先生の奥さんが作る弁当ならきっと美味しいでしょうね」

村中先生の粋な計らいに感激していると、隣で食事をしていた森本先生が話に割り込んできた。

森本先生も光太と同じ学年の担当で国語の先生だ。村中先生とは同じ大学出身で年も同じらしい。

「光太くんは自炊はしていないのかな？」

「時々、自分で作ることもあるんですが、大した料理は作れないんですよ」

「光太くんも早く結婚するといいよ。奥さんが料理を作ってくれるし、結婚生活はなかなかいいもんだよ」

「結婚なんてまだまだ先ですよ」

「僕は一年前に結婚して、光太くんが今借りている家に住んでいたんだよ。僕の前に住んでいたのも滝沢学園の先生だったんだ」

「そうだったんですか。僕で三代目になるんですね」

光太は学校から歩いて十分ほどのところにある平屋の家を借りて住んでいる。かなり古い家なので家賃は月一万五千円と格安である。

「あの家には一年間住んでいたんだけど、この時期は家の周りに草がどんどん生えてくるから、これから草取りが大変になってくるんじゃないかな」

「草を取っている暇がないから、今でもすでに草が伸び放題の状態ですよ。そのうちに、草をかき分けながら玄関まで行かなくちゃならないことになりそうです」

翌日は、春の日差しが降り注ぐ絶好の遠足日和になった。普通科一年の行先は豊田市の鞍ヶ池公園である。観光牧場・動物園・植物園・芝生広場などがあり、遠足にはもってこいの場所だ。池ではペダルボートに乗ることもできる。この日は忙しさから解放されたような気分で、生徒たちと大いに楽しんだ。

夜は学年の先生たちと食事会が行われた。遠足の後ということで、みんな開放的な気分になり大いに盛り上がる。村中先生と森本先生は大学の同期ということもあってとても仲が良く、唯一の後輩である光太に対して二人揃ってどんどん酒を注いでくる。大学では村中先生はテニス、森本先生は空手をやっていたので、飲み方が体育会系のノリである。光太がコップにビールが半分ほど残った状態で差し出すと、「空にしてから注いでもらうのが先輩に対する礼儀だろ」と言う。こんな調子だからついつい飲みすぎて、最後には完全に酔い潰れてしまった。明日も授業があるのだが、果たして大丈夫だろうか？

楽しい遠足が終わると、また忙しい日常に逆戻りだ。昨夜飲みすぎたせいで体が少し重い。

それでもなんとか一日乗り切った。

清掃が終わって職員室で一息ついていると、沢先生が教室から戻ってきた。

「光太先生、家庭補習の件で打合せをしましょう」

「はい、わかりました」

家庭補習というのは文字通り先生の家庭で行う補習のことで、夜の六時半から八時半までの二時間、授業で使っている教材とは別の教材を用いて生徒の学力を伸ばしていくことを狙いとした滝沢学園独自の家庭的な雰囲気の補習である。英語科と数学科の教員がこの補習を担当することになっている。

「遠足の前日が募集締め切りだったんだけど、英語の希望者はちょうど四十名でした。十名ずつの四グループに分けるので二グループずつ担当することにしましょう」

「いつからスタートするのですか」

「今週中にグループ分けをして生徒に連絡し、来週からスタートです。私は自宅でやりますが、光太先生はどうしますか。今住んでいる借家でできますか」

「部屋は八畳間が空いているから大丈夫なのですが、机がありませんので学校から借りることは可能ですか」

「寺子屋で使っていたような長机が学校にあるはずだから借りられると思いますよ。生徒に運ばせましょう」

生徒に私生活を見られるのは恥ずかしい気がするし、少し抵抗感もあるが、これも仕事だと諦めて借家でやることにした。

土曜日の午後、光太が担当することになったグループの生徒たちに手伝ってもらって長机を運ぶことになった。

「何で俺たちが？」と文句を言う生徒がいたが、「我が家の場所を覚えてもらわなくちゃいけないからね」と言ったら、しぶしぶ引き受けてくれた。

二人一組になって長机を五脚ゆっくりと運んでいく。「重いなあー」と言いながらも、どことなく楽しそうな様子である。新人の先生がどんな家に住んでいるのか興味があるのかもしれない。学校を出てから約十分後、草が生い茂る我が家に到着。生徒たちはちょっと驚いたような表情を浮かべた。

「先生、こんなところに住んでいるんですか」

「おんぼろ小屋みたいですね」

「草取りしなくちゃダメですよ」

家は確かにみすぼらしいし、草も伸び放題だから光太は反論できない。

「みんなで草取りしてくれ」と言うと、「いやでーす」という返事が返ってきた。

来週から火曜日と金曜日の夜、生徒たちが我が家にやって来る。そして、畳の上に座って勉強に励むことになる。まるで松下村塾のようではないか。将来、光太の塾生の中から有望な人物が現れることになるのだろうか。

家庭補習が始まると、ますます忙しくなってきた。授業の予習だけではなく、家庭補習の予習もしなければならない。家庭補習そのものは少人数なのでやり易いのだが、二時間休みなく教えるので、補習が終わるといつもぐったりと疲れ切ってしまう。体力も気力も使い果たしてしまい、あとは風呂に入って寝るだけだ。体力に自信がある光太も、補習の後は早めに寝るようにしている。そうしないと体力が回復してこないのだ。

このように忙しい毎日ではあるが、お楽しみもあるようだ。もうすぐ始まる第一回定期考査中に職員対抗ソフトボール大会が企画されているらしい。

森本先生が鋭い目付きで光太を見ながら、「光太くん、ソフトボール大会には当然出るよね」と誘ってくる。森本先生は職員の間では「ウルフ」と呼ばれている。精悍な顔で目付きが鋭いからだろう。その鋭い目で見られるととても断れないので、「参加しまーす」と答えた。

定期考査の問題がまだ完成していないし、ソフトボールをやっている余裕があるかどうかわからないのだが、「まあ、なんとかなるだろう」と思うことにする。ソフトボールは嫌いじゃないし、最近は運動不足気味だから、思い切り体を動かして大いに楽しもうと心を決めた。すると、村中先生がグローブを手にして職員室に入ってきた。

「光太くん、キャッチボールをするぞ」

「えっ、今からですか？　採点があるんですけど」

「そんなのは後回しだ。ソフトボール大会の前に、ちょっと練習しておかないと肩を痛めてしまうからね」

「ソフトボール大会ではみんな真剣にやるんですか」

「当たり前だろ。いつも真剣勝負だよ」

「村中先生はポジションはどこですか」

「外野が中心だね。時々ピッチャーもやるよ」

「森本先生はどこですか」

「俺はキャッチャー専門だね。光太くんは？」

「僕もキャッチャーをやることが多いかな」

「おっ、じゃあ俺のライバルだ」

結局、森本先生も加わって、三人で暗くなるまでキャッチボールをやった。


定期考査三日目の月曜日、天気は快晴。その日の試験を終え、午後からソフトボール大会が行われる。ほとんどの先生は自分のグローブを持参し、かなりの意気込みが感じられる。光太はグローブを持っていないので、体育科のものを借りることにする。キャッチボールや守備練習などを二十分ほどやってからプレーボールだ。

大会委員長である体育科の菱田先生が大きな声でみんなに呼びかける。

「それでは始めますので、みなさん整列してください」

二十代から五十代まで、いろんな年代の先生たちが参加している。応援のために来ている女性の先生もいる。

「ホームランを打つと豪華賞品が貰えますので頑張ってください」

「何が貰えるんだ？」

「それは後のお楽しみです」

試合が始まると先生たちはだんだん熱くなり、大きな声が出るようになってきた。「ナイスピッチング！」「しっかり打てよ！」「外野バック！」いろんな声が聞こえてくる。

村中先生が打席に立つと、女生徒から「先生、頑張ってー」と声援が送られる。いつの間にか何人かの生徒が試合を見に来ていたのだ。「おっ、ヒラメ先生だ」という男子生徒の声も遠くから聞こえてきた。きっと高一の生徒だろう。村中先生は生徒に人気がある。

光太は横にいる森本先生に訊いてみた。

「なぜヒラメ先生と呼ばれているんですか」

「中三の修学旅行の時の演芸会で村中先生がヒラメ踊りをやったんだよ。それ以来、ヒラメ先生という渾名がついたんだ。俺は生徒の間ではモリセンと呼ばれているらしい。光太くんもそのうち渾名がつけられるよ」

突然「カキーン！」という鋭い音がした。打球がライトの頭上を越えていく。村中先生が勢いよく走り出した。「走れ、走れ！」と、同じチームの先生が叫んでいる。ホームまで全力で走ってきた。ホームランだ。

応援に来ていた女生徒たちは手を叩いて喜んでいる。村中先生は笑顔で小さくガッツポーズをした。そして、菱田先生からホームラン賞を受け取ると、今度は派手にガッツポーズをした。光太はホームランこそ打てなかったが、ヒットは何本か打つことができた。

二試合行い、いずれも白熱した試合になった。打って、走って、守って、久しぶりに心地よい汗をかく。試合の後はみんなで一杯やりに行くことになっているが、美味しいビールを飲むことができそうだ。

定期考査最終日。最後の試験が終わると、生徒たちは「やっと終わったー」と叫び、暫し解放感を味わっている。「部活ができるぞー」と言って嬉しそうな顔をしている者もいる。勉強が大切だということはもちろんわかっているはずだが、楽しさという点では、圧倒的に部活動の方が勝っているに違いない。生徒の表情がそれを物語っている。

試験中は静かだった学校にまた活気が戻ってきた。グラウンドでは野球部員が元気な声を出してボールを追いかけ、陸上部員が颯爽と走っている。運動部の生徒の生き生きとした姿を見ていると、光太は体がうずうずしてくる。そして、生徒と一緒に運動して爽やかな汗を流したいという思いが募る。

光太が顧問をしている将棋部は水曜日七限の正規のクラブの時間に活動しているだけなので、少し物足りなさを感じている。それに、将棋が得意なわけでもないので、生徒に指導することもできない。生徒と将棋を指して上手くなろうという気持ちはあるのだが、なかなか上達しない。このような状態だと精神衛生上よくないので、水曜日以外は運動部の練習に参加して体を動かそうと思っている。

幸いなことに、柔道部の顧問をしている森本先生から練習に誘われた。

「光太くんは高校時代に柔道をやってたんだよね。一度、柔道部の練習に参加してみないか」

「柔道着を持ってないんですけど、借りることはできますか」

「俺の柔道着を貸してあげるよ。ちょっと汗臭いけどね」

「ありがとうございます。じゃあ、今日の練習に行きます。森本先生は大学では空手をやってたんですよね。それ以前に柔道の経験はあったんですか」

「柔道はこの学校に来てから始めたんだ。俺はまだ初段だけど、もう一人の顧問の斉藤先生が柔道の達人で五段なんだ」

放課後、柔道場に行くとすでに練習が始まっていた。まず、斉藤先生に挨拶する。

「こんにちは。よろしくお願いします」

「光太先生は柔道の経験があるんだったね」

「はい、高校生の時に三年間柔道をやっていました。初段は取ったんですが、あまり上手いわけではありません」

「じゃあ、受け身をしっかりやってから、あそこにいる白帯の生徒たちと一緒に練習してみてください」

光太は道場の隅で邪魔にならないように受け身を何回も繰り返す。久しぶりなので腕・肩・腰が痛くなってくる。仰向けになり、頭を畳につけてブリッジもやってみた。今度は首が痛くなる。やはり、筋肉がかなり衰えているようだ。

基本練習は早々に切り上げて、白帯の生徒と対戦してみることにする。柔道の感覚がなかなか戻ってこないので技がうまくかからない。二〜三人の生徒と対戦すると息が上がってきた。試しに黒帯の生徒にも対戦を挑んだが全く歯が立たない。

別の日にバスケット部の練習にも参加してみた。体育館にはバスケットのコートが二面あり、一面は高校男子がすべて使い、もう一面の半分を高校女子、残りの半分を中学生が男女合同で使っている。

高校男子は最近まで四年連続でインターハイに出場し、尾張では敵なしの強豪チームで、青井先生と溝上先生が顧問である。青井先生は数学だけではなく、部活動でも厳しく指導しており、「もっと走らんかー」「何やってる。もっと状況をよく見ろ」「パスのスピードが遅い」という声が聞こえてくる。「追試の鬼」だけでなく「鬼コーチ」でもあるようだ。これくらいやらないとチームは強くならないのだろう。生徒の動きは速く、かなりレベルが高い。高校生と一緒に練習するのはやめた方がよさそうだ。

中学生は男子も女子も浅田先生が指導している。女子の人数が少なく、男子の半分ほどしかいないので、男女合同でもなんとか練習ができるのだ。中学生はそれほどレベルが高くなさそうだ。一緒にやっても問題はないだろう。

浅田先生に「生徒と一緒に練習してもいいですか」と許可を求めると、「どうぞ、どうぞ。遠慮なく、どんどん一緒にやっていいよ」と言われた。

三角パス、三対二、三対三などの練習をしていると、すぐに感覚が戻ってくる。生徒たちは突然やって来た光太をすぐに受け入れ、「先生、こっち」とパスを要求したり、シュートのタイミングの時に「シュート」と指示を出してくれる。団体でやるスポーツは一体感があってとても楽しい。

時々休みながらではあったが、結局最後まで練習に参加した。思い切り汗をかいて気分は爽快である。

「浅田先生、ありがとうございました。また練習に来てもいいですか」

「いつでも好きな時に来ていいよ」

光太は生徒たちに「また来るからよろしく」と言って体育館を後にした。

柔道部やバスケット部の練習に時々参加するようになったが、決して本職の将棋部を疎かにしているわけではない。熱心な部員が正規のクラブが行われる水曜日以外にも将棋をやりたいと申し出ることがあり、そのような時には必ず付き合っている。二十人以上いる部員の中で一番熱心な生徒は部長の川島で、将棋の実力はかなりあるようだ。

ある日の放課後、職員室で採点をしていると、川島がやって来た。

「先生、相談があるのですが」

「何だい？」

「運動部みたいに将棋部も他校と対外試合ができないかなと思っているんですが」

「できないことはないと思うけど、どの学校に将棋部があるのかわからないんだ。川島は知ってるかな」

「僕も知りませんので、先生の方で探していただけるとありがたいのですが」

「わかった。探してみるよ」

滝沢高校将棋部の中で川島の力は抜きんでているので、もっと強い他校の生徒とやってみたいと思っているのだろう。川島が職員室から出ていった後で、光太は村中先生に訊いてみた。

「村中先生、将棋部のある学校を知りませんか」

「詳しくは知らないけど、東山高校ならあるんじゃないかな」

東山高校は進学の面では愛知県の私学で一番優秀な学校だと言われている。滝沢高校のライバル校である。

光太は早速電話してみた。村中先生が予想した通り、将棋部があるということなので、顧問の先生につないでもらい、翌週の土曜日に練習試合を行うことになった。

翌日、川島を呼び出して「東山高校と練習試合をやることになったぞ」と伝えると、嬉しそうな顔をして「ありがとうございました」と言った。

翌週の水曜日の七限、将棋部の活動場所に行くと、部員たちは土曜日の練習試合について話している。

「東山高校は強いのかなあ」

「強いらしいぞ。ちょっと無謀じゃないかな」

「強いところとやらないと俺たちは上手くなれないぞ」

「初の練習試合だ。楽しみだなあ」

いろんな声が聞こえてくる。どうやら楽しみにしている生徒が多いようだ。光太は部員をきちんと着席させてから連絡を始める。

「みんなすでに聞いていると思うけど、次の土曜日に東山高校と練習試合を行うことになりました。午後一時に東山高校に集合です。相手は強いようだけど、自分の力を試す絶好の機会だから大いに頑張りましょう」

この日は、普段はあまり真面目にやっていない部員も真剣な眼差しで将棋を指していたような気がする。

練習試合当日は十五名の部員が東山高校にやって来た。将棋に対して比較的真面目に取り組んでいる元気のいい生徒たちだ。

「川島、全員揃ったかな」

「はい、今日の参加予定はこれだけです」

「じゃあ、みんな行くぞ」

「おー」

まるで運動部のようなノリである。正門を通り校舎の前まで行くと、案内役と思われる東山高校の将棋部員が待っていてくれた。

「こんにちは。よろしくお願いします」と礼儀正しく挨拶される。顧問の先生の指導が行き届いているようだ。我が校の将棋部員も「よろしくお願いしまーす」と元気よく返事をする。

教室に案内され、お互いに全員整列して挨拶をする。そして、二人ずつ組になり、すぐに対局が始まった。

一時間ほどすると次々に勝敗が決まっていく。結局、滝沢高校の生徒で勝つことができた者は一人もいなかった。完敗である。

光太は東山高校の顧問である谷村先生に素直な感想を述べた。

「みんな強いですね」

「今やったのは全員二年生ですからね。先生のところは何年生ですか」

「うちは全員一年生です」

「まだ時間がありますので、もう一度やりましょう。今度は一年生にやらせます」

「はい、お願いします」

一年生同士なのでいい勝負になることを期待したが、結果は二勝十三敗。川島の勝利と相手の二歩の反則による勝利の二勝のみであった。勉強面でライバル関係にある東山高校の生徒にほぼ完璧にやられてしまったので、部員たちはショックを受けている様子である。

時刻はすでに五時を回った。谷村先生が時間を気にしている。

「今日はこれで終わりにしましょう。わざわざ来ていただきありがとうございました。またやりましょう」

「今日はありがとうございました。とても勉強になりました。またお願いします」

力の差があるので、また相手をしてもらえるかどうかはわからないが、一応お願いしておいた。

生徒たちは最後にまた全員整列してお互いにお礼の挨拶をする。我が部員たちはすでにショックから立ち直り、明るい笑顔になっている。若者は切り替えが早いようだ。

「さようなら」と言いながら次々に教室を後にする。そして、正門を出たところでこの日の反省をするために簡単にミーティングを行った。

「今日はみんな悔しい思いをしたと思います。その悔しさを忘れないようにして、これから一生懸命努力していきましょう。東山高校将棋部は全国大会を目指しているそうです。滝沢高校将棋部は、まず打倒東山高校を目標にして頑張っていきましょう。じゃあ、解散」

初めての練習試合は惨敗だったが、生徒たちには良い経験になったことだろう。

東山高校との練習試合で刺激を受けたのか、部員たちは以前よりもやる気になっているようだ。部長の川島を中心にして熱心に将棋に取り組んでいる。

光太は相変わらず将棋部の面倒を見ながら、時々柔道部やバスケット部の練習に参加しているが、二週間後に迫ってきた研究授業のことを考えると、これからは他の部活に参加する余裕はなくなってくるだろう。

滝沢学園では毎年六月中旬にすべての教科で研究授業を行っている。新人の先生は必ずこの研究授業をやらなければならない。他の先生方に授業を見ていただき指導を受けることになる。新人がいない教科はローテーションで担当者が変わっていくようだ。

先日、沢先生から研究授業に関する説明があった。

「今年の研究授業は光太先生に担当してもらいますのでよろしく。木曜日の七時間目に行いますので、時間割や授業の進度のことを考えて実施するクラスを決めてください」

「指導案はいつまでに作ればいいですか」

「そうですね。前日までに印刷して英語科の先生全員に渡してください。大変だけど頑張りましょう」

「はい、頑張ります」

日々の仕事に加えて研究授業の指導案作りもしなければならないことになった。さらに、六月は英語の課題テストがあり、光太が問題作成をすることになっている。猫の手も借りたい状況だ。

たくさんの仕事を抱えているので帰る時間が徐々に遅くなってくる。いつもは八時頃に帰るのだが、最近は九時過ぎまで職員室に残っていることが多い。

ある日、光太が指導案を書いていると、森本先生が帰り際に話しかけてきた。

「光太くん、毎日遅くまで大変だね。俺も四年前に研究授業をやったけど、準備に結構時間がかかったのを覚えているよ。新人は辛いけど頑張らなくっちゃね。じゃあ、お先に」

「お疲れ様でした」

村中先生は「腹が減っただろ。はい、差し入れ」と言って饅頭を一つくれた。青井先生からは「指導案なんかさっさと片付けて、また体育館に来いよ。最近、練習さぼってるぞ」と言われた。

あたふたと仕事をしている光太にいろんな先生が声をかけてくれる。気にしてもらえるのは嬉しいことだ。

研究授業を実施するクラスをＤ組に決めて生徒に伝えると、「何で俺たちのクラスなんですかー」

と言われた。他のクラスは六限が終わったら帰ることができるのに、さらにもう一時間授業を受けなければならないので不満なのだろう。「一番進度が遅れているからね。我慢してくれ」と光太は少し申し訳ない気持ちで言った。

課題テストも無事乗り切り、指導案も研究授業の前日になんとか完成させることができた。ここ数日は睡眠時間を削って頑張ってきたが、今夜は翌日に備えてぐっすり眠ることにしよう。

研究授業当日は六限まで平常通り授業を行い、その後、各教科ごとにそれぞれのクラスで研究授業が行われる。光太は六限の授業を終えていったん職員室に戻り、またすぐに研究授業を行う教室に行った。英語科の先生が全員参観に来るので、生徒に手伝ってもらって隣の教室から椅子を運び後ろに並べる。

ある女生徒に「先生、緊張してますか」と言われたが、「緊張なんかしてないよ」と答えておく。でも内心はやや緊張していて、それが顔に出ているのかもしれない。なにしろ十数名の先生たちに授業を見られるのだから緊張するのは当たり前だ。

いよいよ研究授業が始まる。英語科の先生たちが続々と教室に入ってくる。普段のリラックスした雰囲気とは違って緊張感が漂っている。七時間目ということで生徒は疲れているはずだが、多数の先生たちに見られているので居眠りもできない状態だ。特に教室の後ろの方に座っている生徒は、参観に来た先生に時々ノートを覗かれるので、否応なしにしっかりとした姿勢で授業を受けなければならない。

このような状態の中で、光太はいつもと同じように授業を進めていく。生徒の様子だけを見るように努めるが、やはりどうしても先輩教師の目が気になって平常心ではいられなくなってしまう。できるだけいいところを見せようとして力んでしまい、普段とはどこか違う授業になっているような気がする。それでもなんとか無事に研究授業を終えることができた。

最後まで頑張って授業を受けてくれた生徒たちには感謝しなければならない。先生たちが教室を出た後で「ご苦労さま」と生徒に言うと、前の方にいた女生徒から「先生、緊張してましたねー」と言われてしまった。

十分後に研究授業の反省会が行われる。光太は教室の復元をしてから急いで会議室に向かう。みんなから何を言われるんだろうとドキドキしている。

反省会では、まず光太が感想を述べ、その後は、全員の先生から授業に対するコメントがあった。

「少し早口なのが気になりました。大事なポイントを説明する時はもう少しゆっくりとしゃべった方がいいと思います」

「板書はもう少し工夫する余地があると思います。色チョークも効果的に使うといいでしょう。生徒が理解しやすい板書を心掛けてください」

「板書事項をノートに書き取らせている時は、全員が書き終わったのを確認してから説明を始めるようにしましょう」

「生徒がすぐに答えられない時は、わかりやすいヒントを出して正解を導き出せるようにしてやるといいでしょう」

「音読の練習がもう少しあってもよかったんじゃないかな」

先輩の先生方から様々な助言をしていただいた。まだまだ改善していかなければならないことがありそうだ。これらの助言を今後の授業に活かし、早く先輩たちに追いつき、さらに追い越せるように精進していこうと思う。

反省会が終わり職員室に戻ると、沢先生からねぎらいの言葉があった。

「光太先生、研究授業お疲れ様でした。元気があってよかったと思いますよ」

「ありがとうございます。でも、まだまだ改善すべき点がありますね」

「反省会で出た意見を参考にして、これからも頑張っていきましょう」

「全力で頑張りまーす」

ずっと気になっていた研究授業が終わって重荷から解放されたような気分である。よく頑張った自分へのご褒美として、今夜はちょっと豪勢に焼肉を食べに行くことにする。たった一人で研究授業の打ち上げだ。こんな時に一緒に行ってくれる女性がいるといいのになあと思いながら帰宅の準備をする光太であった。

研究授業が終わってホッとする間もなく、次は第二回定期考査の問題作りを始める。学校の仕事というのはなぜこんなに次から次へと湧き出てくるのだろうか。振り返ってみると今までのんびりと休んだことがないような気がする。日曜日も問題作りをしているか採点をしているかのどちらかだ。

残り少なくなってきた一学期を、日々の仕事に振り回されながら過ごす。夏休みが待ち遠しい。

　ある日、食堂で昼ご飯を食べていると、英語科の先輩で高校女子テニス部の顧問をしている平山先生が、何か話がありそうな様子で向かい側の席に座った。

「光太先生、元気ですか。毎日忙しいねぇ。夏休みになったらテニス部の練習に参加しませんか」

　以前から何回か誘われていたのだが、忙しかったこともあり一度も参加したことがない。夏休みになれば余裕ができるだろうと思ったのかもしれない。せっかくの誘いを断るのも申し訳ないので、

「一度参加してみようかな」と返事をしておいた。

　一学期の終業式が終わり、いよいよ待ちに待った夏休みに突入だ。しかし、すぐに前期特別授業が始まるので、まだ完全な休みというわけではない。でも、授業は午前中だけなので気持ちの上で少しは余裕がある。

　特別授業の初日、食堂で平山先生から再度誘われる。

「光太先生、今日の午後はどうかな？」

「そうですね。参加してみようかな。ラケットは借りられますか」

「僕のラケットを貸してあげるよ」

　昼食を終え、職員室でしばらく休憩してからテニスコートへ行く。すでに練習は始まっていて生徒たちは元気よく動き回っている。コートは金網のフェンスで囲まれていて入りにくい雰囲気だ。しかも女子ばかりなので一層中に入っていくのがためらわれる。

　しばらく様子を見ていると、平山先生の「光太先生、こっちですよ」という声が聞こえてきた。意を決してフェンスの中に入り、平山先生が座っているベンチに腰を下ろす。生徒たちは誰が来た

んだろうという顔で光太をチラッと見る。柔道部やバスケット部の練習に参加した時とは違って少し恥ずかしい気持ちになってきた。

平山先生の隣で生徒の練習ぶりを見学する。生徒は大きな声を出しながらかなりハードな練習をしている。

高校女子テニス部は県ベスト四の常連でインターハイにも出場したことがあるそうだ。「サーコイ！」という声がよく聞こえてくる。相手がサーブを打つ時に、レシーブをする生徒が集中力を高めるために声を出しているようだ。「さあ、打ってこい」という意味なのだろう。

「光太先生はテニスをやったことはあるのかな」

「いや、全くないです」

「僕も学生時代にテニスをやったことはなくて、教員になってから始めたんだよ。若い頃は生徒と一緒に必死になって練習したね。夜はテニススクールでも練習して、それでなんとか少しずつ指導ができるようになってきたんだ」

テニスは素人だったのに、今では強豪チームの監督である。すごい先生だ。テニスに対する情熱が素晴らしいと思う。指導者の情熱が生徒に伝わり、生徒が一生懸命練習をやるようになる。そしてチームが強くなっていくのだろう。

「じゃあ、素振りから始めようかな」

平山先生はラケットの握り方や腕の振り方などを丁寧に教えてくれた。光太は隅っこで生徒の邪魔にならないようにひたすら素振りを繰り返す。夏の暑い日差しが容赦なく降り注いでいるので、すぐに汗が噴き出してくる。

一時間半ほど練習したところで十分間の休憩になった。生徒たちはフェンスに沿って植えられている木の陰で腰を下ろし水分補給をしている。

「光太先生、生徒が休憩している間にサーブの練習をやりますよ」

「はい、お願いします」

「最初は僕が打つから真似をしてください」

光太は初めてコートに立った。平山先生が打ったボールは正確にコントロールされてくる。

「光太先生、そちらからサーブを打ってください」

思い切り打ってみたがボールは思うように飛んでいかず、ネットに引っ掛かった。生徒たちがクスクスと笑っている。次は平山先生がサーブを打つ番だ。また正確なサーブがコートに突き刺さる。

光太は今度こそはと思い、ネットに掛からないように大きめに打ったが、大きすぎてコートを飛び越えてしまう。何回サーブをしてもうまくコートに入らない。結局、一度も成功しないうちに休憩時間が終わってしまった。また素振りに逆戻りだ。

練習が再開されてからは中学一年生相手に試合形式で少しだけやらせてもらったが、簡単に負けてしまった。どうやらテニスは自分には向いていないようだ。

新しいスポーツに挑戦してみたいという気持ちも少しはあったのだが、早くも挫折しそうである。

テニスの練習には三回参加したが、上達する見込みはなさそうだ。練習の邪魔になるだけのような気がしたので、これ以上は参加しない方がいいだろう。やはり自分が経験してきたバスケットか柔道の練習に行くことにしようと思う。

前期特別授業の最終日、午前中の授業を終えると、解放感で肩から力が抜けていくような感じがした。明日からが本当の意味での夏休みだ。

職員室に戻ってくる先生たちの顔はみんなどことなく明るい表情をしている。

「明日から休みだー。嬉しいなー」

「終わったー。疲れたよー」

「長い特別授業もやっと終わったね」

あちこちから嬉しそうな声が聞こえてくる。沢先生もホッとした顔をしている。

「光太先生、お疲れ様でした。前期特別授業も無事終わったね。私は明日から休みだけど、先生はELECの研修会に行くんだったね」

「はい。明後日から東京で二週間研修を受けてきます」

「私もELECの研修会には参加したことがあるけど、なかなかいい研修会だったよ」

ELECの研修会というのはELEC夏期英語研修会のことだ。新人の先生はこの研修を受けるのが暗黙の了解になっている。それにしても長い研修だ。一体どのような内容の研修なのだろう。沢先生の話によると、参加者のほとんどは英語の先生で、全国各地から集まってくるそうだ。いろんな先生と交流できるのは楽しみである。

研修の初日、会場には百名ほどの参加者がいた。若手が多いが年配の人もちらほらいる。研修に先立って、まず英語の試験が行われた。いきなり試験とは驚いたが、その試験の結果をもとにしてグループ分けを行うようだ。

研修は参加者全員を対象とした大学の先生などによる講義が中心だが、小グループに分かれて行うワークショップや模擬授業もある。模擬授業は、同じ教材を用いて十分ずつ交代で行う形式だ。全国から集まった英語の先生を相手にして授業を行うということで少し緊張したが、良い経験になった。また、他の先生たちの様々な切り口の授業を受けたことも貴重な体験であった。考えればいろんなやり方があることを実感する。

はじめの数日はビジネスホテルに宿泊して、研修で与えられた教材の復習などで夜も勉強したが、その後は中学時代の友人のアパートに転がり込んで、そこから研修に通った。もちろん研修は真面目に受けたが、夜は友人と酒を酌み交わすことになってしまった。せっかく東京に来たのだから友人にも会いたいと思ったのである。研修期間ではあるが、これくらいは許してもらえるだろう。

研修は英語力を高めるものや、英語指導法に関するものまで様々である。新たな知識も増えて、とても有意義な研修であった。

始まる前は長いなあと思っていた研修もあっという間に終わった。初めての研修なので新鮮だったし、内容も変化に富んでいて興味深いものであった。英語の研修はＥＬＥＣの他にもいろいろあるようなので、若いうちに積極的に参加しようと思う。

研修が終わった後は、蒲郡の実家に戻って二日間のんびり過ごすことにする。前期特別授業、東京での研修と続いて、後期特別授業も控えているので、久しぶりの我が家では、思う存分羽を伸ばして英気を養った。命の洗濯をしているような気分である。ほんの束の間の休みではあったが、十分リフレッシュすることができた。

後期特別授業の初日、少し早めに学校へ行き、授業の準備をする。他の先生たちも次々に出勤してきて職員室が賑やかになってきた。

「休みが終わっちゃいましたねー」

「北海道への旅行はどうでしたか」

「北海道も暑かったねー。でも美味しいものを食べることができてよかったよ」

先生同士で休み中のことをあれこれ話している。光太は森本先生に訊いてみた。

「森本先生、休み中はどこかへ行きましたか」

「家族で上高地へ行ってきたよ。涼しくてよかったね。光太くんは？」

「僕は東京へ研修に行ってきました」

「せっかくの休みなのに研修とは大変だったね」

「二週間の研修だったから、ちょっと疲れました」

「お土産は？」

冗談っぽい言い方ではあるが、お土産を要求されてしまった。

「雷おこしを買ってきましたので、後で配りまーす」

「おっ、良い心掛けだね」

村中先生がこちらを見てニヤッと笑っている。休み前よりも随分日に焼けたようだ。

「村中先生、日焼けしましたねー」

「大会が近いから休み中もほとんど練習していたんだよ。それに、畑仕事もしていたからね」

「大会はいつあるんですか」

「三日後だよ」

「特別授業中に大会があるんですね」

テニスは毎年八月下旬に大会が行われるそうだ。きっとお盆休みを返上して練習をしていたに違いない。生徒も大変だが、先生も休めないので大変である。

日頃、生徒に対して勉強と部活を両立できるように指導しているのだから、先生も授業と部活動の指導を両立させなければならない。運動部の顧問はなかなか忙しそうである。

光太のような新人は、まずは授業がしっかりできるようにという配慮があって、比較的楽な文化部の顧問になったのだろうが、光太自身は文化部では物足りなく感じている。来年度は柔道部かバスケット部に希望を出すつもりだ。

先生であるからにはまず授業がきちんとできなければならない。そのためには研修を積極的に受けたり、先輩教師の優れた実践を学んで力量を高めていく必要がある。しかし、それだけではいけないと思う。学校は授業が中心であることはもちろんだが、部活動も生徒にとってはとても大切である。部活動を通して心身を鍛えていくのも重要な教育活動だ。だから、部活動の指導もしっかりできるように努力する必要がある。

光太はＥＬＥＣの研修会で学んだことを授業に取り入れてみようと試みた。今までのやり方を大幅に変えることはできないが、試行錯誤を繰り返しながら少しずつ改善できればいいと思っている。そして、午後は主にバスケット部の練習に参加することにした。来年度は運動部の顧問になるであろうから、今のうちに授業と部活動の両立ができるようにしておこうと思ったのである。こうして授業と部活動の両立に向けた光太の挑戦が始まった。

残暑が厳しく、午前中とは言っても教室の中はかなり暑い。汗をかきながら授業を行う。当時はまだエアコンが設置されていないのだ。生徒もハンカチで汗を拭きながら授業を聞いている。

午後の体育館も暑い。少し走っただけでも汗が噴き出してくる。三時間の練習が終わる頃には完全に疲れ切った状態になる。

午前中に三時間授業を行い、午後は三時間練習するという生活が続く。後期特別授業中もなかなか忙しい毎日であるが充実感を味わっている。

いよいよ最終日を迎える。先生たちはみんな疲れてきているようだ。年配の古川先生が汗を拭きながら職員室に入ってきた。

「今年は残暑が厳しいねー。でも最終日だから、老体に鞭打って頑張らないといかんね」

「先生、頑張ってくださいよ。今日を乗り切れば明日から四日間休めますよ」と、学年主任の大山先生が励ましている。

「夏休みも残り四日間しかないのかー。もっと休みをくれー」

光太も内心ではそう思っているが、新人なので古川先生のように声に出しては言えない。学生時代には教師の長期休みに魅力を感じていたのだが、現実はそう甘いものではなかった。長期ではなく短期の休みしかないのである。それでも一般の会社に比べれば休みは多い。月末の四日間も貴重な休みなので大いに感謝しなければならない。

特別授業の最後は二限、三限、四限の三時間連続授業で締め括った。生徒たちは「終わったー」と喜びの声を出している。光太は心の中で「やっと終わったぞー」と叫び、ホッと一息ついた。

職員室に戻ると、村中先生が「光太くん、食事に行くぞ」と声をかけてきた。森本先生もいたので一緒に食堂へ向かう。

夏休み中の食事のメニューは毎日「冷や麦」だ。

「毎日冷や麦ばかりでちょっと飽きてきましたねー」と光太が言うと、「贅沢を言っちゃーいけないよ」と森本先生にたしなめられた。「そうだぞ。食堂のおばちゃんたちが一生懸命作ってくれるんだから感謝しなくちゃ」と村中先生にも言われる。森本・村中の同級生ペア相手だと分が悪いので話題を変える。

「村中先生、明日も練習をやるんですか」

「大会も終わったし、明日から休みだよ」

「大会の結果はどうだったんですか」

「尾張大会で団体戦は準優勝、個人戦は優勝だ」

「すごいですねー。森本先生、柔道部も明日は休みですか」

「明日から四日間は完全にオフだよ。夏休みの最後くらいは休まないとね。生徒も宿題の追い込みをしなければならないだろうからね」

どうやら月末はほとんどのクラブが休みのようだ。先生たちも二学期に備えて骨休めをしたいと思っているのだろう。

食堂ではいつものように大盛りにしてもらう。午後は練習で体力を使うので、しっかり食べておかないと最後までもたないのだ。森本先生と村中先生も同じように大盛りだ。二十代の若い先生たちは大盛りにするのが主流のようである。

食事中には生徒が話題になることがよくある。よく勉強する生徒、よく欠席する生徒、授業中の居眠りが多い生徒など多種多様である。光太は気になる生徒がいるので村中先生に訊いてみた。

「先生のクラスの長谷くんは席替えをしても常に最前列中央ですね」

「本人の希望なんだよ。勉強に集中できるからあの席がいいって言うんだ。あいつは頭がいいぞ。東大の理Ⅲも狙えるんじゃないかな。おまけに性格もいいしね」

「長谷くんは頷きながら授業を聞いてくれるからとてもやり易いですね。でも、たまに首を傾げることがあって、その時はドキッとするんですよ。説明を間違えたかなと思って」

「俺もそうだよ。あいつが首を傾げると、説明をもう一度確認することになるんだ」

森本先生も話に加わってくる。

「杉山も抜群に勉強ができるぞ。中学時代から常に学年でトップの成績だからな。彼も間違いなく東大に合格できるだろう。試験の模範解答を作る時は、杉山の答案を見て間違いがないかどうか確認するんだよ」

「ところで光太くん、一つ頼みがあるんだけど」

村中先生が改まった様子で言う。

「頼みって何ですか」

「明日の夜の宿直を代わってくれないかな。家で用事ができちゃったんだ」

「いいですよ。特に予定はないし、借家で寝ても学校で寝ても大して違いはないから」

当時は警備保障のシステムもないので、職員が当番で学校に泊まり込んでいた。事務室の隣に四畳半の宿直室があり、そこで一晩過ごすのである。

光太の本来の当番は明後日の夜なので、二晩続けて学校に泊まることになった。夕方五時から翌朝の七時まで宿直室にいなければならない。七時に用務員さんと交代するのである。


翌朝は遅くまで寝て、久しぶりに平和な朝を満喫する。十時近くになってやっと布団から出て、今日は何をしようか考えながらゆっくりとモーニングコーヒーを飲む。

午前中は家の周りの草取りをすることにした。七月下旬に一度、忙しそうな息子のためにわざわざ蒲郡から両親が車でやって来て、草刈り機で綺麗に刈り取ってくれたのに、また伸びてきていたのだ。親に電話してまた来てもらうのはさすがに申し訳ないので、自分で少しずつ草取りをしていこうと思う。

午後はテレビを観たり、読書をしてのんびり過ごす。そして、宿直のために五時少し前に学校へ行く。事務室に入ると、用務員さんが新聞を読みながら待機していた。

「こんにちはー。宿直に来ました」

「おや？　今日は村中先生が当番じゃなかったかね」

「村中先生は用事が出来てしまったので交代になりました。宿直は初めてなんですがどうすればいいですか」

「戸締りは全部すんでいるから、ここで一晩泊まるだけだよ。布団は押し入れに入っているからね。もし何かあったら、対処の仕方はそこにある宿直日誌に書いてあるから一応目を通しておくんだよ。何もないと思うけどね。じゃあ、よろしく」

「はい、わかりました。お疲れ様でした」

宿直室はテレビと小さな文机が置いてあるだけで殺風景な部屋だ。早速布団を敷いてごろんと横になる。三十分ほど目を瞑って休んでいると、窓をコンコンと叩く音がした。一体誰だろうと思いながら窓の外を見ると、村中先生が立っていた。急いで窓を開ける。

「村中先生どうしたんですか」

「用事は七時からで、まだちょっと時間があるから差し入れを持ってきたよ。はい、これ」

「ありがとうございます」

紙袋を受け取り中を見ると、缶コーヒーとお菓子が入っていた。

「じゃあ、よろしく頼むね」

「はーい」

村中先生は軽く手を振って帰っていった。後ろ姿をしばらく見送る。日が沈み、空は夕焼けで赤く染まっている。学校には光太以外は誰一人いない状態だ。たった一人で学校を守っていることになる。

暗くなると少し心細くなってきた。誰もいない学校はとても静かで不気味なくらいだ。夜食用にと思って買ってきたパンや村中先生に貰ったお菓子を食べながら九時頃までテレビを観て過ごす。用務員さんには「泊まるだけでいいよ」と言われたが、一応見回りをしておこうと思い、部屋の隅に置いてある懐中電灯を持って廊下に出た。

二階建ての本館を一回りするために歩き出す。完全な静寂に包まれているので足音がコツコツと廊下に響く。夜の校舎は少し怖い感じがする。小学校六年生の時に校庭で一晩キャンプをするという行事があり、肝試しで夜の校舎内を一人で歩いたことを思い出した。時々後ろを振り返りながらゆっくりと歩く。「何もないと思うけど」と言われたが、もし何かあったらどうしようと思う。一人で対処できるだろうか。

二階も見回り、校舎を一周したが特に異常はない。安心して宿直室に戻る。もう一度布団の上で横になったが、なんとなく落ち着かないので早々に寝ることにする。電気を消し、何事も起こらないことを祈りながら、夜のしじまに溶け込んでいくように、やがて深い眠りに落ちた。

翌日の夜も宿直をして、夏休み中の仕事は無事完了した。あと二日間の休みしか残っていない。

二学期はまず二日間の宿題テストから始まる。夏休みの宿題を範囲として行うテストだ。さすがに進学校だけあってテストが多いなあと思う。しかも、当時はテストの後は通常の授業も行われた。

宿題テストの後は文化祭・体育祭の準備で学校が活気づいてくる。生徒が生き生きと活動し、大いに盛り上がる時期だ。将棋部も文化祭で「滝沢学園将棋トーナメント」を企画していて、それなりに準備を進めている。

ある日の放課後、将棋部員の吉田が職員室にやって来た。

「光太先生、お話があるのですが」

「何だい？」

「将棋部をやめたいと思っているのですが」

突然の申し出に光太は少し驚いた。吉田は真面目な生徒で、普段から将棋部の活動をしっかりやっていたのだ。

「やめたい理由は何かな」

「中学時代にやっていたバスケットをまたやりたくなったんです。僕は遠距離通学だし、勉強も大変そうだから将棋部に入ったんですが、何か物足りなく感じて、今のままでいいのかなあと思うようになってきたんです。好きなバスケットをやって、もっと充実した高校生活を送りたいんです」

「勉強との両立はしっかりできるかな」

「今まで勉強を中心にやってきて、ある程度自信もつきましたので大丈夫だと思います」

「意志は固そうだね。バスケット部はなかなか厳しいけど頑張るんだよ」

「はい、頑張ります。そういえば、光太先生もバスケット部の練習に参加してるんですよね」

「そうだよ。高校はレベルが高いから、中学生と一緒に練習しているんだ。じゃあ、体育館でまた会おう」

運動部をやめて文化部に入る生徒は多いのだが、その逆は非常に稀である。余程の決意がないとできないことだ。

光太は青井先生に吉田の件を伝えた。

「青井先生、吉田が将棋部をやめてバスケット部に入部したいと言っているのですが、途中からの入部は可能ですか」

「吉田は祖父江中学のバスケット部のエースで是非とも欲しいと思っていたんだ。すぐにでも練習に来いと伝えておいてくれ」

「そうだったんですか。わかりました。伝えておきます」

その二日後、吉田は正式にバスケット部に入部した。バスケット部の一年生には、吉田と同じ公立中学出身者が何人かいるので、すぐに溶け込むことができるだろう。

週末の土曜日にバスケットの練習に参加することにした。吉田は元気に練習しているだろうか。

体育館に一歩入ると生徒たちが大きな声で挨拶してくれる。運動部らしい元気な声を聞くと、「さあ、頑張るぞ」という気持ちになってくる。

「浅田先生、今日もよろしくお願いします」

まずストレッチを念入りに行う。生徒たちはフットワークを一生懸命やっている。

「光太先生、フットワークの最後にやる三往復ダッシュを生徒と一緒にやってみないかな。僕が二十代の頃はよく一緒にやってたよ」

ダッシュは疲れるからあまりやりたくないのだが、このように言われたらやるしかない。

「はい、やります」

主力メンバーのグループに入って三往復ダッシュを三回やった。負けないように全力で走ったが、足の速い生徒にはとても敵わない。もうへとへとである。

しばらく休みながら高校生の練習を見ていると、授業で教えている高一の部員がこちらを見てニヤッと笑っている。吉田が走ってやって来た。

「光太先生、頑張ってください」

今日はバスケット部に入ったばかりの吉田にこちらから「頑張れよ」と声をかけるつもりだったのに、立場が逆になってしまった。


二学期が始まって二週間ほど過ぎたある日、光太はいつもより遅い時間に食堂へ行った。食堂は学校の近所に住む三人のおばさんたちが切り盛りしている。そのうちの一人が関川さんだ。以前、森本先生に関川さんの息子さんが高一にいると教えてもらったことがある。食事を終えて職員室に戻ろうとした時、関川さんに声をかけられた。

「光太先生、いつも息子がお世話になっています。先生は夕食はいつもどうしているんですか」

「自分で作ることが多いんですが、作るのが面倒な時は外食してます」

学生時代は料理作りはほとんどしなかったが、こちらに来てからは自炊にも挑戦してみた。ちょうど学校からの帰り道に「大森食品」というスーパーがあるので、旬の食材を買って簡単な料理を作るのだ。でも、最近は忙しいこともあり、料理を作るのがだんだん面倒になってきていた。

「料理を作るのは大変だろうから、もしよかったら食堂の残り物を夕食にどうですか。おかずの足しになるかなと思って」

「えっ、いいんですか？　とても助かります」

「昼と同じものでは飽きちゃうかもしれないけどね」

「いいえ、食堂のおかずは美味しいから好きなんですよ」

若い独身の先生が一人暮らしをしているので、心配してくれたのだろう。半年近く自炊生活を送っているが、料理の腕は全く上がっておらず、美味しい料理が作れないなあと感じていたので、ちょうどいいタイミングだ。お言葉に甘えることにする。

翌日、光太は空の弁当箱を学校へ持って行った。昼ご飯の準備が始まる時間を見計らって食堂へ行く。

「関川さん、空の弁当箱を持って来ましたので、これに入れておいてください。よろしくお願いします」

「はーい。この棚の上に置いておくから取りに来てくださいね」

「はーい、わかりました。ありがとうございます」

こうして、空の弁当箱を持って職場へ行き、中身の入った弁当箱を持ち帰るという奇妙な生活が始まったのである。

時は駆け足で過ぎてゆき、早くも二学期が終わりに近づいている。年末に向けてなにかと忙しい時期である。

ある日の放課後、浅田先生が職員室に入ってきた。どことなく元気がない様子だ。

「光太先生、ちょっと話があるんだけど」

「はい、何でしょうか」

「実は、明日から三カ月間入院することになってしまったんだよ」

「えっ、そうなんですか」

「それで、頼みがあるんだけど、僕が入院している間、バスケット部の面倒を見てもらえないかな」

「はい、いいですけど、まだ上手く指導はできないと思います」

「今までと同じように生徒と一緒に練習してくれればいいんだ。申し訳ないけど頼むよ」

「はい、わかりました。先生が入院している間に大会はあるのですか」

「一月の中旬に江南市民大会があるんだけど、その時はベンチにも入ってくれるかな」

突然のことで驚いたが、浅田先生に頼まれたからにはやるしかない。今までは気が向いた時に、気楽な気持ちで練習に参加すればよかったのだが、これからは責任が重くなってくる。

よく一緒に練習しているので、生徒たちは受け入れてくれるだろうが、指導者としてはまだまだ経験不足なのも気掛かりである。しかし、代理顧問なのであまり気負わずに、これまで通り生徒と一緒に練習しながら少しずつ指導できるようにしていけばいいだろう。

翌日からバスケット部の練習を光太が一人で見ることになった。将棋部が活動する日以外は毎日練習を見るつもりだ。練習メニューは変えずに、キャプテンの大川に任せることにする。

「大川、聞いていると思うけど、浅田先生が入院している間、代わりに練習を見ることになったからよろしく。練習メニューは今までと同じでいいから、部員への指示を頼むね」

「はい、わかりました。光太先生よろしくお願いします」

大川はしっかりしたキャプテンなので任せておけば大丈夫だろう。光太はまず全体の動きをしっかり見るようにした。今までのように一緒にプレーしていると全体の動きが見えない。チームとしての動きを把握するためには少し離れてみる必要がある。

バスケットは五人のプレーヤーが複雑に動くので、様々な場面でどのように動けばいいのかを正確に判断するのはなかなか難しい。個々のプレーの良し悪しはある程度理解できているつもりだが、チーム全体としての動きはまだよくわかっていないので、バスケットをもっと理解しないと指導はできない。

光太は学校からの帰りに本屋に立ち寄ってバスケットの指導書を買い求めた。良い指導者になるためには、自分自身のプレーを向上させるだけでなく、理論も学んでいかなければならない。そして、チームを強くするには指導者の成長が不可欠だ。

幸いなことに、バスケット部の顧問はみんな大学までバスケットをやっていて、いずれも優秀な指導者なので、彼らを手本として指導の仕方を学ぶことができる。

光太は高校男子や高校女子の練習をよく見て、顧問の先生がどのように指導しているのか観察することにした。バスケットの指導書を読んで勉強することも大切だが、様々なプレーやフォーメーションを自分の目で見る方が理解しやすいと思ったからだ。

練習を見ていると顧問の先生たちはみんなかなり厳しく指導している。浅田先生の指導も厳しかった。しかし、光太は指導に関してはまだ自信がないし、代理顧問という立場上、厳しい指導はできない。やはり、生徒と一緒に練習して自分自身の技術を向上させながら、少しずつ指導できるようにしていくのが一番いいだろう。とにかく、若いうちは生徒と一緒に汗を流しながら体を動かし、共に成長できればいいと思う。

代理顧問としてバスケット部の練習を見ることにもだいぶ慣れてきた。生徒たちは江南市民大会に向けて年末・年始の練習にも意欲的に取り組んでくれた。冬休みがあっという間に終わる。

三学期が始まるとすぐに、今度は高一担任の坂上先生が入院することになってしまった。入院期間は浅田先生と同じ三カ月になるそうだ。

学年主任の大山先生から連絡があった。

「光太先生、坂上先生が長期間入院することになりました。先程辞令が出たのですが、光太先生に高一Bの担任をやってもらうことになりましたのでよろしくお願いします。私もサポートしますので、わからないことがあれば遠慮なく訊いてください」

「ありがとうございます。頑張ります」

代理顧問に続いて代理担任にもなってしまった。新人教師なのに担任が務まるのかどうか不安もあるが、とにかくやるしかない。村中先生や森本先生にいろいろと教えてもらおう。

「村中先生、担任の仕事にはどんなことがありますか」

「まず、朝礼と終礼。朝礼では欠席者の確認をしっかりやるんだぞ。そして、遅刻や早退があれば、それも出席簿に記入しておくこと。月末に欠席・遅刻・早退の数を集計して生活指導部に報告することになるからな」

森本先生もその他の仕事について教えてくれた。

「来年度からの文系・理系の希望調査もあるよ。一月二十五日までに調査用紙を回収することになっているからね。それに、始業式の後でやった頭髪・服装検査で違反していた生徒の指導もするんだぞ」

担任の仕事は様々あるようだが、頼りになる先輩がいるので心強い。わからないことがあればすぐに訊けばいい。それにしても、これから毎日朝礼と終礼に行かなければならないのはちょっと大変そうだ。生活面での生徒指導も上手くできるだろうか。

翌日、B組の朝礼に行った。出欠の確認をしてから話を始める。

「坂上先生が入院することになりました。期間はおよそ三カ月間になるそうです。その間、僕が代わりに担任をやることになりましたのでよろしく。じゃあ、本日の連絡をします」

生徒たちは驚いている様子である。隣同士でヒソヒソと話している生徒もいる。朝礼を終えて教室から出ようとした時に、男子生徒から「先生、嬉しそうですねー」と言われた。坂上先生には申し訳ないが、副担任よりも担任の方がやりがいがあるので嬉しい気持ちも少しあり、それが顔に出ていたのかもしれない。

慣れない担任の仕事が加わったことで、目が回るような忙しさになってきた。朝礼で生徒への連絡を忘れるというような失敗もあったが、生徒たちは代理担任ということで大目に見てくれた。いい生徒たちである。

担任はなにかと大変な面もあるが、クラスの様々な生徒と直接触れ合う機会が多いので、変化に富んでいてなかなか楽しいものだ。忙しいが日々充実感を味わっている。教育の最前線で仕事をしているという感覚があり生き甲斐も感じる。代理ではなくて正式な担任に早くなりたいものだという思いが芽生えてきた。

問題行動を起こすような生徒は一人もいなかったので、代理担任もなんとか務まりそうだ。B組の生徒と話す機会が増えてきて、徐々に担任としての心構えもできてくる。

担任は「一国一城の主」と言われることがある。担任がしっかりしていないとクラスが乱れることがあるので、その点では担任の責任は重い。いくら代理とはいえ、今は光太が担任なので、クラスが乱れないように頑張らなければならない。クラスの生徒に目を配り、心配な生徒には注意を払うことが必要だ。できるだけ多く生徒とコミュニケーションをとることも大切なことだろう。

ある日、終礼や清掃を終えて職員室で一息ついていると、森本先生が「やれやれ一日も終わったねー」と言いながら戻ってきた。

「森本先生、担任もなかなか大変ですねー」

「光太くんもいずれは正式な担任になるんだから、今は担任の研修期間みたいなもんだね」

「そうですね。森本先生、僕の指導教官になったつもりでいろいろと教えてくださいよ。頼りにしてまーす」

「頼りすぎてはいけないよ。自分で問題を解決する力を身に付けていかなくちゃね。まずは担任の先生の動きをよく見て、やるべきことを覚えていくことが大切だよ」

「はーい。頑張りまーす」

とても忙しいのだが、生徒たちと楽しく充実した毎日を送っていると、時間の流れが速く感じる。三学期は瞬く間に過ぎていった。


年度の途中から代理顧問や代理担任をやるという激動の一年が終わり、二年目に突入した。普通科二年に持ち上がったが、坂上先生が職場復帰したので、光太は副担任に逆戻りである。部活動は柔道部の顧問になった。「バスケット部か柔道部のどちらか」という希望を出していたので、望みが叶ったことになる。

浅田先生の代わりに三カ月間バスケット部の練習を見ていたので、バスケット部の顧問になる可能性もあると思っていた。しかし、浅田先生もすでに復帰しているので、柔道部の顧問になったのだろう。

光太にとっては、運動ができればバスケットでも柔道でもどちらでもいいのだ。早速、柔道の練習に参加し、毎日生徒と一緒にやっていると、徐々に感覚が戻ってきた。技をかけるタイミングも少しずつ良くなってきている。柔道の達人である斉藤先生から「だいぶ柔道らしくなってきたね」

と言われた。達人に言われると嬉しい気持ちになる。

一週間が過ぎ、柔道の練習にも慣れてきた。そして、高校時代のように柔道に力を入れていこうと思い始めた頃、浅田先生が光太のところにやって来た。顔色はいいが、まだ若干元気がない様子である。

「光太先生、またお願いがあって来たんだけど、今いいかな？」

「はい、大丈夫です」

「実は、退院したんだけど、まだ体調が十分回復していなくて、部活動の指導ができる状態ではないんだよ。それで、またバスケット部の面倒を見てもらえないかなと思ってね」

「今は柔道部の練習を見ていますので、僕の一存では決められません。斉藤先生に相談してみます」

「斉藤先生には僕からも話しておくよ」

浅田先生から再度依頼されるというのは全く予想していなかった。思いがけない事態になってきて光太はどうしたらいいのか迷ってしまう。もやもやした気分でこの日も柔道部の練習に行った。練習中も浅田先生に頼まれたことが頭から離れない。あまり気合が乗らない練習になってしまった。

練習が終わり生徒が帰宅した後も道場に残り斉藤先生と話し合う。

「斉藤先生、浅田先生からバスケット部の面倒を見てほしいと依頼されてしまったのですが、どうすればいいでしょうか」

「先程、僕も浅田先生から聞いたよ。光太先生は毎日練習に来てくれるし、柔道部としてはとてもありがたいと思っているんだけど、浅田先生の事情もよくわかるから僕も困っているんだ。光太先生はどう思っているのかな」

「柔道部の顧問になってまだ一週間しか経っていないし、これから柔道を頑張ってやっていこうと思っていたところだから、僕も迷っているのです」

「僕としても、こうしてくださいとは言いづらいので、光太先生の判断に任せたいと思うんだけど、それでいいかな」

「はい。でも、すぐに結論は出ませんので少し考えさせてください」

職員室に戻ってからも、そして、家に帰ってからもどうしたらいいかじっくりと考えてみた。柔道部は斉藤先生と森本先生が指導しているので、光太がいなくても困ることはないだろう。それに対して中学バスケット部は、顧問は二人いるのだが、実際に指導するのは浅田先生だけである。もう一人の顧問はバスケットの経験がないので、時々見に来るだけで指導は全くしていないようだ。浅田先生が指導できないとなると、部としては大いに困った状態になってしまう。十二月下旬から三月末までの約三カ月間練習を見てきたので、部員たちのことも気になる。それに、春季大会が間近に迫っているこの時期に十分な練習ができないと生徒たちがかわいそうである。ここまで考えて、「バスケット部の顧問を引き受けよう」と光太の心は決まった。

翌日の朝、職員朝礼が始まる前に商業科の職員室にいる斉藤先生のところへ報告に行く。

「斉藤先生、一晩じっくり考えてみましたが、浅田先生の依頼を受けようと思います」

「そうですか。わかりました」

「短い間でしたが、ありがとうございました」

「じゃあ、バスケット部で頑張ってください」

次は、中学校の職員室にいる浅田先生に報告をしなければならない。斉藤先生への報告は気が重かったが、浅田先生の場合は気が楽である。

「浅田先生、今、斉藤先生にも連絡してきましたが、バスケット部の顧問を引き受けたいと思います」

「そうですか。ありがとう。助かるよ。校長には僕から伝えておくからね」

「よろしくお願いします」

翌日、顧問変更の辞令が出た。年度の途中で顧問が変更になるというのは異例のことだろう。

この日から早速バスケット部の練習に行くことになる。約十日ぶりに体育館へ行くと少し懐かしい感じがした。生徒たちは以前と同じように「こんにちはー」と大きな声で挨拶してくれる。光太が来たことに対してちょっと不思議そうな顔をしている部員もいる。浅田先生からは何も聞いていないのかもしれない。

まだ練習が始まっていなかったので、部員全員を集めて事情を説明した。

「浅田先生の体調がまだ十分回復していなくて、今日からまた僕が練習を見ることになりました。今度は正式にバスケット部の顧問になったのでよろしく」

先月末まで練習を見ていたので、部員たちは驚くこともなくすぐに受け入れてくれた。

「大会が近いので、みんな頑張ろう。じゃあ、練習開始」

練習が始まると、キャプテンの大川が近寄ってきて「光太先生、よろしくお願いします」と言ってニッコリ笑った。光太も「よろしく頼むね」と言って、二人はがっちり握手を交わした。

普通科二年生の英語の指導と中学バスケット部の指導で悪戦苦闘をしながらも無事一学期を乗り切った。

バスケットの春季大会は一人で指揮を執ったが、六月中旬から浅田先生が復帰したので、夏季大会は浅田先生がメインで指揮を執り、光太はアシスタントコーチになる。バスケットのベンチワークはなかなか難しいので、もっと勉強しなければ試合の時に的確な指示を出すことができるようにならない。今年の夏は浅田先生の下でバスケットをもっと理解できるようにすることが目標だ。

夏休みに入ってすぐに行われた夏季大会では、ベンチで浅田先生の横に座り、選手に対する指示の出し方を勉強した。正確な指示を出すためには、まず試合の流れをよく見て、オフェンスとディフェンスのそれぞれにおいて注意すべきことを見極めなければならない。相手のディフェンスに対してどのように攻めればいいのか。また、相手のオフェンスに対してどうすれば防ぐことができるのか。局面はどんどん変わるので、その都度対応の仕方を考える必要がある。

浅田先生はいろんな指示を的確に出していたが、光太には様々な場面でどのように動くのがベストなのかまだよくわからなかった。バスケットは動きが複雑で理解するのがとにかく難しい。

試合が終わってから浅田先生にいろいろと質問してみた。

「ゾーンプレスの場合のボールの運び方は?」「ワン・スリー・ワンのゾーンディフェンスの攻め

方は？」「速攻の時の注意点は？」「スクリーンプレーに対する守り方は？」「タイムアウトを請求するタイミングは？」等々。

浅田先生は一つ一つ丁寧に教えてくれた。そして、最後に次のように言った。

「今説明したのはほんの一例に過ぎないからね。他にももっといろんな方法があるかもしれない。それを考えるのが面白いんだ。光太先生もこれから自分なりに考えていくといいよ。同じことをやるだけだと進歩がないからね」

いろんなチームを見ていると攻め方も守り方も様々だ。監督の考え方が違うからだろう。また、選手の特長を生かした戦術を考える必要もあると思う。なかなか奥が深い。

光太はバスケットにのめり込んでいった。夜、布団に入ってからもバスケットのことを考えることがよくある。職員室で仕事をしていても、ふとバスケットのことを考えてしまうこともある。

「他にもいろいろと考えることがあるだろ！」と言われそうだ。

夏季大会が終わり新チームになってからは、練習試合の時に審判をするようにもなった。審判ができないと良い指導者にはなれないと思ったからだ。

バスケットはファールやトラベリングの見極めが難しい。上達するには経験を積んでいくしかない。浅田先生は日本公認審判なので、審判についてもいろいろと教えてもらった。

できるだけ正確にジャッジができるような審判、しかも見ていて美しいと思われるような審判を目指したい。

この夏はバスケットの他にもう一つやらなければならないことがある。それは英語の研修だ。

昨年の夏はＥＬＥＣの研修に参加した。今度はＬＩＯＪの研修である。ＬＩＯＪというのは日本外語教育研究所のことで小田原に本部がある。毎年夏に教員向けの研修が行われている。

一週間ホテルに缶詰めになって研修をするのだが、ユニークなのは日本語禁止ということだ。研修中はもちろんのこと、部屋に戻ってからも日本語で話してはいけないことになっている。

各部屋は二人ずつの割り当てになっていて、普通ならその日の研修が終わってリラックスしたいところだが、話す時は英語でというルールなので、部屋にいてもなかなか気が休まらない。完全に英語漬けの毎日で大変だったが、貴重な体験になった。一切日本語を使わなかったので、まるで留学したような気分になることができたのだ。

将来留学を希望している光太にとってはとても有意義な研修になった。

研修が終わると、いつものように実家に帰って大いに羽を伸ばす。夜は友人たちとはしご酒。束の間のお盆休みの後は後期特別授業。そして、後期特別授業が終わると、待ちに待った修学旅行である。滝沢高校ではなんと夏休み中に修学旅行に行くのだ。行先は東北。会津磐梯山、日本三景として有名な松島、平泉の中尊寺、山形の山寺（立石寺）。少し地味なコースだが、光太にとっては教師になって初めての修学旅行なのでとても楽しみにしている。

「村中先生、修学旅行楽しみですね」

「全然楽しみじゃないよ。引率は大変だし、疲れるだけだよ。光太くんは初めてだから楽しみだろうね」

「はい。東北へ行くのも初めてだから楽しみですね」

「俺たちは仕事で行くんだから楽しんでばかりではいけないぞ。旅館では夜の見回りもやらなくちゃいけないしね。ところで、三日目の夜に演芸会をやるんだけど、光太くんも飛び入りで何か出し物をやらないかな」

演芸会は生徒が中心になって出し物を検討しているようだが、村中先生が取りまとめの担当になっているのである。

「村中先生はヒラメ踊りをやらないんですか」

「それは中三の修学旅行でやったからもうやらないよ」

「じゃあ、何か別のことをやりましょう」

「何もやらないよ。俺は演芸会の取りまとめの係だから、やってる暇はないからね。光太くん、森本先生と一緒にやったらどうだい」

「そうですね。相談してみまーす」

森本先生は高二に持ち上がらなかったのだが、昨年度まで担当していたので一緒に行くことになっている。

光太は森本先生のところへ相談に行った。

「森本先生、修学旅行三日目の夜に演芸会をやるんですが一緒に何かやりませんか」

「何かって言われても何をやればいいんだ？　生徒がやるだけで十分じゃないのかな」

「実は、村中先生に何かやってくれと頼まれたんですよ。先生がやると盛り上がるからじゃないかな」

「村中先生のヒラメ踊りみたいな芸があればいいんだけど、俺にはできないしなあ」

「何かないですかねー」

「小話くらいならできるかもしれないな」

「そうですねー。じゃあ、小話でいきましょう」

「光太くん、面白い小話を考えておいてくれよ」

特別授業中、生徒たちはそわそわして勉強に身が入らない様子である。光太は仕事をしていてもふと演芸会のことを考えてしまうことがある。

修学旅行が間近に迫り、生徒も教師もどことなく落ち着かない状態で六日間の後期特別授業が終わった。

翌朝七時三十分に名古屋駅集合。簡単に出発式などを行い、八時十分に出発。ついに修学旅行が始まった。

息を切らしながら会津磐梯山を登り、感嘆の声を揚げながら風光明媚な松島を遊覧船で巡り、中尊寺金色堂の美しさにうっとりと目を奪われ、山寺の長い階段を上るのに苦労して膝を痛める。

そして、三日目の夜がやって来た。いよいよ演芸会だ。

「森本先生、夕食後に大広間で演芸会ですよ。準備はいいですか」

「ＯＫ！　夕食前に簡単に打合せをしようかな」

「じゃあ、先生の部屋に行きますので、そこで打合せをしましょう。ちょっと緊張してきましたね」

演芸会は八時にスタートした。生徒の出し物は歌、ダンス、ゲームが中心だ。若いだけにとても元気がある。観客の生徒たちは大いに楽しんでいる。

演芸会も中盤に差し掛かり、徐々に盛り上がってきたところで司会者から紹介された。

「それではみなさん、ここで森本先生と光太先生の登場でーす。よろしくお願いします」

ステージに上がると、所狭しと座っている生徒たちから拍手喝采を浴びた。

「それでは、小話をやります」と光太が言うと、「待ってました」と生徒から声がかかる。

まず、光太から森本先生の順番で。

「この羊羹ちょっと硬くなってきましたねー」

「ヨーカンで（よう噛んで）食べるんだよ」

次は、森本先生から光太の順に。

「あの鳥は何という名前なんだろう。カモメかなあ」

「そうカモメ（そうかもね）」

こんな調子でいくつか小話をやっていく。爆笑とまではいかなかったが、生徒たちは義理で笑ってくれた。少しだけお笑い芸人になったような気分になる。あまり盛り上がらなかったが、先生が頑張ってやった「お笑い芸」ということで許してくれるだろう。

その後も演芸会は続き、修学旅行最後の夜は先生も生徒も一体となってとても楽しく過ごすことができた。

翌日は天童の街を散策してから帰路につく。

列車の中では、生徒たちは昨夜の演芸会で盛り上がったせいか、ぐったりとしている様子である。列車の揺れに身を任せて眠っている生徒が多い。光太も演芸会が終わり緊張の糸がプッと切れたような状態で、車内ではぼんやりとしている。

列車は東京の上野に向けて順調に走っていたが、福島を過ぎた辺りで急に停車した。車内放送によると、集中豪雨のために運行できなくなったらしい。

一時間経っても動かない。二時間経っても列車は停まったままだ。車内がざわざわとしてきた。

「まだ動かないのかなあー」

「動く気配なしだね」

「今日中に帰ることができるんだろうか」

「ちょっと無理かも」

「東京でもう一泊するんじゃないかな」

「やったー。一日延長だ」

同行している添乗員の動きが慌ただしくなってくる。予定の新幹線に乗るのはもう無理だ。場合によっては東京での宿泊先も確保しなければならない。

気を揉みながら待つこと二時間三十分。半ば諦めかけた頃に列車はやっと動き出した。上野駅には予定より大幅に遅れて到着。生徒たちは東京でもう一泊することを期待していたようだが、最終の新幹線には間に合いそうだ。

先生たちは「乗り換えを急げー」「できるだけ速く歩けー」と叫びながら生徒たちを急がせる。光太は最後尾について、遅れがちな女子生徒を励ましながら歩く。

「先生、カバンが重いよー」

「もう少しだから頑張れ」

よろめきながら歩いている生徒には、カバンを持ち運ぶのに手を貸してやる。乗り換えの電車に生徒たちが全員乗ったのを確認してから光太も乗り込む。

東京駅に着いてからも急ぎに急いで、大阪行きの最終の新幹線になんとか間に合った。添乗員は冷や汗をかいたことだろう。先生たちもホッと一息ついている。

思いがけないハプニングで最後はドタバタだったが、忘れられない思い出になりそうだ。


高校二年生の後半はいろいろと苦労することが多かった。中だるみ現象で勉強意欲をなくしている生徒がいて、授業が思うように進まないクラスもあったのだ。

まだまだ未熟な光太は悪戦苦闘の連続だったが、なんとか乗り切った。


高三も引き続き副担任として持ち上がる。生徒たちは受験モードになり、落ち着いて勉強に励むようになった。

大学入試に向けて、しっかりと基礎を固める一学期が過ぎ、勝負の夏に全力を傾ける。九月の文化祭で一息ついて、体育祭の最後に行われるフェスティバルでは、各クラス一つずつみんなで協力して作った巨大な御輿を担いで気勢をあげる。それが終わればエンジン全開で勉強だ。志望校合格を勝ち取るために生徒たちは突っ走る。できるだけ多くの生徒が合格できるように先生たちも頑張らなければならない。光太も一段と気合が入ってくる。

時は瞬く間に過ぎ、一月下旬に差し掛かっている。大学入試まであと一カ月だ。生徒が毎日のように英作文の添削を頼みに来るようになった。

「光太先生、京都大学の過去問をやりましたので添削をお願いします」

「明日までに添削しておくから、明日の放課後に来てくれるかな」

「光太先生、名古屋大学の過去問を五年分やりましたので添削してください。今日中に返していただけるとありがたいのですが」

「今日中はちょっと無理だ。明日まで待ってくれ。他の生徒の英作文もいくつか抱えているからね」

光太は頼まれたらできるだけ翌日には返すように努力している。中には難しい英作文もあるので、スムーズに添削できるように分厚くて例文の多い辞書を購入した。そして、昼も夜も添削に明け暮れる。時には睡眠時間を削って添削することもある。

ある日の放課後、職員室ですっかり見慣れた光景になっているようだが、光太は辞書とにらめっこしながら添削に励んでいる。隣の机では、沢先生も生徒が持ってきた英作文に赤ペンを走らせている。机の隅にノートが数冊積まれているのが見える。沢先生も光太と同様に添削で苦しんでいるようだ。

「光太先生も添削頑張っていますね。この時期になると生徒は集中的に英作文をやるようになるんですよ。大変だけど生徒のためにお互い頑張りましょう。ところで、光太先生は海外へ研修に行く気はありませんか」

「えっ、海外ですか？　まだ一度も海外へは行ったことがないから、是非とも行きたいですね」

光太は高校時代からずっと海外留学を希望している。光太の目がキラッと輝いた。

「高三の副担任は絶好の機会だから行ってくるといいよ。僕も若い頃イギリスへ行かせてもらったんだ」

「期間はどのくらいですか」

「約一カ月だよ。二月中旬まではオープン授業があって忙しいけど、それが終わればゆとりができるからね。二月下旬から行くといいんじゃないかな」

「三月一日の卒業式に出られなくなりますね」

「卒業式には出たいだろうけど、副担任だから海外研修の方を優先しても構わないと思いますよ」

「それでは、適当な海外研修を調べたいと思いますが、どうやって調べればいいですか」

「英語の雑誌などに短期留学を斡旋する会社の宣伝が載っているから電話してみるといいよ」

光太は英作文の添削の合間に短期留学についていろいろ調べてみた。名古屋の栄に留学を斡旋してくれる会社があることがわかったので直接行って説明を受けることにする。

アメリカで三週間のホームステイと一週間の自由旅行ができるプログラムがあったので、早速申し込みをした。

一カ月という短い期間だが、念願の海外へ行くことができる。光太はアメリカでの楽しい研修を思い浮かべてはニヤッと笑う。

ラッキーなことに、研修費用の一部を学校から援助してもらえることになった。また、他の英語科の先生方からもカンパをいただいた。しっかり研修をしてこなければいけないなという気持ちになる。

沢先生からはカンパだけではなく激励の言葉もいただいた。

「学校のことは心配しなくてもいいから、英語の勉強をしっかりやってきてください」

「はい、頑張ります」


アメリカへ出発する前日に東京へ行く。そして、その晩はアパート暮らしをしている兄のところで泊めてもらった。兄は東京で働いているのだ。

翌日、成田空港へ行き、大韓航空で韓国のソウルを経由してロサンゼルスに飛んだ。初めての飛行機で光太は少し興奮気味である。

ロサンゼルス空港内で光太と同じプログラムに参加するメンバー全員が集まった。約三十名の団体である。

現地滞在の添乗員から参加者一覧表が配られ、それを見ると参加者のほとんどが大学生であることがわかった。北は北海道から南は九州まで出身は様々だ。

添乗員に誘導されてバスへ移動する。外はもう暗くなっている。バスに乗り込みロサンゼルス郊外へ向けて出発。

一時間半ほどでサニーミードという小さな町のコミュニティセンターに到着。コミュニティセンターというのは公民館のような場所である。そこで、日本人のメンバー一人ひとりがそれぞれのホストファミリーと対面する。

光太がお世話になるのはホフマン一家だ。チェスター、シャロン夫妻と二人の娘、アイリーンとカレン。アイリーンは十二歳。カレンは十歳。可愛い妹たちに出会ったような気分になる。

チェスターの愛車である日本製のカローラに乗って、まずはレストランへ。夜八時になっていたのに夕食を食べずに待っていてくれたのだ。レストランではアメリカらしく本格的なピザを食べた。そして、いよいよホストファミリーの家へ。ホームステイの始まりである。

家に入るとまずコーヒーを飲みながらリビングルームでくつろぐ。チェスターとシャロンには風鈴やこけし人形など、アイリーンとカレンには浮世絵が描かれた手鏡を渡す。彼らは日本のお土産を手にしてとても喜んでくれた。

翌日から研修が始まる。午前中はコミュニティセンターで英語の研修を行う。先生はミュリエルとクローディアの二人。生徒である我々は二つのグループに分かれて様々な語学研修を行う。

午後は校外学習だ。有名なＵＣＬＡという大学を訪問し、カフェテリアでアメリカ人の学生と話しながら食事をすることができた。また、地元のスーパーマーケットへ行った時には、新聞記者にインタビューされ、翌日の新聞に写真付きで載った。とても貴重な経験である。

高校や中学も訪問し、いろんな授業を見学することもできた。中学ではミュリエルのご主人が先生をしていて、彼が担当しているクラスで生徒から日本に関する質問を受けた。若い日本人の先生がやって来たという物珍しさもあったのだろうが、生徒たちからの質問は途切れることなく続き、五十分の授業時間をすべて使うことになってしまった。光太にとってはアメリカ人の中学生にいろいろな話をすることができて、とても楽しい時間になった。

週末はホストファミリーと過ごす。アイリーンとカレン、そしてカレンの友達も加わって家の近くの丘へハイキングに行く。木に登ったり草花を摘んだりして、童心にかえって遊んだ。少女たちと一緒にハイキングができるなんて夢のようだった。

夜は一家そろって教会で行われる礼拝に参加する。厳かな雰囲気の中でアイリーンとカレンがローソクを持って礼拝の儀式に現れ、家族に見守られながらキャンドルサービスを行う。光太は出席者のみんなと一緒に賛美歌を歌った。

また別の週末にはアイリーンとカレンをそれぞれの友達の家に預けて、チェスターとシャロンに車でラスベガスへ連れて行ってもらった。カジノで遊んだり絢爛豪華なディナーショーを見て大いに楽しんだ。

三週間のホームステイはあっという間に過ぎ、最後の夜を迎える。すべての日本人メンバーとホストファミリーが高校の体育館に集まり、サヨナラパーティーを開くことになっている。光太は最年長ということで、ミュリエルとクローディアから事前に司会を頼まれている。

光太は開始一時間前に体育館へ行く。すでに数名の女子学生とホストファミリーの代表者が入口に集まっている。

研修中に親しくしていた女子学生に「光太先生、遅いですよー」と言われてしまう。光太はこちらでも「先生」と呼ばれ、何かにつけて頼りにされている。

「遅れてごめんね。じゃあ、準備を始めましょうか」

机や椅子を並べたり、生け花や折り紙を展示する。壁にも飾り付けをしてパーティーらしい雰囲気にした。

パーティーのはじめに、光太はお世話になったホストファミリーに対して簡単に挨拶する。

「とうとう最後の夜になってしまいました。三週間という短い間でしたが、ホストファミリーの皆様のおかげでとても楽しく過ごすことができました。日本ではできない様々なことを体験できたことは掛け替えのない思い出になることでしょう。皆様のおもてなしに心から感謝いたします。今夜はいろんな出し物を用意していますので、どうぞお楽しみください」

パーティーはピアノ、ギター、フルートの演奏で始まり、色鮮やかな着物姿の女子学生による日本舞踊が続く。そして、余興としてホストファミリーの子供たちとのゲームなどを行い大いに盛り上がる。

光太は柔道をやったことのある男子学生と一緒に柔道の技を披露する。柔道着とマットはミュリエルとクローディアに用意してもらった。目の前で柔道を見るのは初めてという人が多かったようで、技を一つ披露するたびに拍手喝采を浴びる。

楽しいパーティーも終わりに近づき、代表の女子学生が涙を流しながらホストファミリーへの感謝の言葉を述べると会場がシーンとなった。

いよいよフィナーレである。ミュリエルとクローディアから我々一人ひとりに卒業証書が手渡され、我々からはホストファミリーに感謝の気持ちを込めて「サンキューブック」を渡す。そして、全員で「アメリカ・ザ・ビューティフル」と「蛍の光」を歌ってサヨナラパーティーを閉じた。

感極まって女子学生のほとんどが泣いている。光太も思わず貰い泣きしそうになる。最後の夜に相応しい感動的なサヨナラパーティーであった。

翌朝は七時三十分にコミュニティセンターに集合。ほとんどのホストファミリーが見送りに来ている。バスに乗り込む前に、みんな最後の別れの挨拶を交わしたり、抱き合ったりしている。サヨナラパーティーの時のように感傷的な気持ちになってくる。

バスは別れを惜しむかのようにゆっくりと出発した。ホストファミリーの姿が見えなくなるまで、みんな思い切り手を振る。ほろりと涙を流している女子学生もいる。

しかし、数分後にはこれから始まる自由旅行のことに頭が切り替わる。

「光太先生はどこへ行くんですか」と、親しくしていた昌幸から訊かれる。

「僕はまず首都のワシントンDCへ行って、その後はニューヨークへ行く予定だよ」

「一人で行くんですよね。無事戻ってきてくださいよ」

「光太先生、ニューヨークでは夜一人で出歩いちゃだめですよ」

一緒に行動することが多かった直美が心配そうに声をかけてくれた。

「みんなはどこへ行くのかな」

「僕はサンフランシスコです」

「私はラスベガスです」

「私たちはハワイへ行きまーす」

ハワイへ行くグループ以外は、レンタカーを借りて西海岸を中心に旅をするようだ。飛行機で東海岸へ飛ぶのは光太だけである。

ロサンゼルス空港でみんなと別れて、アメリカの一人旅が始まる。ワシントンDCでは、ある親切なホストファミリーに紹介してもらったブラウン夫妻の家に泊めてもらえることになった。

ご主人は仕事があるので、ブラウン夫人の案内でホワイトハウス、リンカーンメモリアル、ケネディーセンター、最高裁判所、月の石が展示されている博物館などを見学する。また、キャピトルでは事務所で傍聴券を発行してもらい、国会を傍聴することもできた。

夫人は六十歳を超える高齢であったが、精力的にあちこちを案内してくれる。最後は脚が棒になるくらいであった。

三日目の朝、親切なブラウン夫妻に別れを告げ、いよいよニューヨークへ。今度は完全に一人で旅をすることになる。

ワシントンDCからニューヨークへは列車でおよそ三時間。マンハッタンのペンシルベニア駅に降り立った時、周りを見ると日本人は光太一人であった。やや緊張しながら駅を出て、近くのYMCAという若者向けのホテルへ。安宿ではあるが、身の危険はなさそうだ。

ニューヨークには三日間滞在する予定だ。物取りなどに狙われるといけないので、旅行者だと思われないように、できるだけラフな格好で歩き回る。自由の女神、エンパイアステートビル、タイムズスクウェア、ブロードウェイ、ハーレム街など、有名な場所を訪れ、ニューヨーカーになったような気分になる。

日中は一人で歩いていても大丈夫だが、夜はさすがに怖いので、ホテルの部屋の施錠をしっかりして外出は控えておいた。

ニューヨーク滞在の最終日、できるだけ多くの場所を見ておこうと思い、市内観光バスツアーに参加する。薄暗くなってからケネディー空港へ。すると突然激しい雨が降り出す。その雨の影響で出発が大幅に遅れてしまい、ロサンゼルス空港に到着したのが夜の十一時三十分になってしまった。夜遅いのでホテルを探すのは諦めて、空港内の待合室で夜を明かすことにする。一人で心細かったが、近くに警備員がいたので安心して眠ることができた。フロアに新聞紙を敷いて寝たのは初めての経験である。

翌朝、空港ロビーで他の日本人メンバーと再会。

「光太先生、無事でしたかー。心配しましたよ。ニューヨークはどうでしたか。ギャングに襲われなかったですか」

つぶらな瞳の恵美子が嬉しそうに話しかけてくる。彼女はホームステイ先が近かったこともあり、特に親しくしていた。

「ニューヨークはエキサイティングで楽しかったよ。みんなはどうだった？」

「ラスベガスでちょっとだけ儲けましたよ」

「車が故障して大変でした」

「ハワイで日焼けしてきましたよ」

「サンフランシスコで美味しいものをたくさん食べました」

恵美子たちは興奮気味に体験してきたことを話し出す。そして、みんなで無事に再会できたことを喜び合った。

この日は夜まで自由行動だ。みんなで街へ繰り出し、アメリカ最後の一日を心行くまで楽しんだ。

夜八時、いよいよアメリカともお別れだ。星がきらめく夜空に吸い込まれるように飛行機が飛び立った。これから一生涯残るであろう若き日の楽しい思い出を乗せて。


三月二十九日に帰国し、両親を安心させるために蒲郡の実家に立ち寄ってから江南に戻る。四月一日が職員出校日だから、新年度の準備も大急ぎでしなければならない。一カ月間も学校へ行っていないので浦島太郎の状態だ。

職員出校日の前日、久しぶりに高三の職員室へ行くと、何人かの先生が職員室を移動するために引っ越しの準備をしていた。村中先生はジャージ姿で机の上を整理している。

「おっ、光太くん、無事戻ってきたね。お土産は？」

「お久しぶりです。なんとか無事に戻ってくることができました。お土産は明日持ってきます」

「約一カ月ぶりだね。机に蜘蛛の巣が張ってるかもしれないよ」

「ところで村中先生、大学入試の結果はどうでしたか」

「まずまずの結果だったよ。合格者は廊下に掲示してあるからゆっくり見ておいで」

誰がどこの大学に合格したのか気になっていたので、光太は張り出された合格者一覧をじっくりと見る。その後は、光太も引っ越しの準備に追われた。

翌日は職員健康診断と職員会議が行われる。いよいよ新年度のスタートだ。光太は中学二年生の担任になった。高一の時に、入院した先生の代わりに担任をした経験はあるものの、正式な担任になるのは初めてなので、心の準備もしっかりしておかなければならない。幸いにも、バスケット部顧問の浅田先生が同じ学年にいるので心強い。

「浅田先生、初めての担任なのでいろいろと教えてください。よろしくお願いします」

「こちらこそ、よろしく。今年度は学年も同じ、クラブ活動も同じになったね。四月はなにかと忙しいけど、お互いに頑張ろう」

「始業式に向けて、さしあたり何をすればいいですか」

「生徒手帳、出席簿、遅刻累計表、諸検査記録表、教室の座席表、清掃当番表などの作成をしておかないといけないよ」

「いろいろとやることがあるんですね」

「担任はなかなか大変だよ。でも、やりがいがあると思うよ」

「僕も同感です。教師の醍醐味が味わえるのはやはり担任ですよね」

「光太先生はまだ若いから、生徒の中にどんどん入り込んでいくといいよ。でも、深みにはまり込んで抜け出せなくなってはいけないけどね」

四月三日に在校生出校日があり、新しいクラスが発表される。いよいよ担任としてのデビューだ。やや緊張しながら教室に入ると、まだあどけない生徒たちが一斉に新担任である光太に視線を向ける。

「君たちの新しい担任になった栗山光太です。一年間よろしく！」

この日は新年度に向けての準備のために、様々なプリントを配布したり、前年度から引き継ぐ書類を回収しただけで、比較的短時間で終わる。ほんの顔見世程度である。

三日後には始業式があり、新しい学年がスタートした。始業式後は教室でロングホームルームが行われる。ここから担任としての仕事が本格的に始まる。光太は所信表明を行った。

「中学二年生がスタートしました。学校生活にも随分慣れてきたと思いますが、初心を忘れず、二年生としての新たな目標を定めて精進していきましょう。また、欠席や遅刻をしないように、元気よく学校生活を送ってください。全員皆勤賞を目指しましょう。もちろん先生も皆勤するつもりです。そして、勉強と部活動をしっかり両立させて、大きく成長できるように努力しましょう。先生も担任として成長できるように頑張ります」

こうして、これから長く続くであろう担任人生がスタートしたのである。どんなドラマが待ち受けているか、光太はワクワクしている。

しかし、授業が始まるとワクワク感はあまりなく、目が回るような日々の忙しさに翻弄されてへとへとになる。

週二十時間の授業があり、毎時間小テストを行うので採点が追い付かず、机上に答案が積まれていく。溜まった答案は日曜日に集中的に採点する。

　また、筆記テストの後に口頭テストも毎時間行う。英語暗誦例文集の英文を日本語を聞いてすぐに英語で言わせるのである。正確に言えなかった生徒は、翌日の早朝又は昼休みに職員室に呼び出して追試を受けさせる。口頭テストでは毎回十数名を指名するのだが、かなり緊張感があるようで、終わるとホッとした表情をする生徒が多い。

　バタバタと忙しい毎日ではあるが、生徒との触れ合いが多い担任生活を楽しみながら一学期が順調に過ぎていく。そして、夏休み直前、光太はあることを決意する。それは、夏休み中に家庭訪問をするということだ。

　ある日、部活動が終わってから浅田先生に訊いてみた。

「浅田先生、中学では担任は家庭訪問をするのですか」

「家庭訪問は義務付けられているわけではないけど、やっている先生はいるよ。僕も若い頃は自転車で家庭訪問にはよく行っていたんだ」

「実は、夏休み中にできるだけ多く家庭訪問をしようと思っているんです」

「いいんじゃないかな。若いうちにいろいろやっておくといいよ」

　夏休みに入ってすぐに、光太は五十CCのバイクを購入した。家庭訪問をする時に、自転車では移動に時間がかかりすぎると思ったからだ。

　できればクラスの生徒全員の家庭を訪問したいところだが、中には家がかなり遠い生徒もいるので全員は無理かもしれない。

光太は近いところから順番に家庭訪問をすることにした。江南、一宮、扶桑、大口、犬山、小牧、岩倉の順に回る計画だ。

午前中は部活動があるので、午後の暑い時間に真夏の日差しを浴びながらバイクを走らせる。部活動が休みの日は、一日中家庭訪問だ。

どの家庭でも「暑いのにわざわざ来ていただいてありがとうございます」と言って歓迎してくれる。そして、冷たいお茶やジュースでもてなしてもらうと生き返った心地になる。

世間話から学校生活に関する話まで、できるだけ相手のペースに合わせて話をする。話好きなお母さんの場合には、話が三十分以上に及ぶこともある。

そして、最後は生徒の勉強部屋を見させてもらう。これは浅田先生からのアドバイスだ。勉強部屋を見ると家庭での勉強の様子が大体わかると教えてもらった。生徒は嫌がっていたかもしれないが、親は「どうぞ見ていってください」と言って、喜んで子供の勉強部屋へ案内してくれた。

七月末に行われる中二の行事である二泊三日のキャンプとその前後の日以外は、できるだけ家庭訪問に出かけることにした。お盆休みと後期特別授業中は一旦中断し、夏休み最後の数日も家庭訪問を繰り返す。結局、三十数名の生徒の家庭を訪問することができた。なかなか大変ではあったが、こちらから出かけて話をしたことによって、生徒や親との距離が縮まったような気がする。光太はある程度の達成感を味わった。

二学期になってからも、クラスの生徒とのコミュニケーションをできるだけ多くとるように心掛ける。担任は忙しいが、やはり面白い。光太は若さを武器にして、生徒をぐいぐいと引っ張っていこうと努力する。しかし、時には空回りしてしまうこともあった。

すべて順調というわけではなかったが、初担任の一年は無事終了した。

翌年は中学一年生の担任になった。ピカピカの一年生である。初々しい生徒たちを相手に光太は張り切っている。

新しい学校にまだ慣れていない一年生の指導はなにかと手間がかかる。ちょっとしたことでも先生を頼ってくることが多い。学校生活が軌道に乗るまではある程度の面倒を見てやらなければならないが、面倒を見過ぎると自立心が育たないので匙加減が難しい。

恐らくは三年間持ち上がることになるだろうから、先を見据えた指導も必要になる。しかし、光太はまだ経験が浅いので、先を十分見通すことはできない。生徒たちが毎日充実した学校生活を送ることができるように配慮してやるだけで精一杯だ。自分の力量を考えると、今のところはこれでもいいだろうと思う。日々の充実した生活の積み重ねができれば、きっと良い方向に進んでいくことだろう。

それにしても中一の生徒は「打てば響く」という感じでなかなか面白い。英語の授業でも大きな声で英文を読んでくれるので、やっていて楽しい気持ちになってくる。これからも純粋な心を失わず、常に前向きな姿勢を保ち、滝沢学園での六年間で大きく成長してくれることを願う。

部活動では顧問の体制が少し変わった。中学男女を三年間一緒に指導してきた浅田先生が高校男子に移り、溝上先生が中学の顧問になる。そして、練習形態も変わる。中学女子の部員が増えてきて、男女合同での練習が困難になってきたので、分かれて練習することになり、女子は溝上先生、男子は光太が指導することになった。

光太もとうとうバスケット部顧問として独り立ちすることになったのである。ずっしりと責任が重くなってきた。浅田先生が「光太先生、男子をよろしく頼むよ」と言って、光太の背中をポンと叩いた。

「はい、頑張ります」

「まず当面の目標は西尾張大会出場だね。中二はいい選手がいるから、ひょっとしたら来年は県大会も狙えるかもしれないよ。七年ほど前に溝上先生が中学男子の顧問をしていた時には夏の県大会で優勝したこともあるんだよ」

「すごいですねー。ちょっとプレッシャーになってきました」

「とりあえず、夏の大会で中三が引退するまでは今まで通りの練習をしていけばいいよ。練習メニューを変えると生徒が戸惑うかもしれないからね。新チームになれば光太先生の考えを前面に出して指導していけばいい」

「まずは西尾張大会出場を目指して頑張ります。これからもいろいろとアドバイスをお願いします」

この三年間でバスケットも随分理解できるようになってきた。浅田先生のような厳しい指導はまだできないが、徐々に自分の色を出していけばいい。

春と夏の尾北地区大会はベスト四になったものの、西尾張大会には出場できなかった。浅田先生の後を引き継いで頑張ってきたつもりだが、目標を達成することができず、中三の生徒たちには申し訳なく思う。

夏の大会が終わって新チームの練習が始まると、これからどのようなチーム作りをしていけばいいのかということを考えるようになる。

幸いにも、中二には小学校時代に小牧のミニバスケットで活躍していた稲本と小久保がいる。稲本はスピードのあるドリブルで相手のディフェンスを突破する力があり、小久保はインサイドのオフェンスが優れている。二人とも得点する力がかなりある。この二人を中心にして、他の選手が上達してくれば面白いチームになっていくだろう。光太はこのチームを西尾張大会でも勝てるようにしていきたいと思っている。

夏休み前半は基本をみっちりとやりながら体力の強化に努める。そして、後半は強いチームと練習試合を行い、チームのレベルアップを図る。

秋の新人戦は西尾張大会に出場したが、一回戦で敗退。まだまだ力不足である。一対一で攻め切る技をもっと磨いていかなければならない。また、チームとしての弱点をしっかり見極めて、それを克服できるように練習していく必要もある。課題は多い。

日々の練習においては、部員たちに「個人の課題、チームとしての課題を意識して練習に取り組もう」と伝えている。新人戦で悔しい思いをしたので、春の大会に向けてみんな意欲的に練習に励んでいる。

高校男子の顧問になった浅田先生は中学男子のことが気になるようで、時々声をかけてくれる。

「光太先生、チームの調子はどうだい？」

「稲本と小久保だけじゃなく、中川や小山も積極的なプレーができるようになってきましたので、チーム力もアップしてきたと思います」

「これから土曜日の練習の最後の方で、時々は高校生と試合をするといいんじゃないかな」

「是非お願いします」

高校生と試合をさせてもらうのは中学生にとっては大きな刺激になる。高校生にとってはあまり練習にならないのかもしれないが、かわいい後輩たちのために喜んで相手をしてくれる。これは中高一貫校の利点だろうと思う。

試合の時は、高校生は先輩としての意地があるので、手を抜かずに全力でプレーする。中学生は先輩の胸を借りて思い切りぶつかっていく。

はじめのうちは高校生に簡単にやられていたが、回を重ねていくうちに中学生のプレーが徐々に良くなってくる。互角とまではいかないが、高校生相手に面白い試合ができるようになってきた。春の大会が楽しみになってくる。

翌年の四月、尾北地区大会で優勝し、西尾張大会に駒を進める。そして、西尾張大会でも順調に勝ち上がり、決勝に進出する。

決勝の相手は名将中山先生率いる尾西中学だ。尾西中学は新人戦で優勝している強豪チームである。決勝戦は白熱した試合になり、最後まで大接戦であったが、なんとか勝つことができた。

試合後、中山先生に「やられてしまいましたね。県大会頑張ってください」と言われ、握手をされる。なかなか紳士的な監督だ。

春の県大会に出場できるのは西尾張からは一チームだけである。約一カ月後に県大会が行われる。出場するのは八チームのみ。一回戦の相手は名古屋の学校で、メンバー表を交換して驚いた。相手は全員二年生で、しかも五名しか登録されていない。三年生は修学旅行に出かけているとのこと。

二年生が相手なので、試合は一方的な展開になった。相手チームは一人がファイブファールで退場したため、途中からは五対四の状態での試合になる。これは初めての経験である。県大会でこんなことになるなんて思ってもみないことだ。結局、大差で勝利。

準決勝では惜しくも負けてしまったので、三位の結果になった。

夏の大会は、相手チームにマークされながらもなんとか西尾張大会の決勝まで勝ち進み、再び尾西中学と対戦することになった。しかし、今度はリベンジされてしまう。しかも完敗だ。

名将中山先生は春の大会の反省を生かしてきっちりとチームを立て直したようだ。監督の器の違いを思い知らされることになる。中山先生のチーム作りを見習って、生徒たちのためにも監督として成長していかなければならないと思う。

決勝で敗れてしまったが、夏は西尾張から三チームが県大会に出場できる。春と同じベスト四を目指したが、残念ながら一回戦で敗退。県大会で勝つのはなかなか難しい。また新チームで頑張っていくことにしよう。

少し遡るが、この年の二月の職員会議が終わって職員室へ戻ろうとしていると、年配の女性の社会科教師である村野先生が光太を見て手招きしている。

「光太先生、ちょっとお話があるのですが」

商業科の建物の応接室に連れて行かれる。一体何だろうと思いながら向かいの席に腰を下ろすと、村野先生がやや言いにくそうな様子で話を切り出す。

「実は、お見合いの話が来ているのですが、光太先生はお見合いをしてみる気はありませんか」

「お見合いですか？」

「教え子に頼まれましてね。犬山に住んでいる方で、とても良いお話だと思いますよ。光太先生、どうですか？」

「どうですかと言われましても、急な話ですので少し考えさせていただいてもよろしいですか」

「はい、もちろん。大事なことだから今すぐにというのは無理ですよね。ここにお相手の写真と略歴がありますので、ゆっくり考えてから返事を聞かせてください」

すでに二十八歳になっている光太は、結婚のことを少しは考えていたのだが、授業や部活動で忙しい日々を送っていて、結婚したいと思うような女性と出会う機会がないまま今日に至っている。

帰宅してすぐに、村野先生から渡された封筒に入っていた写真を見る。若くて可愛い人だ。光太の顔に笑みが浮かぶ。お見合いをしてみようという気持ちになってきた。

翌日の朝、返事をするために村野先生のところへ行く。プライベートなことなので職員室で話すのは避けて、他の先生たちの視線を気にしながら応接室へ移動する。

「昨日はありがとうございました。お見合いの話をお受けしたいと思いますので、よろしくお願いします」

「わかりました。早速、先方には連絡しておきます。お見合いの日取りが決まったらまたお知らせします。うまくまとまるといいですね」

春休み中に名鉄犬山ホテルでお見合いをして、この人と結婚したいという思いがすぐに芽生える。そして、この年の十二月八日にめでたく結ばれた。


結婚後は江南の借家を引き払い、犬山城の近くに住むことになった。気楽な一人暮らしと比べると責任が重くなってきたが、人生の伴侶を得て充実した毎日を送る。

学校では、少し生意気な面が出てきた生徒に手を焼きながらも楽しい担任生活を送っている。担任三年目ともなると心に余裕を持って生徒と接することができる。

そのまま中三まで持ち上がり、中学という多感な時期に喜怒哀楽を共にしながら一緒に学校生活を過ごしてきた生徒たちにはとても愛着を感じるようになっている。初めて中学の三年間を持ち上がった生徒ということで、これからずっと光太の記憶に残っていくことだろう。


普通科と中学を経験し、次は商業科である。まだ子供っぽさが残る中学三年生を送り出し、次年度はもう十分大人の雰囲気を醸し出している商業科の二年生を担任することになった。

商業科は各学年三クラスで、二年生から進学クラスと就職クラスに分かれる。進学が二クラスで就職が一クラス。光太が受け持つのは進学クラスである。

光太は商業科のことがよくわかっていないので、新年度が始まる前に予備知識を仕入れるために商業科の職員室に向かった。

同じ学校にいながら商業科の先生たちとはまだあまり話をしていないので、この機会に挨拶をしておこうと思っている。

職員室に入るとすぐに商業科教務主任の小池先生に声をかけられた。

「光太先生、初めての商業科だね。よろしく頼みますよ」

「よろしくお願いします。精一杯頑張ります」

「二年生からの担任で、ちょっとやりにくいかもしれないけど、運動をやってきた光太先生なら大丈夫でしょう。生徒に向かって体ごとぶつかっていくつもりで指導してください。商業科は体力勝負ですよ」

「わかりました。体力なら自信があります」

「おっ、頼もしいね。二年生になると少し横着な生徒が出てくる可能性があるけど、先生が本気になって指導すれば、必ず理解してもらえると思うよ。根気がいるけど、愛情を持って辛抱強く生徒を導いていってください」

小池先生の言葉を聞いて、光太は「さあ、頑張るぞ！」と気合が入ってくる。「本気の指導」と「生徒への愛情」を念頭に置いて努力していこうと思う。新天地でも全力投球だ。

いよいよ新年度が始まる。光太は新鮮な気持ちで始業式の朝を迎えた。始業式が行われている間は、整列しているクラスの生徒たちをじっくりと観察する。男子は百九十センチを超えるような背の高い生徒、百キロ以上はありそうな巨漢の生徒、見るからに野球部員と思われる坊主頭の生徒、女子はおぼこい感じの生徒、少し大人びて見える生徒など、個性豊かな生徒が揃っている。

総勢五十三名。人数の多さに圧倒される。そのうち女子は三十二名。女子の数が多いのは商業科の特徴である。男子に負けず劣らず、女子のパワーもかなりありそうだ。

この日の行事がすべて終わり、教室の掃除をしている時に、早くもちょっとした事件が起きた。光太が生徒と一緒に黒板を消している間に、一部の男子が掃除をさぼって帰ってしまったのだ。

翌朝のホームルームで、光太は掃除をさぼった生徒に対してかなり厳しく指導した。はじめが肝心だと思ったのである。締めるところはしっかり締めておかないと生徒になめられてしまう。心を鬼にして厳しい口調で注意する。そして、クラスの生徒全員に向かって「掃除は絶対にさぼらず、みんなで協力してやること!」と話しておいた。

厳しく注意した生徒とはしばらくの間気まずい雰囲気になってしまったが、部活動のことなどを話題にして話しかけると徐々に心を開いてくれるようになっていった。

ちょっと嫌な幕開けであったが、一学期は特に問題もなく過ぎていく。そして、これからも何事もなく平和に過ぎてほしいと願っていたが、その願いも虚しく、二学期は生活指導上の問題がいろいろと発生した。

校則に違反して家庭謹慎になってしまう生徒が次々に現れ、その対応に振り回される。授業や部活動に加えて、生活指導でも時間を取られることが多くなっていく。

職員室で疲れた様子を見せている光太を見て、商業科主任の寺西先生が励ましの言葉をかけてくれた。

「光太先生、お疲れのようですね。高校二年生はいろいろと問題が起こる時期です。これは例年の傾向なので、あまり気落ちしないようにしてください。根は悪くない生徒なので、ちゃんと立ち直ってくれますよ。根気よく生徒に付き合ってあげましょう」

学年主任の斉藤先生からも励まされる。光太は少し元気が出てきた。

校則違反も様々なものがあり、重大な違反になると一週間以上の謹慎になる。その場合は、謹慎中に家庭訪問をすることになっている。先週は木曽川町と一宮に住む生徒の家を訪問した。

「斉藤先生、今日も部活動が終わってから家庭訪問に行ってきます」

「ご苦労さま。様子をしっかり見てきてください」

「しっかり反省ができているといいのですが」

「きっと大丈夫でしょう」

この日の家庭訪問は犬山に住んでいる生徒の家だ。犬山駅から自転車で行くことにする。すでに日が沈み、すっかり暗くなっているので家を探すのに苦労する。しかも悪いことに、同じ名前の家がたくさんあり迷ってしまう。大体の見当をつけて門から中に入ろうとしていると、突然犬に吠えられてしまった。どうやら家を間違えたようだ。

約束の時間はもう過ぎている。困っていると、隣の家から謹慎中の生徒が玄関の戸を開けて外へ出てきた。

「先生、こっちですよ」

母親も後に続いて出てくる。恐縮している様子だ。

「先生、わざわざ来ていただいてありがとうございます。どうぞ中へお入りください」

「こんばんは。遅くなって申し訳ありません」

「いえいえ、こちらこそこの度は本当にご迷惑をおかけして申し訳ございませんでした」

家の中に入ると美味しそうな料理の匂いがしてきた。光太はお腹が鳴るのをぐっと我慢する。

「夕食時になってしまってすみません」

「いいえ、かまいませんよ」

勉強部屋に案内され、そこで生徒とじっくり話をする。また、謹慎中に毎日書くことになっている反省日誌にも目を通す。その間、生徒は神妙な顔をしてじっと待っている。

「しっかり反省できているようだね。もう二度とこんなことをしないように、自分の行動にはくれぐれも注意すること。誘惑にも負けないようにするんだぞ。そして、今回のことを今後に活かして、みんなに生まれ変わった姿を見せられるように頑張っていこう」

「はい、わかりました。先生、今日はありがとうございました」

来る時は気が重かったが、しっかり反省して明るい表情をしている生徒の姿を見て、清々しい気持ちで家路についた。

波乱に富んだ二年生が終わり、そのまま三年生に持ち上がる。生徒たちの生活は随分落ち着いてきた。

三年生は卒業後の進路を決める大切な年なので、二年生の時のように問題行動を起こすわけにはいかない。自然に落ち着いた態度で過ごすことができるようになってくる。

その一方で、部活動の大会や様々な学校行事はすべて高校生として最後の機会になるので、自然に力が入ってくる。こちらは落ち着いてはいられない。若いエネルギーが燃え上がってくるようだ。

そのように熱く燃える生徒に対して、光太はなにかにつけて「最後の」という言葉をつけて激励するようになってきた。

「最後の遠足を大いに楽しもう！」

「高校生最後の大会に向けて全力で頑張ろう！」

「人生最後の球技大会をクラス全員で盛り上げよう！」

そして、高校生活最後の夏休みが終わり二学期が始まる。学園祭に向けて準備が本格化してくる時期である。

光太はいつもの調子でクラスの生徒たちに熱く語りかけた。

「いよいよ人生で最後の文化祭、体育祭が二週間後に迫ってきました。みんな完全燃焼できるように頑張ろう！」

生徒たちにとって最も関心があるのは、恐らく体育祭の最後に行われるフェスティバルであろう。

巨大な御輿を作り、それを担ぎながら三十分ほどグラウンドを練り歩くのである。

この勇壮なフェスティバルは滝沢高校体育祭の名物になっている。

御輿は夏休み後期特別授業中から作り始める。普通科はクラス毎に一つの御輿を作るのだが、商業科は男女に分かれて一つずつ作ることになった。男子は当時流行した星野仙一人形、女子はウルトラマンの上半身。

学校の近くの竹林から切り出してきた竹で骨組みを作り、その上に新聞紙を貼っていく。そして、最後にペンキで色を付けて完成だ。

慣れない作業で悪戦苦闘したが、星野仙一もウルトラマンもなかなか良い出来栄えである。

完成した時にはみんなでハイタッチをして喜んだ。

普通科の生徒たちが作った御輿には商業科の御輿よりも一回り大きなものがいくつかある。普通科には、この御輿作りに命を懸けているといってもいいような生徒がたくさんいるのだろう。

そういえば以前、滝沢高校の卒業生である村中先生からこんな話を聞いたことがある。

「一昔前は、体育祭の直前になると、一部の生徒が夜中に発光器持参で学校に忍び込んで、こっそりと御輿作りをやっていたそうだよ。普通科には御輿作りに燃えるという伝統があるんだ」

そのような伝統のある普通科の御輿に大きさでは少し負けているかもしれないが、商業科の生徒たちが頑張って作った御輿も決して見劣りしない立派なものになった。これで堂々と胸を張ってフェスティバルに参加できることだろう。

文化祭は一・二年生が中心になって企画し、三年生はもっぱらお客さんとして楽しませてもらう側だが、一部の三年生はバンド演奏や有志企画などで頑張っていた。

バンドでエレキギターを演奏する生徒から「先生も聴きに来てくださいよ」と言われていたので、生徒で溢れ返っている会場の中に入っていくと、ものすごい熱気と迫力のあるサウンドに圧倒される。

二日間の文化祭で大いに楽しんだ後はいよいよ体育祭だ。グラウンドの周囲に置かれた巨大な御輿に見守られながら、競技が進められていく。午前の部最後のクラブ対抗リレーと最終種目のクラス対抗リレーでは、走る生徒も応援する生徒も一体となって大いに盛り上がる。

そして、すべての種目が終わってから三年生全員によるフェスティバルが始まる。御輿が次々にグラウンドの中に担ぎ込まれてくる。普通科は巨大なゴジラやファイティングポーズのボクサー、そして、アニメのキャラクターなど。我が商業科は星野仙一とウルトラマン。すべての御輿が登場すると、一・二年生の生徒たちから大歓声が上がる。一気に盛り上がってきた。

三年生は思い思いの衣装に身を包んでいる。女子は浴衣、ウエディングドレス、アルプスの少女ハイジのような衣装などバラエティーに富んでいる。男子はねじり鉢巻きに法被という、いかにもお祭りに相応しい格好の生徒が多いが、中には暴走族風の派手な服装の生徒もいる。

「ワッショイ、ワッショイ」と大きな掛け声を出しながら、御輿を担いで威勢よく歩き続ける。バケツで水をかけている者もいる。みんなかなりのハイテンションで、「これが青春だ！」と言わんばかりに若いエネルギーを爆発させている。

ピストルの合図で練り歩くのを止め、御輿を指令台の前に一列に並べて置く。そして、最後に全員で「ウォー！」と叫んで、大いに盛り上がったフェスティバルは幕を閉じた。この光景は生徒たちの瞼に焼き付いて一生忘れられないものになることだろう。

光太にとっても、生徒と一緒に苦労して御輿を作ったことは忘れられない思い出になるに違いない。そして、その御輿を担いで元気よく歩き回った生徒たちのことも決して忘れないだろう。

体育祭が終わると三年生は受験モードに入る。勉強にも一段と集中して取り組むようになってきた。

光太は初の高三担任として進学指導に余念がない。時間があると進学関係の資料とにらめっこしている。

商業科の生徒たちは一口に進学と言っても、大学、短大、専門学校というように進路が分かれる。それに、進学クラスでも、中には就職する生徒もいる。様々な進路に対応しなければならないので大変だ。

ある日の放課後、職員室で生徒の進路に関する資料を整理していると、校長に呼び出されていた学年主任の斉藤先生が笑顔で戻ってきた。

「光太先生、松本が国体の選手に選ばれたよ。今、校長のところに連絡が入ったんだ」

「そうですか。やりましたねー」

「うん、本当によかった。これで松本も晴れて国体選手だ」

松本は身長百九十三センチのバスケットの選手で、県大会でも活躍していたので注目されていた。

すでに国体候補選手として夏の合宿にも参加しており、正式に選ばれるかどうか気になっていたのである。自分のクラスから国体選手が出るなんて夢のようである。

翌朝のホームルームでクラスのみんなに報告する。

「今日は嬉しいニュースがあります。松本くんが国体の選手に正式に選ばれました」

一斉に拍手と歓声が沸き上がる。松本はちょっと照れたような様子で軽く手を挙げて笑顔で応えている。

この年の国体は高知県で行われる予定である。

国体へ向けて出発する前日、松本が職員室に挨拶に来た。

「明日、高知へ出発します。精一杯頑張ってきます」

居合わせた先生方から「頑張れよ」と激励の声がかかる。光太は「全力でプレーしてくるんだぞ」と言ってがっちり握手をした。

松本は愛知県代表として国体で大いに活躍したようだ。

その後、松本はバスケットが強い東京の大学から声がかかり、無事進学まで決めてしまった。本当にすごい選手である。

商業科は推薦入試を受ける生徒が多く、年内に続々と進学先が決まっていく。

「先生、合格しました」

「私も合格しましたー」

「僕も希望していた大学に合格でーす」

嬉しい知らせがどんどん届く。彼らのところに一足早く春がやって来た。

「そうか、おめでとう。よかったなー」

しかし、時々は残念な知らせもある。

「先生、推薦入試落ちてしまいましたー」

「残念だったね。でも、まだ一般入試があるから、最後まで諦めずに頑張れよ」

合格した生徒はだんだん浮かれた気持ちになってきて、勉強に身が入らなくなってくる。その一方で、一般入試を受ける生徒は目の色を変えて勉強に励んでいる。

勉強を頑張っている生徒たちのために、できるだけいい雰囲気を作り出してやる必要があるので、合格して浮かれている生徒たちに向かって注意を促すこともある。

「すでに合格している人も、授業は集中して受けること。一般入試に向けて頑張っている人たちのために協力してくれよ。受験は団体戦だ。みんなでサポートしてあげよう」

「はーい、わかりました」

素直でいい生徒たちだ。これで厳しい受験も乗り切っていけそうな予感がする。

その後、すでに進路が決まっている生徒たちもあまりだらけることなく真面目な学校生活を送り協力してくれている。いいムードを維持したまま二学期の終業式を迎えることができた。

終業式後のホームルームで光太は受験を控えた生徒たちに檄を飛ばした。

「さあ、これからが本当の勝負だぞ。エンジン全開で頑張ろう。志望校合格を絶対に勝ち取るんだ！」

「エイエイオー！」という掛け声は出さなかったが、それくらいの勢いである。みんな合格へ向けて一直線に進んでくれるだろうか。

大掃除が終わると生徒たちはどんどん下校していく。光太は戸締りなどの確認のために教室に残っている。すると、坂部という男子生徒が近づいてきた。

「先生、ちょっとお話があるのですが」

「何だい？」

「正月は家にいるとだらけてしまいそうなので、先生の家で勉強させていただけないかと思っているのですが」

「うーん、そうだなー。一日と二日は特に用事はないから来てもいいけど」

「そうですか。よかったー。ありがとうございます。じゃあ、元日の朝九時頃に伺います」

思ってもみなかった生徒からの申し出により、年末の我が家の大掃除はいつもより念入りに行うことになった。坂部が気持ちよく勉強できるようにしてあげようと思ったのである。

大晦日の夜は、いつものように紅白歌合戦を観てから布団に入り、除夜の鐘を聞きながら一年間無事に過ごせたことを感謝する。

翌朝、坂部が予定通り九時にやって来た。清々しい顔をしている。

「明けましておめでとうございます。今日はよろしくお願いします」

「明けましておめでとう。正月から大変だけど頑張ろう。じゃあ、中に入って」

「失礼しまーす」

光太は用意した部屋に坂部を案内する。

「僕はあちらの部屋にいるから、英語の質問があれば遠慮なく呼んでくれればいいからね」

午前中、坂部はひたすら勉強に励んでいるようだった。真剣に取り組んでいる様子が、光太の部屋まで伝わってくる。

昼は、妻が手料理を持って来てくれたので、話をしながら一緒に食べる。

食事が終わるとすぐにまた勉強だ。

「午後は英語の勉強をしますので質問するかもしれません」

「おっ、いよいよ僕の出番だね」

届いたばかりの年賀状を読みながら自分の部屋で待機していると呼び出しの声がかかる。

「先生、質問でーす」

「よーし、待ってましたー。すぐ行くよ」

本日の初出動である。長文問題の和訳で、英文の構造がよくわからないところを質問された。

その後も何回か出動を要請されて、光太は文法や構文の説明などをして大いに活躍する。

この日、坂部は夕方五時まで熱心に勉強した。

「今日はこれで失礼します。また明日よろしくお願いします」

次の日も坂部は九時から五時まで受験勉強に専念し、二日間の正月特別勉強会を終えた。

数日後には三学期が始まる。高三の生徒たちは一月末まで登校することになっている。彼らが学校に来るのも後わずかだ。

二月からは自由登校になる。そして、いよいよ大学の一般入試が本格的に始まる。商業科の生徒たちが受験するのはほとんど地元の大学だが、中には東京の体育大学を受験する女生徒もいる。体育の教師を目指しているのだ。

二月下旬までには合格発表もほぼ終わり、クラスの生徒たちは順調に合格していった。正月に我が家に来た坂部も第一志望に無事合格することができた。

あとは卒業式を残すのみである。初めて担任として生徒を送り出すことになるので、少し感傷的な気持ちになってきた。

三月一日、厳かな雰囲気の中で卒業式が行われる。式の間ずっと、光太は卒業していく生徒たちと過ごした日々を思い出していた。高二からの持ち上がりなのでわずか二年であるが、とても中身の濃い二年間だったように思う。生徒たちの晴れやかな顔を見ていると、卒業してからも彼らとの付き合いは続いていくような予感がした。


卒業式が終わり、時間的にも気持ちの上でも随分ゆとりができた。光太には、ここ数年、やろうと思っていても忙しくてできていないことがあった。それは六年前のアメリカ滞在の記録を本にまとめる作業である。

本当は帰国後すぐにやりたかったのだが、日々の忙しい生活の中では無理だと思ったので、そのまま手を付けることもなく六年間放置してしまったのだ。

「やるなら今でしょ！」ということで、一念発起して膨大な作業に着手した。しかし、やり始めてみると、一人ではかなりの日数を要することが判明した。

早くも挫折しかけていると、卒業したばかりの柴山さんがひょっこり学校にやって来た。

彼女は英語に興味を持っている真面目な女の子である。光太は思い切って頼んでみた。

「柴山さん、ちょっとお願いがあるんだけど」

「はい、何でしょうか」

「実は今、アメリカでホームステイした時の記録をまとめているんだけど、手伝ってもらえないかな」

「はい、いいですよ。どうせ暇だから」

「ありがとう。助かります」

まさに地獄に仏。柴山さんが神様、仏様のように見える。

「先生、何をすればいいですか」

「アメリカ滞在中、毎日英語で日記を書いたんだけど、それを入力してほしいんだ」

「わかりました。私に任せてください」

柴山さんは笑顔で快く引き受けてくれた。

早速、彼女は慣れた手つきで作業を開始した。入力のスピードは光太よりもかなり速い。その日は五時まで黙々と作業を進めてくれた。

柴山さんは翌日の午後もまた学校にやって来た。

「先生、今日も手伝いまーす」

彼女のおかげで入力作業が急ピッチで進んでいく。柴山さんが学校に来られない日は、他の卒業生が応援に来てくれた。彼女が手伝ってくれそうな友人に連絡をしたようだ。稲吉さん、長谷さん、榊田さん、安西さんも交代で協力してくれることになった。結局、五人の女の子たちの共同作業で三月中に入力は無事完了。

その後、何回も繰り返し読んで加筆をしていく。商業科一年生の担任となった新年度が始まるとペースはスローダウンし、原稿が完成したのは夏休み直前であった。そして次は、英文の最終チェックである。

当時はまだ滝沢学園にはALT（Assistant Language Teacher）がいなかったので、知人の先生から公立中学で教えているナンシー・ブラウン先生を紹介してもらい、チェックを依頼する。また、大学時代の友人にも原稿を送った。赤ペンで訂正された原稿が手元に戻ってきたのは二学期が始まってからだった。

それから最後の手直しを慎重に行い、冬休みになってやっと最終原稿も完成。すぐに犬山にある出版社に製本を依頼する。

出来上がった本を手にしたのは翌年の二月。作業を開始してからちょうど一年の月日が流れていた。この本は就職クラスの副読本として活用する予定だ。自分で書いた英語の本を使って授業をするのは光太の夢の一つである。

四月からは順当に高二に持ち上がる。学年の生徒たちはもうすっかり光太に懐いている。商業科は人懐っこい生徒が多いように思う。校内を歩いていると、声をかけられることがよくある。

夏休みを目前に控えたある日の放課後、部活動の指導をするために体育館へ行こうとしていると、美代子、真知、和歌の仲良し三人娘に呼び止められた。

美代子が大きな目を輝かせながら話しかける。

「光太先生、犬山の花火大会の日に先生の家へ遊びに行ってもいいですか」

真知と和歌は光太をじっと見ながら「絶対に行きたい」と目で訴えている。可愛い女生徒たちに見つめられると断れなくなってしまう。

「うん、いいよ」

「やったー」

「何時頃に来るのかな」

「夕方の五時頃になると思います」

「先生の家にはどうやって行けばいいですか」

「地図を描いて明日渡すよ」

「はい、お願いしまーす」

犬山では毎年八月十日に花火大会が行われる。高校生にとっては夏休み中の大きな楽しみの一つなのだろう。

花火大会当日、美代子たちは予定通り五時にやって来た。

「こんにちはー」

女子高生らしい元気のいい声が聞こえてきた。光太は急いで応対に出る。

「こんにちは。道に迷わなかったかな」

「ちょっと迷ってしまいました」

「先生の家は花火大会の会場から近いんですね」

「ここからも少しは花火が見えるんだよ」

「いいなー。家から花火が見られるなんて」

「じゃあ、中に入って」

我が家が一気に賑やかになってきた。ワイワイといろんな話で盛り上がる。

しばらくすると、妻がスパゲッティを作って持ってきた。

「ワー、美味しそう。ありがとうございまーす」

食事には妻も加わり、さらに話に花が咲く。

楽しい時間はあっという間に過ぎ、花火が始まる時間が近づいてきたので、彼女たちは「先生、そろそろ失礼します。ご馳走さまでした」と言って帰っていった。

以前、男子生徒が勉強のために我が家に来たことがあったが、今回のように女生徒が遊びに来てくれるのも嬉しいものだ。

この年の十一月初旬の日曜日に江南市民文化会館でオータムフェス（地域別県民文化大祭典）尾張東部集会が行われる。

私学の父母や教員で構成される実行委員会が八月下旬から定期的に開かれ、準備が進められているところである。

光太は教員の実行委員長になっている。地元の学校である滝沢学園の教員が実行委員長になるべきだということで、どうしても断れなくなったのだ。

九月の実行委員会で役割決めが行われ、光太は記念式典で基調報告をすることになってしまった。これだけは絶対にやりたくないと思っていたのだが、周囲からの圧力に負けて引き受けることになった。光太は昔から圧力に弱い。また、頼まれると断れない性格である。

基調報告というのは、私学の現状を参加した人たちに報告したり、式典に招いた県議会議員に私学助成金の増額を訴えることを狙いとしている。光太は過去の基調報告書を参考にしながら慎重に原稿の準備をする。与えられた時間は約十五分。大ホールのステージで大勢の聴衆を前にして話をするのは初めての経験だ。

オータムフェスが近づくにつれ、緊張感が徐々に高まってくる。

フェスの三日前、クラスの生徒たちに呼びかけた。

「次の日曜日、江南市民文化会館でオータムフェスが行われます。時間がある人は少しだけでもいいので参加してください。特に式典では、僕が基調報告をやることになっているので、聞きに来てもらえると嬉しく思います」

実行委員長という立場上、できるだけ多くの人を集めないといけないので、クラスの生徒にも声をかけたのだ。部活動の大会や練習で大半の生徒は参加できないだろうが、少しは参加してくれるかもしれないと期待する。

前日の午後、校内を歩いていると女子テニス部の生徒たちが話しかけてきた。

「光太先生、明日、先生の話を聞きに行きますよ」

「本当かい？　ありがとう。嬉しいなー」

この後、文化会館へ移動して、会場の設営やリハーサルを行う。すべて終わったのは夜八時頃だった。

オータムフェス当日、実行委員会のメンバーは九時に集合。すぐに会場の準備に取り掛かる。光太は基調報告のことを気にしながらも、いろいろな仕事をこなしていく。

午後一時三十分、いよいよ記念式典が始まる。光太は緊張した面持ちでステージに並べられた椅子に座っている。客席を見ると、光太の基調報告を聞きに来ると言っていた女生徒が三人最前列に座り、光太の方をじっと見ている。目が合うとにっこり笑ってくれた。緊張がやや解れてくる。

開会の挨拶が終わると、次は基調報告である。光太は立ち上がり、ステージの中央へ進む。そして、聴衆や登壇している県議会議員に訴えかけるようにゆっくりと話し始めた。

人生で初めてオータムフェスの記念式典で基調報告をしたが、大勢の人の前で話をするというのはとても貴重な体験であった。

私立学校主催の秋の恒例行事が終わり、また学校の仕事を中心とした日常に戻る。生徒たちは落ち着いた学校生活を送り、二年生も無事終了。

新年度は三年生に持ち上がり、早くも暑い夏を迎えようとしている。夏と言えば、高校野球だ。滝沢高校の野球部は甲子園を目指して練習にも一段と気合が入ってきた。

光太のクラスにも野球部員が数名いる。レギュラー選手として頑張っている浅野に訊いてみた。

「野球の調子はどうだい？」

「絶好調です。先生、甲子園に連れて行ってあげますよ」

頼もしい返事が返ってきた。

過去において県ベスト四になったことはあるのだが、私学四強と言われるチームの壁は厚く、決勝まで勝ち進んだことはない。

「応援に行くからな。頑張れよ。打倒、私学四強だ！」

「はい、頑張りまーす」

愛知県大会は七月中旬に始まり、滝沢高校野球部は順調に勝ち進んでいく。バスケットの大会もあるので、毎試合応援に行けるわけではないのだが、試合の結果は常に気にしていた。

我が校野球部は苦しい試合を勝ち抜きベスト八に残った。次は準々決勝だ。応援に行きたいところだが、バスケットの西尾張大会と重なってしまった。勝利を祈るしかない。

翌日の新聞で結果を確認すると、祈りが通じて見事に逆転勝ち。「やったー」と心の中で叫ぶ。これで準決勝は応援に行けることになった。対戦相手は、有名なイチロー選手がいる学校で、私学四強の一つである。

　準決勝当日は夏の日差しが照り付ける暑い日になった。光太は試合開始三十分前に名古屋の瑞穂球場に入る。すでに大勢の生徒や職員が集まっている。楽器を持ったブラスバンド部の生徒たちも応援に加わり、三塁側の席は滝沢学園の関係者でほぼ埋まった。

「光太先生！」

　突然後ろから声をかけられた。振り向くと、三年前に卒業した野球部のOBが数名手を振っている。

「やっぱり君たちも応援に来たか」

「当然ですよ。先生、一緒に応援しましょう」

「今日の試合はどうなるかなあ。勝てるといいけど」

「エースの川本が怪我をしていて投げられないようだから苦戦するんじゃないかな」

　グラウンドに目を向けると、滝沢高校の選手たちが元気よく試合前の練習をしている。今日こそはなんとか準決勝の壁を乗り越えてほしい。

　さあ、いよいよプレーボールだ。応援席では熱のこもった応援が始まった。みんな大声で声援を送っている。チャンスの時は、ブラスバンドの演奏に合わせ、声を張り上げて応援する。一体感のある応援だ。

　試合は序盤から相手のペースで進んだ。点差がどんどん開いていく。終盤にはイチロー選手にホームランを打たれた。

選手も応援団も最後まで諦めずに心を一つにして戦ったが、試合は完敗であった。しかし、強いチームに対して全力を出し切ったので、負けはしたがとても清々しい気持ちになった。

商業科で二回目の卒業生を送り出し、次年度はまた商業科一年の担任になる。部活動は中学男子バスケット部の顧問である。授業は高校生、部活動は中学生の指導というのがここ数年のパターンだ。

部活動は主に中学男子を担当しているが、三年間だけ中学女子を担当したことがある。その時の最高成績は春の西尾張大会準優勝である。女子の指導もいい経験になった。

今はまた中学男子の指導に戻っている。七年前に初めて県大会に出場したが、今年もなかなか有望な選手がいて楽しみだ。

夏は勝てなかったが、秋の尾北大会では優勝した。二年前に春の県大会がなくなり、新たに冬休み中に県大会が行われるようになっている。十一月の西尾張大会で優勝すれば冬の県大会に出場できる。部員たちには「目指せ県大会！」と言い続けている。強いチームと練習試合をして、それなりの手応えも感じるようになってきた。積極的なプレーをすれば道は開けてくると思う。

西尾張大会初戦は楽勝。準決勝はやや苦戦したもののなんとか勝つことができた。そして、決勝戦。両チームとも互角の戦いで接戦のまま後半も残り三分。最後までどちらが勝つかわからなかったが、選手たちは積極的にプレーして勝利を収めた。「やったー。県大会だ」生徒たちは大喜びである。ハイタッチをしている者もいる。光太もやや遅れて喜びの輪に加わった。

冬の県大会に出場するのは八チームだけである。七年前の春の県大会では、相手チームの三年生が修学旅行で不在のため二年生を相手にして勝ったが、今度は相手チームもベストメンバーを揃えてくるはずだ。部員たちには「一回戦勝利を目指そう！」と言っている。

第四回定期考査が終わってからは、「県大会一勝」を目標にしっかりと練習した。選手たちの調子も良さそうだ。

冬休みになってからは高校生の胸を借りて、より一層練習に励んだ。そして、県大会当日を迎える。会場は名古屋だ。保護者の応援も多い。選手たちはやや緊張している様子である。光太も久しぶりの県大会なので緊張気味だ。

昨夜は、布団に入ってからあれこれと作戦を考えていたら、あまり眠れなかった。

審判がセンターサークルの中に入りボールが上がる。試合開始だ。前半はほぼ互角。後半も一進一退を繰り返し、息詰まる試合展開になった。そして、残り二十秒で相手がシュートを決めて一点リードされる。しかし、選手たちは諦めずにボールをしっかり運び、ゴール下にいいパスが通る。相手は必死になって守るが、思い切りジャンプして放ったシュートが決まった。逆転だ。そして、残りは三秒。相手もすぐに反撃し、シュートを打とうとしたが、そこで試合終了のブザーが鳴った。手に汗を握るような試合で、こんなにはらはらしたのは初めてだ。一生忘れられない試合になるだろう。

翌日の準決勝は名古屋の強豪チームに敗れ、七年前と同じ三位の結果であった。県大会で優勝するのはやはり難しい。でも、いつかは県大会で優勝できるようなチームを作ろうという新たな目標ができた。

とうとう滝沢学園にもＡＬＴが導入されることになった。すでに公立中学では一人のＡＬＴが数校掛け持ちで教える制度が確立されているので、導入自体は遅いのだが、ＡＬＴが毎日学校に常駐するというのは公立よりも進んだ形になる。

英語科会議で、どの学年にＡＬＴを導入するのかについて検討することになった。中学校で週一時間ＡＬＴによる授業を行うことはすでに決まっている。光太はＡＬＴと一緒にティームティーチングをやってみたいと思っていたので提案してみた。

「商業科の就職クラスで、社会に出てから役立つ英会話の授業をＡＬＴと一緒にやってみたいのですが、いかがでしょうか」

反対の意見はなさそうだ。

「できれば週二回やりたいのですが」

中学と同じように週一回ではだめなのかという意見も出たが、「ＡＬＴに教えてもらうことによって、英語によるコミュニケーション能力を身に付けさせたい」と説得して何とか認めてもらう。

新年度、光太は二年生に持ち上がり、就職クラスでＡＬＴとのティームティーチングが始まった。やって来たのはカナダ人の男性グレムア先生だ。若くてバイタリティーがありそうである。生徒にとって楽しい授業になっていくような予感がする。

「グレムア先生、よろしくお願いします」

「光太先生、こちらこそよろしくお願いします」

「日常の英会話ができるような授業を目指していきましょう」

「はい、頑張りまーす」

就職クラスは英語が苦手な生徒が多いので、「英語に対していかに興味を持たせるか」を常に考えながら授業を進めていく。ゲームを取り入れて変化を持たせることも重要だ。

英語で会話をした経験がほとんどない生徒たちを相手にして悪戦苦闘の連続だったが、目新しさもあり、授業は概ね楽しい雰囲気である。

ある日の放課後、光太は就職クラスの女生徒に訊いてみた。

「グレムア先生の授業は楽しいかい？」

「はい、楽しいでーす。英語で話すのはちょっと苦手だけど、これからもっと話せるようになりたいなー」

女生徒が多いのも楽しい雰囲気を作り出している要因かもしれない。男子も楽しんでくれているだろうか。少し気になる。

ティームティーチングは滝沢学園にとって初めての経験なので、光太は毎時間の授業内容を記録に残しておくことに決めた。年度末には生徒に感想を書いてもらう予定だ。良い感想をたくさん書いてもらえるように頑張らなければならない。


光太は二年前から愛知県私学協会英語部会の役員になっている。年二回の研究会の企画・運営と機関誌の発行が主な仕事である。

　一学期の第一回研究会はすでに終わり、今は十月に行われる第二回研究会に向けて準備が進められている。

　七月の役員会では、研究会で行う実践報告を誰がやるのかということが議題になった。

「本日の役員会で実践報告をする人を決めたいと思いますが、どなたか推薦していただけませんか」

「光太先生がいいと思います」

「そうですね。光太先生、一度やってみませんか」

「僕ですか？」

「私も光太先生がいいと思います」

　悪い流れになってきた。みんなで口裏を合わせているような気がする。

「昨年は私が報告しましたので、今年は滝沢学園の実践を聞きたいと思います」

　ここまで言われると断れない雰囲気になってきた。

「昨年度行ったＡＬＴとのティームティーチングの実践報告でもいいですか」

「それで結構です。よろしくお願いします」

　結局やることになってしまった。まあ、なんとかなるだろう。ティームティーチングの授業内容はすべて記録してあるので、それに基づいて報告していけばいい。

　夏休み中に授業の記録を整理して、実践報告の資料はほぼ完成。最終チェックと印刷は九月になってからやることにする。

資料作りの他に、光太はある計画を進めていた。それは歌を作ることだ。十月の研究会は愛知私学の研究会なので、「愛知私学の歌」を作って、実践報告の最後に参加者のみなさんに聴いてもらおうと計画しているのである。大学時代に作詞・作曲に挑戦したことがあったので、再びやってみようと思い立ったのだ。

歌も夏休み中に完成。

生徒に歌ってほしいと思ったので、二学期になるとすぐに、合唱部の加藤さん、鈴木さん、田中さんに頼んでみた。

「僕が作った歌をみんなに歌ってほしいと思っているんだけど、どうかな?」

「えー、先生が作ったんですか」

「聴いてみたいなー」

「どんな歌なんですか」

みんな興味津々という顔をしている。

「聴かせてあげたいんだけど、ここではちょっとね。合唱部の部室は使えるかな」

「使えると思います」

「じゃあ、今から行こう」

合唱部の部室はピアノが置いてあって結構広い。他の部員は一人もいなかったので、早速、歌を聴いてもらった。

「この歌は来月の愛知私学の研究会の最後に聴いてもらおうと思って作ったんだけど、歌ってくれるかな」

加藤さんたちはお互いの顔を見て頷いている。

「はい、歌いまーす」

何回か光太が歌って、みんなに覚えてもらう。その後は彼女たちに練習してもらうことにした。

歌の録音は研究会の前日。みんな楽しそうに歌ってくれて、録音は無事完了。

研究会には同僚の戸川先生と一緒に行くことになった。できるだけ多くの人を集めたいということで、私学協会から参加の要請があったらしい。秘密裏に進めていた歌の件がばれてしまうが仕方がない。

実践報告は予定の一時間を少しオーバーしてしまったが、カセットテープに録音した歌は予定通り聴いてもらった。光太の声ではなく、女生徒たちの声なのできっと許してくれるだろう。

輝く未来へ（愛知私学の歌）

すばらしき仲間たちと共に語り合える
キャンパスも教室も楽しい声が弾む
爽やかな友の笑顔明るい笑い声
みんなの若い力が天まで届く

そんな愛知の私立学校
夢と希望に満ち溢れ
一人ひとりがとても生き生き
青春のドラマ描いてる

グランドで汗を流し走る生徒の姿
励ましの声をかけ導く教師の姿
校庭の緑鮮やか漂う花の香り
明るい笑顔溢れる憩いの広場
そんな愛知の私立学校
自由な個性に満ち溢れ
一人ひとりがとても生き生き
大空高く飛び立つ

楽しく愉快な時共に笑い合える
辛く悲しい時支え合って生きる
温かく見守る父と微笑みかける母
優しい愛に包まれて大きく育つ

そんな愛知の私立学校
素敵な魅力に満ち溢れ
一人ひとりがとても生き生き
輝く未来へ羽ばたく

愛知私学の研究会で実践報告をしたのがきっかけとなって、その後、中部私学、全国私学の研究会でも一回ずつ実践報告をすることになった。また、授業改革フェスティバルで公開授業を行ったり、愛知私学のサマーセミナーで講師を務めたことも何回かあった。この頃は、「何事も経験だ」ということで学校外の活動にも積極的に参加していたのである。

三回目の商業科一年生では学年主任を務めることになる。学年所属の先生たちが全員三十代ということで、この年に三十九歳になる光太が一番年長なので主任をやることになったのだろう。校内では最年少の学年主任である。

初めての主任なので戸惑いはあるが、覚悟を決めてやるしかない。早速、学年としての構想を練り始める。

まず、当時の商業科では行われていなかった学年通信の発行。そして、学年行事の企画。考えることがいろいろありそうだ。

担任の時は、目の前の仕事をこなしていくという感じだったが、主任になるともう少し先を見て計画的に仕事をしていかなければならない。

　あれこれと思いを巡らせていると、商業科主任の田沢先生に呼ばれた。

「光太先生、ちょっとこちらに来てください」

「はい、何でしょうか」

「実は、ドイツからの留学生が商業科の一年生に入ることになりましたので配慮をよろしくお願いします」

「期間はどのくらいですか」

「四月から一年間の予定です」

　一体どのような留学生なのだろうか。日本語を話すことはできるのだろうか。商業科にうまく馴染めるのだろうか。いろいろと心配になってくる。

　四月一日に留学生がやって来た。

「こんにちは。黒川ハナです。一年間よろしくお願いします」

　流暢な日本語で挨拶された。どうやら日本語は大丈夫なようだ。お父さんがドイツ人でお母さんが日本人であると教えてくれた。

　ドイツの学校ではもちろんドイツ語で話し、家では両親の方針で日本語しか使ってはいけないらしい。当然のことながらバイリンガルである。おまけに英語も、日常会話なら不自由なく話すことができるそうだ。

　いろいろ話をしてみると、とても明るい女の子であることがわかった。この学校でも問題なくやっていけるだろう。光太はひとまず安心した。

　新年度が始まると、今までとは違う緊張感があった。担任であれば、もうすでにベテランの域に達しているのだが、学年主任としては新人である。学年がスムーズに動いていけるように事前に準備をしたり、他の学年との調整をしたり、慣れない仕事ばかりだ。でも、忙しい四月を乗り切ると心に余裕が持てるようになってきた。ハナも新しい環境にうまく溶け込んで、学校生活を楽しんでいるようだ。

　滝沢学園では六月に地区別ＰＴＡを開催している。第一土曜日は一宮地区のＰＴＡが行われる。学年懇談会が予定されており、その中身はある程度学年に任されている。光太はあることを思い付いた。

「ハナ、ちょっとお願いがあるんだけど」

「何でしょうか」

「六月の第一土曜日の午後に一宮で行われるＰＴＡの学年懇談会に出席してくれないかな」

「何をするのですか」

「保護者にドイツの現状に関する話をしてほしいんだ。きっと興味を持って聞いてもらえると思うんだけど、どうかな？」

「はい、いいですよ」

　快く引き受けてくれた。とても協力的な生徒である。一年間の留学中に何でも体験してみようと思っているのかもしれない。

一宮PTAでは、まず総会が行われ、続いて講演会、それが終わると学年懇談会である。講演会が終わって学年懇談会の会場へ移動すると、ハナが入口付近で待っていてくれた。

「ハナ、ご苦労さまです。今日はよろしくお願いします」

「はーい」

明るい返事で、どことなく楽しそうな様子である。光太は司会及び学年の現状報告をしなければならないので少し緊張しているのだが、ハナは全く緊張していないようだ。

懇談会では、まず光太が学年の現状報告をして、その後でハナに話してもらった。ハナはドイツの学校の様子や日常生活などを身振りを交えながら話す。保護者は目を輝かせて聞いている。とても興味深い内容で、生き生きと話してくれたので、予定の時間はあっという間に過ぎた。


特に大きな問題もなく一年が経ち、ハナはドイツへ帰っていった。

新年度は昨年度と同じ一年生担当になり、今度は担任に戻る。やはり担任の方が落ち着く。

昨年度、三十代で学年主任をやったのは滝沢学園では異例のことだったのだ。

担任ではあるが、昨年度一年間書き続けた学年通信は継続していこうと思っている。学年通信の発行は光太の楽しみの一つになっているのである。

この年は滝沢学園創立七十周年に当たり、様々な行事が予定されている。その中で最大の行事は七十キロウォークだ。

本当は一人で七十キロを歩き通すことができればいいのだが、さすがにそれは困難なので、三つのコースに分けることになった。名古屋城から学校、岐阜城から学校、そして、学校から出発し、犬山城を経由して学校に戻るというコースだ。各コースとも二十三～二十四キロの距離なので、合計すると七十キロになるのである。

安全なコースを決めるために何度も下見を繰り返したり、休憩地点で生徒に配るドリンクを手配したり、当日の立ち番やぜんざい作りの人手が足りないので、保護者に協力を依頼したり、事前にやることが山のようにある。初めての行事なので準備が大変だ。

教員は生徒と一緒に歩くか、立ち番をするか、学校に残って保護者と一緒にぜんざいを作るかのいずれかをやることになる。光太は迷わず生徒と一緒に歩くことを希望した。

同じ学年の担任である土井先生はどうするのだろう。気になったので訊いてみた。

「土井先生、僕は犬山城コースを歩くつもりだけど、先生はどうするの？」

「僕は名古屋城コースを歩きますよ」

商業科一年の担任は二人とも歩くことになった。

十月二十六日、いよいよ七十キロウォーク当日を迎える。天気は快晴だが、やや肌寒い日になった。商業科の生徒はほとんど犬山城コースを歩く。

学校のグラウンドで出発式及び諸注意があり、九時に出発。スタート直後は友達同士で喋りながら元気よく歩いていたが、一時間、二時間と経過するうちに徐々に口数が減ってくる。

正午近くに犬山城前の広場を通過し、休憩地点の犬山緑地公園が近づいてくると再び元気になってきた。

緑地公園には栄養ドリンクとカロリーメイトが用意されている。一つずつ受け取り、待ちに待った昼食タイムだ。芝生の上に腰を下ろして生徒と一緒に弁当を食べる。

「光太先生、疲れたよー」

「弁当を食べればまた元気になるよ」

「弁当を食べたら、しばらくお昼寝したいなー」

「休憩時間は三十分しかないぞ」

「先生、明日大会があるんだけど、足が痛くならないかなー。ちょっと心配でーす」

「君たちは若いから大丈夫だ。先生も明日は大会で審判をやるんだぞ。だから、みんなも頑張れ」

あっという間に休憩は終わり再び歩き出す。しりとりゲームをしたり、歌を口ずさんだり、思い思いに楽しみながら歩いているようだ。中には学校一番乗りを目指して、かなりのスピードで歩いている生徒もいるに違いない。

学校には四時頃到着。犬山城往復約二十三キロの道のりを歩き通したことで達成感を味わうことができた。

日が陰り、風が冷たくなってきたので、保護者からいただいた熱いぜんざいがとてもありがたい。大勢の保護者が、歩き疲れて戻ってくる生徒と職員のために、大きな鍋でぜんざいを作り、さらに餅を焼いて待っていてくれたのだ。

名古屋城コース、岐阜城コースを歩いた生徒たちも続々と学校に到着する。

「やったー、完歩したぞー」と叫んでいる者、「疲れたー」と言ってぐったりしている者など様々だ。

大変な行事だっただけに、きっと一生の思い出になることだろう。

創立七十周年の記念の年を終え、また新たな時代へ一歩踏み出すことになる。

光太は商業科二年、そして三年へと持ち上がり、いよいよ商業科で最後の卒業生を送り出すことになった。というのは、三年生になる時に、商業科の募集が停止され、今は高二と高三の二学年だけなのだ。高三を連続で担任することはないだろうから、事実上最後の商業科の担任ということになる。

振り返れば、十二年間商業科を担当し、とても愛着を感じるようになっている。これで最後かと思うと寂しい気持ちになってきた。

商業科主任の田沢先生としんみり話す。

「先生、商業科がなくなると寂しくなりますね」

「本当にそうだね。でも今は、商業科の募集を停止する学校が増えてきているので仕方がないですね」

滝沢高校商業科はまだまだ生徒が集まると思っていたので、光太は割り切れない気持ちになっている。光太よりもはるかに長く商業科で教えている田沢先生も心の中ではきっと同じ思いを抱いているに違いない。

商業科で四回目の卒業生を送り出した後は、久しぶりに普通科の担当になる。まずは高二の副担任、そして次の年は高三の担任になった。高一からの持ち上がりではないので、少しやりにくい面があるかもしれないが、生徒たちの希望の進路実現に向けて光太も頑張らなければならない。

クラスの生徒にはできるだけ多く話しかけて、コミュニケーションをとるように努める。まず生徒を知ることが大切だ。学年の他の先生たちからの情報収集も欠かせない。

一学期が終わる頃には、クラスはすっかり打ち解けた雰囲気になり、生徒との人間関係も良好な形で築くことができてきたように思う。

夏が過ぎ、秋の気配が漂い始めた頃、学校では例年にない行事が行われようとしていた。それはタイムカプセルの埋設だ。クラス単位で思い出の文集や写真などを袋に詰めてタイムカプセルに入れることになった。光太は放課後を利用してクラスの生徒全員の写真を撮り、生徒が書いた作文とともに袋に詰めた。タイムカプセルを開けるのは三十年後の予定だが、その時まではなんとか元気でいたいと思う。

年が明けると、いよいよ二十一世紀の始まりだ。

三学期になり、センター試験が間近に迫ってきた頃、学年の若手教員である大島先生に声をかけられた。

「光太先生、犬山ハーフマラソンの十キロの部を一緒に走りましょう。申込用紙を用意しておきました。明日が締め切りです」

年末にも誘われていたのだが、出場するかどうかの返事は保留にしていたので、申込用紙持参で強引に誘ってきたようだ。

「田坂先生も走りますよ。三人で一緒に走りましょう」

「十キロなんて走ったことないから完走する自信はないなー」

「先生だったら大丈夫ですよ」

「そうかなー。一応、申込用紙は受け取っておくよ」

一晩考えて、「ここで引き下がったら男じゃないなあ」と思い、走ることにした。

翌日、大島先生と田坂先生に「申し込んだよ」と伝えると、二人とも喜んでくれた。

「一緒に頑張りましょう。目標は完走です」

この日から走る練習を開始した。最初は一キロから始めて、徐々に距離を伸ばしていく。三キロ走るとかなり息が上がってくる。こんなことで十キロ走れるのだろうか。

田坂先生からアドバイスを受ける。

「二週間前には七キロ以上の長い距離を走って慣れておくといいと思います」

助言通り、二週間前に約七キロ走ってみた。苦しかったが、なんとか走ることができたので、「このペースで走れば完走できそうだ」と思えるようになった。

大会直前、田坂先生は生徒たちから当日着るTシャツに志望校を書いてもらっている。大会は国立大学の前期試験と同じ日に行われる。つまり、我々は国立大学を受験する生徒を応援するために走るのだ。

職員室で休憩していると、大島先生から連絡があった。

「新聞記者が大会当日のスタート前に取材に来るそうですよ」

「えっ、そうなの？」

受験生を応援するために走るということに新聞記者が注目したようだ。

大会当日のスタート前、大島先生は新聞記者からのインタビューを受ける。その後、田坂先生と光太も加わり写真撮影が行われた。

「じゃあ、先生方、写真を撮りますので、そこに並んでください。はい、チーズ」

さあ、いよいよスタートだ。すでに試験が始まり、必死になって問題に取り組んでいるであろう生徒たちの顔を思い浮かべながらスタートラインに立つ。

「絶対に完走だ！」と自分に言い聞かせて、いざ出陣。

七キロまでは快調に走る。そこから先は未知の領域だ。最後の一キロは脚が痛くなってきて本当にきつかったが、なんとか完走できた。生徒たちも最後まで諦めずに頑張ってくれることを祈る。

翌朝、新聞を見ると、我々三人の写真が地方欄に大きく載っていた。


高校三年生を送り出すと、次はぐっと若返って中一の担任になる。二回目の中一だ。学年主任は高崎先生。彼はとてもバイタリティーのある先生で、次から次へと新しい企画を打ち出してくる。特に、ＡＳＰ（アクティブ・サタデイ・プログラム）と呼ばれる、土曜日に行われる企画がユニークだ。

岐阜県墨俣城へのサイクリング、奈良県明日香村散策、京都散策など、生徒が興味を持ちそうなものばかりで、どの企画も人気があった。光太も毎回参加して、生徒たちと楽しい時間を過ごすことができた。

この年の中学男子バスケットの夏の大会では奇跡的な試合を経験した。

尾北地区大会は決勝戦で敗れ、二位で西尾張大会に出場することになる。一回戦の相手は海部地区一位の学校だ。

当時の海部地区はレベルが高く、海部地区で優勝すれば西尾張でも優勝すると思われている。半年前にやった練習試合でも負けている。客観的に考えて、勝てる可能性はかなり低い。しかし、部員には「絶対勝つぞ！」と言い続けていた。相手のポイントゲッターを徹底的にマークして、こちらの調子が良ければ、ひょっとしたら勝てるかもしれない。

試合が始まり、前半は相手にリードされたが、後半は徐々に追い上げる。最後は接戦となり、なんと一点差で勝ってしまった。大番狂わせである。そして、その勢いで準決勝も勝利。決勝戦は僅差で負けてしまったが、大会前の予想に反して二位で県大会の切符を手にしてしまった。生徒たちの成長には本当に驚かされる。無欲で直向きに戦ってきたことが、このような結果をもたらしたのかもしれない。

中二に持ち上がり、高崎先生がまた新しい企画を提案した。合唱コンクールだ。クラス毎に歌う曲を決めて、全員で合唱するのである。

ロングホームルームで曲を決めることになった。室長の野々村がクラスのみんなに呼びかける。

「これから、合唱コンクールで歌う曲を決めたいと思います。どの曲がいいか推薦してください」

なかなか意見が出てこない。顔を見合わせたり、隣同士で相談したりしているが、「これだ！」という歌が思い浮かばないようだ。

野々村が副室長と相談をした後で、当時流行していた「おさかな天国」はどうですかと提案したが、ほとんど反応がない。この様子を見て、光太は思い切って野々村に告げた。

「僕が作詞・作曲した歌があるんだけど、どうかな？」

「先生が作ったんですか」

少し驚いた顔をしたが、すぐに「それでいきましょう」と言ってくれた。野々村はまた、クラスのみんなの方に顔を向けて大きな声で言う。

「先生が作った歌があるそうです。その歌に決めたいと思いますが、みなさんどうですか」

驚いたり、戸惑ったりしている生徒もいるが、反応は悪くない。

「じゃあ、賛成の人、手を挙げてください」

半数以上の手が挙がった。

「賛成多数ということで、合唱曲は先生の歌に決まりました」

自分が作った歌をクラスの生徒が歌ってくれることになって、光太はとても嬉しい気持ちになった。しかし、ここからが大変である。生徒にとっては全く知らない歌なので、ゼロからのスタートだ。おまけに合唱コンクールまでの期間が短い。

早速、翌朝のショートホームルームでカセットテープに吹き込んでおいた歌をクラスの生徒に聴いてもらう。歌のタイトルは「はるかな旅へ」。若者へのメッセージを込めて作った歌である。歌詞は印刷して全員に配布した。

伴奏は男子がやってくれることになった。金山がピアノ、関口がバイオリンである。楽譜は一応あるのだが、楽器演奏用のものではないので、伴奏の練習も大変だと思う。

歌の練習は主に放課後。ロングホームルームの時間を利用して集中的に練習することもあった。それでも、良い合唱に仕上げるにはあまりにも時間が足りない。うまくできるかどうか心配になってくる。そんな時に、若い女性教員である堀川先生が助け舟を出してくれた。

「光太先生、練習のお手伝いをしましょうか」

「ありがとう。助かります」

堀川先生は、コンクールの前に全クラスの練習を見てみたいと申し出てくれたのだ。歌の指導には全く自信のない光太にとっては、とてもありがたいことである。堀川先生の助言のおかげで、これならなんとかなりそうだと思えるようになってきた。

「当日までに歌詞を完璧に覚えて、自信を持って歌ってください」

これが堀川先生からの激励のメッセージである。

いよいよ合唱コンクール本番。審査員の先生たちはすでに席についている。司会と進行係は生徒が行う。

光太のクラスは三番目である。本当は生徒だけで歌わなければならないのだが、光太のクラスは、担任が作った歌ということで特別に光太が歌に加わることを許可してもらった。

みんな緊張している様子だったが、伴奏が始まるとすぐに集中した。そして、大きな声で歌い始める。練習の時よりも大きな声が出ている。歌詞もしっかり覚えてくれたようだ。

歌い終えると、生徒たちはみんな満足したような表情を浮かべた。合唱コンクールを通して一段とクラスの団結力が高まったような気がする。


その後、中三、高一、高二、高三と持ち上がる。結局、中一から高三までの六年間を担任として持ち上がったわけだが、年齢を考えると、これは最初で最後の経験になるだろう。それに、最後の担任になる可能性もある。光太は「何か記念に残るようなことができないかな」と考えた。

「そうだ、歌を作ろう！」

高校を卒業して、新しい世界に飛び出していくイメージで詩を書いた。そして、湯船に浸かりながらメロディーをつけていく。一度書いた詩がメロディーに合わない場合は書き直す。何度も口ずさみながら徐々に歌が出来上がっていく。

「よし、完成だ！」

久しぶりのオリジナル曲である。いつものようにカセットテープに吹き込んでおく。その後は卒業式の日まで秘密にしておくつもりだ。

三月一日。六年間苦楽を共にしてきた生徒たちともお別れだ。高校から入学してきた生徒とは三年間の付き合いであるが、今ではどちらの生徒にも全く同じ親しみを感じている。

講堂での厳かな卒業式を終えて教室に戻る。一人ひとりに卒業証書や記念のアルバムなどを手渡し、いよいよ巣立っていく卒業生に歌を披露する時がきた。

「それでは最後に、これから新しい世界へ羽ばたいていくみなさんのために作った歌を歌います」

光太からの意外な言葉に生徒たちは驚いている様子であるが、みんな姿勢を正して、これから始まる歌に耳を傾けようとしてくれている。光太は今回作った「新しい世界へ」という歌を歌い始めた。

今君は旅立つ
大きな夢を抱き
未来の新しい世界へ
今翼を広げ
大空に羽ばたいて
はるかな旅へ飛び出そう
若い力で風に乗って
自由に飛びまわれ
広い世界で自分の道を
新たに探し出そう

夢に向かって力の限り
果てしない道のりを歩き続けよう

今君の世界は
新しい風が吹き
希望の光に溢れて
今君は仲間と
夢を追いかけながら
はるかなゴールに向かって
若い力で大きな壁も
乗り越えて突き進む
苦しい時も辛い時も
くじけずにどこまでも
自分を信じて力の限り
果てしない道のりを歩き続けよう

歌い終わると、一斉に大きな拍手をしてくれる。最後の担任になるかもしれないと思うと、その拍手がより一層心に響いてきた。

次年度は予想通り担任を外れ、全く予想していなかった土曜講座主任になる。相棒は竹田先生である。彼女も土曜講座の仕事は初めてなので、知らない者同士が悪戦苦闘しながら土曜講座を切り盛りすることになった。「光太先生、頑張りましょう」と、竹田先生に励まされながら慣れない仕事をする。

一学期が終わる頃には、土曜講座の仕事にも少し面白さを感じるようになってきた。生徒が興味を持ちそうなユニークな講座を設定するのは楽しいことだ。また、珍しい活動をしている人に出会えるのも楽しい。様々な分野で活躍している卒業生に声をかけて、母校で現役の生徒に教えてもらう機会を設けることにもやりがいを感じる。

例えば、シャンソン歌手をしている卒業生に講堂でコンサートを開いてもらったり、東京で雅楽の演奏活動をしている卒業生を招いたり、礼儀作法のテレビチャンピオンになった卒業生に作法の基本を教えてもらったことがあった。

土曜講座には大きな可能性を感じる。普段の授業とは一味違う土曜講座を活用して、生徒が大きく成長してくれることを願う。

三年間の土曜講座主任の次は高一の学年主任になった。商業科一年で初めて学年主任をやって以来、なんと十五年ぶりのことだ。

商業科一年の時は二クラスだけだったが、今度は九クラスあるのでなかなか大変そうである。しかし、中学校から持ち上がってきた先生が多いので非常に心強い。また、頼もしい新人の先生も入ってきた。

学年の先生たちのチームワークが良く、先生同士で相談しながら、生徒のために良いと思われることを次々に提案してくる。

「学年通信に進学に関する情報をどんどん載せていきましょう」

「学年集会を行って生徒に刺激を与えましょう」

そして、三年生になると、それまで滝沢学園では行われてこなかった新しい企画も考え出される。

「東京大学や京都大学を志望している生徒のために詳しい情報を提供する機会を設けましょう」

「センター試験の前に生徒を全員講堂に集めて激励会を行いましょう」

生徒同士のチームワークも良かったように思う。同じ大学を志望している生徒が定期的に集まり、熱心に勉強会を開いていた。

そして、生徒と先生のチームワークも良い。

「先生、大学入試予想問題を作ってみたので見てください」

「先生、明日から受験に出かけます。合格を祈っていてください」

職員室で生徒と先生が一緒になって円陣を組み、受験をする生徒のためにエールを送ることも頻繁に行われた。そして、合格の報告に来た生徒に対しては、全員の先生が大きな拍手をして祝福した。一体感のあるとてもいい学年だったと思う。

卒業式の前、講堂の外で整列した生徒に話をした時には、三年間のいろんな思い出が脳裏に浮かび、涙が込み上げてきた。

卒業式が終わり、退場していく生徒全員と握手をしていく。泣いている生徒を見ると貰い泣きしそうになる。

学年担当として卒業生を送り出すのは最後になるかもしれない。そう思うと、とても感慨深いものがあった。

全員が退場し、感傷的な気持ちになっていたが、光太にはもう一つ学年主任として最後の務めがある。卒業式に出席していただいた保護者にお礼の挨拶をすることになっているのだ。感極まった状態でうまく挨拶できるだろうか。

学年の先生たち全員が保護者の前に整列し、それから光太はゆっくりと話し始める。

「本日はご卒業おめでとうございます。この三年間、保護者のみなさまに支えていただき、この日を迎えることができました。心から感謝いたします。ありがとうございました。私たちの学年はチームワークを大切にしてきました。その期待に応え、学園祭や球技大会などでは、みんなが協力して動いてくれました。また、三年生最後の体育祭では、ほぼ全員が元気に参加してくれたことも嬉しいことでした。特にこの一年は、受験勉強でもチームワークが大切だということを学年集会などで話してきました。二学期になってからは、同じ大学を目指す仲間が集まってゼミ形式で勉強会を開いていたお子様もいました。これも素晴らしいチームワークの表れだと思います。また、前期日程試験の二日前の土曜日。学校は休みの日だったのですが、どうしても学校で勉強したいという申し出があり、朝七時から夕方五時半まで学校を開放することにしました。約五十名のお子様が登校し、いつもと同じリズムで勉強しました。そして、多くのお子様が、帰宅する前に職員室に立ち寄って、『志望校に合格できるように頑張ります』と、決意を述べてくれました。中には、感極まって涙を流しながら、『お世話になった先生方の恩に報いるために精一杯頑張ります』と言ってくれたお子様もいました。私たちは、本当に素直で良いお子様に恵まれました。お子様たちにも心から感謝したいと思います。今日でお別れだと思うと寂しい気持ちで一杯ですが、お子様たちがチームワークを大切にして、新しい世界で活躍してくれることを心から祈っています。最後になりますが、お子様たちには、大学合格の連絡だけではなく、これから先もいろんな機会に、元気な姿を見せに来てほしいと思っています。私たちはいつでもこの滝沢学園で待っています。本日はまことにおめでとうございます。と同時に、本当にありがとうございました」

保護者の中には、三十年前に光太が初めて送り出した卒業生が四人いる。親子二代に渡って送り出すことになった。時の流れをしみじみと感じながら卒業式の会場を後にする。

充実した三年間を終えると、保健・厚生・教育相談主任、再度の土曜講座主任を経て、いよいよ定年を迎える年になった。驚いたことに、生活指導部長になってしまった。慣れた仕事をして穏やかに定年を迎えようと思っていたのに、全く予想外の展開である。

同僚からは「先生、大変ですね」と声をかけられる。内心では「なぜ最後の年が生活指導部長なんだ?」と思いながらも、「最後だから頑張らなければいけないな」と自分に言い聞かせる。

前任者から仕事を引き継いで新年度に向けて準備を始める。やるべきことが山のようにあって忙しい日々が続く。相棒の五藤先生から「光太先生、頑張りましょう。サポートしますよ」と励まされる。

一番気になっているのは、始業式で全校生徒に向けて話をしなければならないことだ。始業式で話をするなんて、新任の挨拶をして以来のことである。つまり、最初の年と最後の年に話をすることになったのだ。

布団に入ってから、あるいは湯船に浸かっている時に、「何を話そうかな」と考えることが多くなる。思い付いたことをメモしておき、後で少しずつ文章にまとめていく。

これが終わると、次は高一のオリエンテーションの時に高一生全員に向けて話す内容を考えなければならない。

先日、教務部長の羽川先生から、「オリエンテーションでの生活指導部長の話は昨年度より十分伸びて四十分になりましたのでよろしくお願いします」と言われた。四十分も話をするというのはなかなか大変である。話の内容をしっかり整理しながらまとめていかなければならない。

その他にも、春休み中の新入生出校日に、新入生及びその保護者に対して二十五分、入学式後に保護者に対して十五分話をすることになっているが、こちらは連絡が中心なのでなんとかなるだろう。しかし、いずれも大勢の人を相手に話をしなければならないので、漏れがないように、話すことを事前にしっかりとまとめておく必要がある。

新入生出校日、入学式を無難にこなし、いよいよ第一関門の始業式を迎える。暖かい春の日差しが降り注ぐグラウンドには、中学、高校合わせて約千八百人の生徒が整列している。

校長訓話の後、光太は緊張しながらゆっくりと壇に上がり、話を始めた。

「おはようございます。いよいよ新しい年度がスタートします。今日、みなさんに伝えたいと思っているメッセージは二つです。一つ目は、志をしっかり持ち、充実した学校生活が送れるようにしよう、ということです。みなさんは、それぞれの志を持って入学してきたと思います。その志を持ち続け、将来の目標に向かって、継続した努力をしていきましょう。本校の卒業生の話をします。現在の江南市の市長は滝沢学園の卒業生なのですが、彼は、自分が住む街を住みよい街にしようとして市長を志したのだと思います。また、私が滝沢学園で初めて送り出した卒業生で、外交官になった人がいます。彼はアメリカや中国の日本大使館で働いていました。外国と日本の懸け橋になろうという思いで、外交官を志したのでしょう。また、学校教育が十分に行われていない東南アジアの貧しい国でボランティア活動をした女性の卒業生もいます。ある時、彼女から母校である滝沢学園にアルトリコーダーなどの楽器を現地に送ってほしいという要請があり、我々教員もできる限りの協力をしました。彼女は、教育が十分に受けられない子供たちの手助けをしようと志したのです。みなさんの中には、すでに、医者になろう、弁護士になろう、研究者になろうという具体的な志を抱いている人もたくさんいることでしょう。みなさん一人ひとりが、自分なりの志をしっかり立てて、努力を続けてほしいと思います。二つ目は、困っている人に気づいたら、積極的に助けよう、ということです。みなさんは、これからの学校生活で、勉強や部活動でつまずくことがあるかもしれません。また、個人の力で乗り越えることが困難な場合もあるかもしれません。そのような状況に陥っている友達に気づいた時は、積極的に助けてください。また、卒業生の話になりますが、昨年度の最後の土曜講座に、ＡＮＡのパイロット訓練生になった卒業生が講師として来てくれました。彼は中学三年生の時にパイロットになるという志を立てたのですが、その彼の話の中で印象に残ったのが、彼が通っていた航空大学校の学生たちのチームワークの良さです。勉強で苦しんでいたり、悩んでいる仲間がいると、みんなで声をかけ、助け合ったそうです。みなさんも、部活動でのチームワーク、クラスや学年でのチームワークを大切にして、みんなが成長できるように積極的に助け合っていきましょう」

その三日後、今度は第二関門の新入生オリエンテーションである。「いじめ」の話をしてほしいという依頼があったので、春休み中に、いじめに関する本を読み、そこから得たことを盛り込みながら話をしていく。新聞に載っていたいじめに関する記事も紹介する。生徒たちは静かに耳を傾けてくれた。

オリエンテーションが終わり、通常の学校生活が始まっていく。生活指導部としては、何事も起こらず平穏に一年が過ぎてほしいと願うばかりである。しかし、その願いも虚しく事件が発生する。

「光太先生、事件が起きました。どうしたらいいでしょうか」

「光太先生、トラブル発生です。ちょっと来てください」

あちこちから声がかかる。最後の年は穏やかに過ごしたいと望んでいたが、その望みが早くも崩れ去ろうとしている。

結局、この年は前年度よりも多い事件が起きてしまった。

三月末にとうとう定年を迎えた。右脚の手術による入院、インフルエンザによる出校停止、父親の死による忌引き以外は一日も休むことなく勤めることができた。

四月からは再任用の形で高三の副担任として毎日勤務することになる。部活動は引き続き高校女子バスケット部の顧問である。

十年以上前にも高校女子を指導していたことがあり、その時には県大会に五回出場し、全国大会で何度も優勝しているチームと戦ったこともあった。しかし、最近では尾張大会で七位になったのが最高で、なかなか勝てなくなっている。それでも、みんな楽しそうに練習に参加してくれるので、老体に鞭打って頑張らなければならない。

若い頃は、生徒をぐいぐい引っ張っていく感じだったが、今では生徒の自主性に任せている。時々、教員チームを編成して生徒と試合をするのが楽しみの一つだ。

振り返ってみると、新任の年は将棋部、二年目の最初の一週間は柔道部、それ以後はずっとバスケット部の顧問をしてきた。約三十七年間好きなバスケットに関わってこられたのはとても幸せなことである。最後までバスケット部顧問として全力で頑張り、燃え尽きたいと思う。

再任用一年目はあっという間に過ぎる。次年度は非常勤講師になるので、区切りということで、三学期の終業式が終わってから退任の挨拶をすることになった。最後は自分で作った歌を歌って終わりにしたいと思う。

十数年前、中学二年生を担任した時に行われた合唱コンクールでクラスの生徒に歌ってもらったことがある。歌のタイトルは「はるかな旅へ」。若者たちに、今よりもっと広い世界で活躍してほしいという願いを込めて作った歌だ。

光太はとても懐かしい気持ちで歌い始める。

若さ溢れる君の
たくましい姿が
明るい日差しの中で
まぶしく輝いている
大きな夢を胸に抱きながら
未来へ向かって生きている君は
素晴らしい出会いを求め
未知の世界へ飛び出した
さあはるかな旅へ
進め勇気を持って
広い世界は今
君を待ってる

荒波にゆれる小舟
目指せ南の島へ
険しい山を越えて
目指せ見知らぬ大地へ
昇る朝日が君の行く道を
明るく照らし続けてくれる
夜空に輝く星は
君に語りかけてくれる
さあ冒険の旅へ
進めロマンを求め
広い世界は今
君を待ってる

さあ未知の世界へ
自由な夢の世界へ
今君は羽ばたく
はるかな旅へ……

はるかな旅へ……

これで教員人生は一区切りついたが、人生の旅はまだまだ続いていく。光太は、自分の可能性を信じ、新たな夢を追いかけながら、はるかな旅への歩みを進めていくのである。

『光をめざして』『はるかな旅へ　ある教師の物語』を読んで

坂野貴宏（著者の同僚）

爽やかな風が心の中を通り抜ける。そんな読後感を持った。この小説は、著者の自伝的小説であるが、一つ一つの出来事が詳細に、そして繊細に語られ、容易に読者の想像力を駆り立ててくれる。文章のタッチは、著者の人間味が溢れ出ているようにも思われる。

物語は、大学は出たがまだまだ不安定で半人前な非常勤講師としての立場から、安定した正規採用の教師への成長過程、さらに、定年退職するまでの教員人生を描いている。主人公の光太先生は、まるで年を重ねることのない永遠の少年のように感受性が豊かであり、何事にも前向きに果敢に挑戦する心を忘れない。

高々数年の年の差でいきなり「先生」となる教師という職業には、多くの新人がぶち当たる高い壁がある。しかし、光太先生は持ち前のプラス思考ですべてを成長への糧に変え、底抜けに明るく生きている。前作『光をめざして』で取り上げられた主人公の高校時代からの成長過程での様々な経験が、人間に対する全幅の信頼の根拠となり、その信頼関係を学校という舞台で築いていきたいという思いが教師としての生き様の根底にあるのだろう。

物語の主題である「夢」とは？　がむしゃらに追いかけるものではなく、歯を食いしばって達成するものでもない。試行錯誤を繰り返し、様々なことにチャレンジしながら、常に前向きな姿勢で、まさに「追いかける」ものだ。追いかける過程で得た経験がやがて財産となり、信頼や挑戦心を生んでいく。それを土台としてさらなる夢が生まれる。そう考えると、著者はまだ、「夢を追いかけている」途中だろう。教員の先輩として常に前を走っている著者が後輩である私たちに爽やかな風を運んでいるのかもしれない。

長い教員人生においては、物語では語られない不遇な経験もあろう。しかし、著者は敢えてそこには触れないで、明るい教員生活を読者に語っている。この作品は、これから教師を目指す若者への温かいメッセージ本になるとともに、いくつになっても挑戦を続けることが大切だという人生の指針を示す指南書でもある。

星野佳代（著者の同僚）

ずっと若者で青春真っ只中だと思っていた光太が、いつの間にか自分の年を追い越し、ベテラン教員となって、現在の上田先生へとつながっていったのは、不思議でもあり感慨深いものがありました。まるでタイムスリップ（？）をしたような気分です。『光をめざして』の頃から光太は、様々なことにチャレンジし、人とのつながりにも積極的で、自分とは違う、常にまっすぐ歩いている憧れの人物像でした。それは『はるかな旅へ』になっても変わらず、実は頼まれたら断れないとか、どうも女子には甘いとか、さらに人間味が増していて、時にはクスッと笑いながら楽しく読むことができました。

また、自伝的物語ということで、物語の初めから上田先生の学生時代はこんなふうだったのかと思いながら読んでいましたが、滝沢学園に入ってからは、ますます現実の世界と交差させて読むようになりました。

生徒ととても密に接していて感心というより驚きでいっぱいでしたし、学校の図書館にある上田先生の著書『A　HAPPY　HOMESTAY』にはこんなエピソードがあったのかと思ってみたり……。学校創立七十周年以降は私も在籍していたのですが、図書館の外では自分の全然知らない教師と生徒の物語が繰り広げられていたことがわかってとても興味深く思いました。特に部活動は生き生きと描写されていて面白かったです。

そんなふうについ学校のエピソードに目がいってしまいがちですが、『はるかな旅へ』の一番のポイントは挿入歌だと思います。愛知私学の歌を作った時は、おおお！　と思い、卒業式後の教室で歌う場面ではジーンときて、物語のラストでは本当に効果的に光太の物語の締め括りを彩っていて感動しました。（大学時代の作曲エピソードはここにつながっていたのか！）楽しくて前向きになれる作品をありがとうございました。

坂野和歌子（著者の教え子）

『光をめざして』では、思春期の少年が、自分の夢を少しずつ膨らませながら、様々な経験を重ね、一歩ずつ成長していく様子が生き生きと描かれ、真面目で誠実な人柄の少年「光太」で、より一層ストーリーが柔らかく、そして深く感じられました。一つ一つの段落がとても丁寧に書かれていて、途中、上田先生の私小説なのでは……と気づいてからは読むスピードが速くなりました。すべての出来事を前向きに受け止めて進んでいく少年の姿はとても清々しく、希望を感じられます。

『はるかな旅へ』では、光太先生と上田先生を重ねて読み進めながら、先生の新任の時からのことを少しずつ知っていくような感覚で、時には驚いたり、時にはプッと笑ってしまったり、様々な経験と興味・関心の多さに先生の新たな一面を発見したりして楽しい気持ちになりました。また、短期留学、バスケットの指導に英語指導、暑い中での家庭訪問やまさかの作詞作曲まで、どんなことにも主体的にワクワク取り組んでいる様子が伝わってきます。そして、自宅での正月の受験勉強会、宿直での差し入れ、食堂の方の心遣いなどは人としての温かさを感じます。

私から見た先生のイメージは、いつも穏やかな語り口で、優しく誠実、そして熱心な部活指導です。この物語を読み進める中で、いつも前向きで、どんなことにも挑戦していく姿は、先生の穏やかな人柄の中にも強さを感じます。そして、生き方が伝わってきました。素敵な物語をありがとうございました。

［著者紹介］
上田欣人（うえだ・よしと）
1956年、愛知県蒲郡市生まれ。蒲郡東高校、同志社大学文学部英文学科卒業。大阪の明星学園で1年間非常勤講師を勤めた後、滝学園に英語科教諭として着任し現在に至る。『光をめざして』は定年退職間際になってから書き始めた、著者にとっては初めての小説。『はるかな旅へ　ある教師の物語』はその続編で、約40年に及ぶ自身の教員人生を描いた物語である。

装画・イラスト／足立直子

はるかな旅へ　ある教師の物語

2020年7月15日　第1刷発行　（定価はカバーに表示してあります）

著　者　　上田 欣人

発行者　　山口 章

発行所　名古屋市中区大須1丁目16番29号
電話 052-218-7808　FAX052-218-7709
http://www.fubaisha.com/
風媒社

乱丁・落丁本はお取り替えいたします。
＊印刷・製本／シナノパブリッシングプレス
ISBN978-4-8331-5376-8